Dora Dueck

Unter der stillstehenden Sonne

Ein mennonitischer Roman aus dem paraguayischen Chaco

Für H.

Bibliografische Information der Deutschen Nationalbibliothek:

Die Deutsche Nationalbibliothek verzeichnet diese Publikation in der Deutschen Nationalbibliografie; detaillierte bibliografische Daten sind im Internet über http://dnb.dnb.de abrufbar.

Alle Rechte vorbehalten.

© 2015 Dora Dueck

Das Werk einschließlich aller seiner Teile ist urheberrechtlich geschützt. Jede Verwertung außerhalb der engen Grenzen des Urheberrechtsgesetzes ist ohne Zustimmung des Autors unzulässig und strafbar. Das gilt insbesondere für Vervielfältigungen, Übersetzungen, Mikroverfilmungen und die Einspeicherung und Verarbeitung in elektronischen Systemen.

Original published in 1989 by Kindred Press as "Under the Still Standing Sun."

Note: All the characters in this novel, and their experiences, are fictitious. I have, however, tried to reflect the geographical, social, and historical setting of the story: namely the 1930 settlement of over fourteen hundred Mennonite refugees from Russia in the Chaco region of Paraguay, South America.

Umschlaggestaltung: Dora Dueck, Rudolf Dück Sawatzky, Dr. Babette Warncke, Leo Seibold.

Aus dem Englischen übersetzt und etwas gekürzt von Gerhard Ens (1922-2011) in Fortsetzungen bei der mennonitischen Zeitschrift: Der Bote 1990-1, Winnipeg

Satz und Layout: Rudolf Dück Sawatzky

Korrektur: Rudolf Dück Sawatzky / Irmgard Vedder-Dück Sawatzky

Herausgeber: Verlagsagentur Justbestebooks.de Rudolf Dück Sawatzky.

25451 Quickborn, Deutschland

Herstellung und Verlag: BoD – Books on Demand, Norderstedt, EAN 9783734795008

INHALTSVERZEICHNIS:
Unter der still stehenden Sonne

Erster Teil	**005**
Kapitel 1	005
Kapitel 2	011
Kapitel 3	015
Kapitel 4	018
Kapitel 5	020
Kapitel 6	024
Kapitel 7	030
Kapitel 8	033
Kapitel 9	034
Kapitel 10	038
Kapitel 11	042
Kapitel 12	049
Kapitel 13	050
Zweiter Teil	**052**
Kapitel 14	052
Kapitel 15	063
Kapitel 16	067
Kapitel 17	071
Kapitel 18	076
Kapitel 19	082
Kapitel 20	087
Kapitel 21	092
Dritter Teil	**096**
Kapitel 22	043
Kapitel 23	099
Kapitel 24	102
Kapitel 25	106
Kapitel 26	112
Kapitel 27	114
Kapitel 28	118
Kapitel 29	123
Kapitel 30	135
Kapitel 31	143
Kapitel 32	152
Kapitel 33	156
Nachwort	**162**
Portrait der Autorin Dora Dück:	**168**

Endorsements/reviews/Buchbesprechungen:

"An inspiring story, told with skill, vigour and understanding" – Barbara Smucker

"a gem of lucid understatement" –- *Prairie Fire*

"her accomplishment in this relatively brief novel is considerable" – *Mennonite Quarterly Review*

"delightful, yet painful portrayal...carefully researched...vivid descriptions" – *Mennonite Reporter*

"Author's ability to make Anna's life authentic at every age is most impressive" – Al Reimer, *MB Herald*

"Neben der interessanten Erzählung enthält das Buch auch eine ausgezeichnete Schilderung des wirtschaftlichen, gesellschaftlichen, psychologischen, religiösen Hintergrundes eines bedeutenden Kapitels der Geschichte der Mennoniten." – Historian: Wilhelm Schroeder in *Mennonitische Rundschau*

"Ein mennonitischer Roman, der sich im paraguayischen Chaco abspielt—und ein guter! ...von vorne bis hinten interessant, dynamisch, spannend..." Annegret Horsch, *Mennoblatt*

"One of the significant elements of this novel is...a wo
man's perspective on pioneer life in a male-dominated community... recommended not only for its portrayal of life in a pioneering family, but also because it captures the essence of the Paraguayan Mennonite experience." *Mennonite Historian*

Unter der stillstehenden Sonne
Erster Teil
1

Als die *Apipe* endlich in den Hafen bei Puerto Casado einlief, schritt ich gehobenen Hauptes ans Land, war ich doch mit sechzehn Jahren, obwohl Flüchtling, voller Hoffnungen und Ideale. Ich hatte mir vorgenommen, meine neue Heimat ins Herz zu schließen. Bald wäre ich auf dem festen Hafendamm gestolpert, da meine Beine sich an den Rhythmus des leise schaukelnden Flussbootes gewöhnt hatten. Aber nur für einen Augenblick; dann berührten meine Füße das graue Ufer.

"Hier bin ich", murmelte ich halblaut aber ehrfürchtig vor mich hin. "Endlich bin ich im Chaco!"

Eifrig ließ ich den Sack mit meinen Habseligkeiten auf den Boden sinken und begab mich auf eine kleine Inspektionstour meiner neuen Umgebung. Acht Monate hatte ich auf den Chaco gewartet, diesen Landstrich Paraguays der uns Rußlandmennoniten Siedlungsmöglichkeiten bieten sollte. Ohne Zögern wollte ich ihn in mein Herz schließen.

Glutrot ging die Sonne im Westen unter. Wellenartig verbreitete sie ihre Farben über den westlichen Himmel, vom flammenden Rot langsam ins Orangene übergehend. Erst den östlichen Horizont färbte ein mattes Blau.

Zu meiner Rechten sah ich einen riesigen Schlot. "Er wird wohl", dachte ich, "ein Teil der Fabrik sein, in der man aus dem Chacoholz Gerbersäue gewinnt." Schon vernahm ich die lachenden Stimmen der Arbeiter und hörte die Maschinen in der Fabrik. Ich warf auch einen schnellen Blick auf die Arbeiterhäuschen beim Hafen. Alle waren sie mit Pastellfarben angestrichen worden, rosa, grün oder auch blau, oder einfach angeweißt. Im Schein der untergehenden Sonne trugen sie alle den rosa Abglanz ihrer letzten Strahlen.

Und die Bäume! Palmen standen da, mit dunklen sich türmenden Stämmen und langen anmutigen Blättern; Farnkräuter waren fast wie Miniaturbäume; da waren Eukalyptusbäume mit schlanken Blättern und viele andere, die ich sicherlich mit der Zeit alle kennenlernen würde.

Jetzt schaute ich zurück zum Flussboot. Die Wellen des Flusses tanzten im Licht der untergehenden Sonne. Leise plätscherten sie ans Ufer, als ob sie murmelten: Du bist jetzt zu Hause, zu Hause, zu Hause. Da sah ich auch die anderen Passagiere austeigen, alles unsere Leute. Wie eine langsame braune Wasserflut füllten sie bald den Hafendamm, ihre langen Schatten auf die *Apipe* werfend.

Da sah ich auch schon unseren Gruppenleiter, Herrn Schroeder, wie er die Hafenbeamten grüßte und mit seinen knochigen Händen gestikulierte. Er versuchte, sich mit seinem gebrochenen Spanisch verständlich zu machen. Sein scharf geschnittener Kinnbart hob sich und fiel, während er die ungewohnten Laute der Südlandsprache zu artikulieren versuchte.

Mehrere dunkelhäutige Paraguayerfrauen in hellen Kleidern und Kopftüchern und bedeckten Körben auf ihren Köpfen verschwanden in der Menge. Ich sah eben noch wie die eine kurz vor Hans Wiebe Halt machte, mit anmutiger Geste den Korb vom Kopf nahm, ihn aufdeckte und ihm das fremde Gebäck anbot. Fremde Laute gab sie lachend von sich. Wiebe runzelte nur die Stirn und schüttelte den Kopf. Die Verkäuferin gab aber nicht nach, sondern blieb beharrlich vor dem errötenden Wiebe stehen. Schließlich konnte er ihr entweichen, nicht aber ohne ein peinliches Gefühl, dass sie ihn zum Besten gehabt hatte. Die Verkäuferin lachte nur, als hätte sie ihm den Inhalt des ganzen Korbes verkauft, deckte ihn wieder zu und stellte ihn auf ihren Kopf. Auch ich musste lachen.

Andere Frauen standen in ihren Türrahmen und schauten dem Treiben neugierig zu. Ich fand sie wunderschön mit ihren dunklen Gesichtern, ihrem nachtschwarzen Haar und ihren farbigen Kleidern. Wie tropische Blumen sahen sie aus, und ihre weißen Zähne glänzten in ihren dunklen Gesichtern, wenn sie lachten.

Die Arbeiter auf dem Boot riefen einander zu und winkten den Frauen in den Türrahmen. Immer wieder schauten sie auch auf uns, auf unsere grauen, dunkelblauen und braunen Kleider. Einer der Matrosen rief mir etwas in seinem Kauderwelsch zu. War es Guaraní oder Spanisch? Ich verstand ihn nicht, warf ihm aber ein Lächeln zu. Warum auch nicht? Ich war doch so glücklich endlich angekommen zu sein. Sein Lächeln verzog sich zu einem Grinsen und mit einem Freudenschrei hob er einen schweren Kasten auf seine Schulter.

Paraguay ist wunderschön, musste ich nur immerfort denken. Die Luft war feucht und süß wie reifes tropisches Obst. Und dieses sollte der paraguayischer Winter sein? Noch nie war ein Winter mir so angenehm vorgekommen.

Wir hatten Russland im Winter verlassen. In der Nacht als wir unser Dorf in Orenburg verließen und um die Wegbiegung fuhren, war es bitterlich kalt gewesen. Der scharfe Wind hatte mit einem richtigen Schneesturm gedroht. Wir flohen heimlich in großer Hast, kaum dass wir wussten, was wir taten. Ich schaute noch einmal zurück, aber unser Bauernhof war vor Schneegestöber nicht mehr zu sehen.

"Lieb Heimatland, ade!" hatte ich noch geflüstert. Meine Augen hatten sich mit Tränen gefüllt.

Eine Stunde hatte die Fahrt zum Bahnhof gedauert. Niemand hatte ein Wort gesprochen. Eng zusammengekauert saßen wir unter den Decken. Ich schaute nur immer nach dem unendlich scheinenden grauen Nachthimmel und versuchte zu begreifen, dass ich nie mehr zurückkommen würde. So viel war mir deutlich gewesen. In den folgenden Monaten hatte ich immer das Gefühl, dass ich mein Leben in meinen Händen trug wie eine Gepäcksache, die ich bald irgendwo hinstellen müsste.

Und nun war ich im Chaco! Endlich sollte das Ungewisse, das Unstete ein Ende haben. Hier konnte man wieder sesshaft werden, fest, wie der Flussdampfer mit Tauen an die Landungsbrücke befestigt war. Dieser Moment musste doch gefeiert werden. Ich schloss meine Augen und wiederholte in Gedanken langsam die beiden Namen: "Russland" und "Paraguay". In Gedanken, wie wenn man mit dem Finger eine Landkarte betastet, bereiste ich noch einmal die lange Strecke von meinem Heimatdorf über Moskau, dann weiter bis Deutschland, wo wir den langen Aufenthalt im Lager Mölln hatten. Dann kam die Ozeanfahrt über den Atlantik. Leise flüsterte ich die Namen "Buenos Aires" und "Asuncion" und vergegenwärtigte mir noch einmal die lange Flussfahrt von Asuncion bis Puerto Casado. Endlich waren wir im Chaco...

"Anna!"

Ich sprang auf.

"Aber Mama, du hast mich erschreckt!" Dann, mich schnell besinnend, rief ich, "Ist er nicht schön?"

Mama, schwerfällig von Körperbau, stöhnte nur. "Schön? Wer?"

"Der Chaco ist schön!"

"Der Chaco! Aber mein liebes Kind, was sprichst du denn für dummes Zeug?" Dann blickte sie wie suchend auf die ans Ufer eilenden Leute.

"Ich suche den Papa", sagte sie. "Hast du ihn irgendwo gesehen? Auch Klaus und Maria habe ich aus den Augen verloren... Warum muss Papa auch immer so schnell laufen? Ich kann doch nicht mit ihm Schritt halten!"

"Und du," fuhr sie fort, "jedes Mal, wenn du mir helfen sollst, bist du auf und davon. Was machst du denn? Du stehst und träumst wieder, wie ich merke!"

"Ich wollte mir die neue Heimat nur etwas ansehen", antwortete ich. Dann auf ihre Fragen: "Papa wird dich schon vermissen; wollen wir nur stehen bleiben, dann findet er uns gewiss."

Mama seufzte. "Nie im Leben will ich wieder Wasser sehen!"

Ich konnte sie schon verstehen. Arme Mama! Zuerst hatte sie die Seekrankheit auf der langen Ozeanfahrt, und nun hatte sie noch die lange Flussfahrt auf dem keineswegs reinlichen Boot mit der unzureichenden Bedienung machen müssen!

"Schmutzig! Gedrängt! Und die spanische Speise! Das ist doch alles nichts für uns Deutsche! Ja, die europäische Zivilisation haben wir zurückgelassen!"

"Wir gehen nicht mehr aufs Schiff, Mama", tröstete ich sie. "Wir sind angekommen."

Aber Mama ließ sich nicht so leicht trösten.

"Wenn man sechzig Jahre alt geworden ist, macht so ein Zigeunerleben keinen Spaß mehr", schalt sie weiter.

Plötzlich war Papa da. "Siehst du", sagte ich leise zu Mama.

"Da seid ihr ja!" rief Vater triumphierend, als ob wir uns hatten verstecken wollen.

"Ich will nie mehr etwas mit Wasser und mit Schiffen zu tun haben!" sagte Mutter ganz entschieden.

"Dann bist du am richtigen Ort, Schatz", sagte Vater trocken. "Die Mennoniten, die schon im Chaco leben, berichten von einer ständigen Wassernot."

"Das habe ich doch nicht gemeint!" sagte Mutter nun ihrerseits etwas ärgerlich. "Und wo sollen wir denn schlafen, Abram? Komm, Anna, bringe deine Sachen her. Was gibt's denn weiter, Abram?"

"Wir besteigen morgen den Schmalspurzug, der uns ins Innere des Landes bringen wird."

"Und dann sind wir endlich da?"

"Nein, nein! Von dort sollen uns die Kanadier abholen. Dann geht es noch mehrere Tagereisen weit auf Ochsenwagen. Kommt."

"Es wird mir hier schon gefallen!" sagte ich, noch immer ganz begeistert. "Es ist wunderschön hier!"

Ohne weitere Antwort nahmen die Eltern ihr Gepäck und gingen los. Ich folgte ihnen. Plötzlich blieb Papa stehen, und da ich nicht aufgepasst hatte, stieß ich mit ihm zusammen.

"Uppla!" lachte ich, während wir auf einmal alle im Halbkreis standen und uns etwas verdutzt anschauten. Ich wiederholte: "Paraguay ist eigentlich schöner, als ich erwartet hatte. Es ist eine wunderschöne Heimat, nicht wahr?" Meine Freude wollte sich nicht dämpfen lassen. Die Ankunft in Paraguay war doch ein zu großes Ereignis für mich.

Aber Papa schaute mich nur streng an. "Du halt deinen Mund, Anna", sagte er. "Kaum sind wir am Ufer, dann schwatzt du schon Dummheiten!" Er trat etwas näher an mich heran und sagte ganz leise: "Paraguay ist schlimmer als ich erwartete! Wir werden durch diese Ansiedlung fünfzig bis hundert Jahre zurückgesetzt."

Obwohl er ganz leise gesprochen hatte, fühlte ich seinen Tadel und seine Entrüstung. Wie vom Blitzt getroffen kauerte ich zusammen.

"Du musst blind sein, wenn du meinst, dass du hier vor Freuden springen kannst!"

"Wo sind Klaus und Maria?" fiel Mutter ihm hier ins Wort, indem sie ängstlich ihren Blick von einem zum anderen gleiten ließ.

"Bleibe hier!" bat sie Vater.

Aber Papa schritt ärgerlich davon. "Ochsen!" murmelte er vor sich hin.

"Bitte, suche Klaus und Maria!" rief Mutter ihm nach, aber er wandte sich nicht um.

Ich wartete, bis Papa außer Sehweite war. "So", schmollte ich, "wir sind doch im Chaco, nicht wahr?"

"Aber Papa will nicht hier sein. Er glaubt immer noch, wir hätten nach Kanada auswandern können." Mama rückte ihr Kopftuch zurecht.

"Ja, aber…"

Mama legte ihren Arm um meine Schulter. "Wir sind alle erschöpft", sagte sie seufzend. "Warten ist viel schwerer als arbeiten. Gerade das Warten macht mich so müde."

Man hat mir zuweilen gesagt, dass ich meiner Mutter ähnlich sei. Wir hatten die gleiche Größe; meine Augen hatten dieselbe grünlich blaue Farbe. Auch Mund und Lippen waren den ihrigen ähnlich breit und voll. Auch unsere innere Verfassung war dieselbe lebendig, dramatisch.

Und doch konnte ich mich nicht in der Frau sehen, die vor mir stand. Ich war sechzehn Jahre alt, schlank und blond. Sie war sechzig Jahre alt, etwas korpulent und schwerfällig mit gelblichem nicht sehr anziehendem Haar. Ihr müdes Gesicht zeigte die ersten Runzeln, als ob die Gesichtsmuskeln nicht mehr imstande waren, die Haut straff zu ziehen.

Und doch zeigte Mama noch immer die Spuren einer einstigen Schönheit, die ich nicht besaß. (Darin war meine Schwester Maria ihr ähnlich.) Noch immer war sie peinlich genau in ihrer Kleidung. Reinlich und zierlich musste sie sein. Besonders in der Öffentlichkeit trug sie sich wie eine vornehme Dame. Ich musste darüber lächeln. Ich konnte mir Mama nie als eitel vorstellen.

"Warten und reisen", sagte Mutter nun wieder, "ist keine gute Lebensweise. Ich sollte mich schon der Ruhe und der Entspannung hingeben können. Jetzt reise ich in der Weltgeschichte herum. Wozu? Um wieder ganz von vorne anzufangen?"

"Aber Mama…"

"Sieh, Anna, wenn du so töricht daherredest, machst du die Sache nur schwerer für Papa. Wir haben hier noch keine Arbeit verrichtet. Warte doch, bis wir ein Haus über unserem Kopf haben, etwas mit unseren Händen geschafft haben. Dann sage Papa, wie schön es ist. Du weißt doch, dass Papa nicht auf Überschwang und Gefühlsduselei hält."

"Das ist es doch gar nicht!" protestierte ich. "Man muss sich doch etwas auf die neue Heimat freuen!"

"Sich freuen!" erwiderte Mama in verächtlichem Ton.

"Ja, sich freuen", wollte ich sagen, "dann wäre auch das Warten erträglicher; aber du und Papa denkt immer nur daran, wie es früher war." Ich sagte aber nichts.

Ja, ich wusste, wie ungerne Papa und Mama unsere schöne alte Heimat verlassen hatten. Fast wäre uns die Flucht schon nicht gelungen. Bald wären wir entweder zu spät oder zu früh in Moskau angekommen. Hatten wir nicht unseren Nachbar, Hein Martens, gesehen, wie er wieder zurückgefahren war? Unsere Züge fuhren einander vorbei. Klar erkannten wir ihn in seinem Zugabteil, als unsere Fenster einen Augenblick lang sich gegenüber waren. Er sah müde und traurig aus. Erst später erfuhren wir, dass er "freiwillig" zurückgefahren war.

Wir waren aber gerade zur rechten Zeit in Moskau angekommen. Wir durften ausreisen. Wir gehörten zu den wenigen Glücklichen. Und doch hingen unsere Eltern an der alten Heimat mit allen Fasern ihrer Wesen.

So war ich aber nicht gesinnt. Mein Leben lag vor mir. Für mich war diese Ankunft in Paraguay nicht so viel das Ende eines Lebensabschnitts, sondern vor allen Dingen der Anfang von etwas Neuem. Konnten meine Eltern das nicht sehen und verstehen? So empfand ich den Boden Paraguays fast als heiligen Boden. Russland sollte für mich Vergangenheit sein - ein Land ohne Verheißung, ohne Gott, ohne Freude. Ich wollte nicht mehr an die alte Heimat denken. Wenn Papa und Mama nicht anders konnten, sollten sie mich nicht mit hineinziehen.

Nur zu gerne hätte ich Mama aber auf meiner Seite gehabt. Wie könnte ich es ihr nur deutlich machen, wie mir zumute war? Da fiel mir eine kleine Begebenheit ein, die sich gerade vor unserer Grenzüberfahrt zugetragen hatte. Man hatte uns in Moskau streng verboten, Geld aus Russland ins Ausland zu bringen. Gerade vor der Grenze hielt unser Zug. Wir sollten noch einmal untersucht werden. Viele unserer Leute hatten noch russisches Geld bei sich. Wie sollten sie es los werden? Da erschien vor den Zugfenstern ein zerlumpter Bettler. Er hielt seinen zerrissenen Hut in der Hand, in den unsere Leute nun alle ihre Rubel und Kopeken hineinwarfen. Dieser konnte sein Glück kaum fassen.

"Das größte Glück seines Lebens", bemerkte jemand in unserem Abteil.

"Er wird sicherlich glauben, dass er einen Engelbesuch empfangen hat", sagte ein anderer.

Diese kleine Begebenheit löste die Spannung beim Passieren des Roten Tores. Erst an der westlichen Seite atmeten wir frei auf.

"Er hat nun alles, und wir haben nichts", hatte Mutter damals wie zu sich selber gesagt. "Aber wir sind besser dran; er muss bleiben, und wir dürfen in die Freiheit."

Nun erinnerte ich Mama an diese Begebenheit. "Weißt du noch, was du über den Bettler sagtest, Mama? Dass wir es besser hätten?"

"Ja, mein Kind, du hast recht", antwortete sie versöhnlich. "Wir haben es wirklich besser."

Wie froh war ich nun! Verstohlen drückte ich ihre Hand, während wir in dem hereinbrechenden Dunkel warteten.

2

Wir übernachteten in mehreren großen Notbehausungen mit offenen Eingängen und Lehmfußböden. Ich hatte einen unruhigen Schlaf. Es war warm, unbequem und sehr eng. Die ganze Zeit hatte ich das Empfinden, als ob Käfer und Wanzen über meinen ganzen Körper krochen; es muss aber nur Einbildung gewesen sein, denn ich konnte sie nicht verscheuchen.

Noch vor Sonnenaufgang erwachte ich. Augenblicklich munter, griff ich gleich nach meinen Kleidern im Gepäck und kleidete mich an, so schnell das unter der Bettdecke möglich war. Dann schlich ich mich auf Zehenspitzen hinaus, um Mutter und Schwester nicht zu stören.

Draußen war es kühl und erfrischend. Meine Freude und Unternehmungslust hatte sich noch nicht gelegt. Wir waren im Chaco; heute wollten wir ins Innere dieses Landstrichs fahren. Bald würden wir wieder ein Dach über dem Kopf haben, das Land bearbeiten und zu Hause sein dürfen.

Papa war auch schon auf; er saß auf einer roh gezimmerten Bank ohne Lehne. Sein Kopf war nach vorne gebeugt und er starrte vor sich hin auf den Boden. Einen Augenblick lang beobachtete ich ihn wortlos. Mein Vater war von hoher, hagerer Gestalt. Kopf, Arme, Körper alle Glieder waren lang und schmal. Seine Gewohnheit, die Schultern leicht nach vorne zu drücken, wie auch sein volles, immer noch dunkles Haar, ließen seine Körperlänge nur stärker hervortreten.

Eigentlich war ich nicht überrascht, ihn zu sehen, denn Papa war, wie ich, Frühaufsteher. Aber in diesem Augenblick war ich etwas bestürzt; ich musste an seine Worte vom vorigen Abend denken. Wir hatten seither noch kein Wort miteinander gesprochen. Aber jetzt konnte ich ihm kaum ausweichen, und so ging ich auf ihn zu.

"Guten Morgen, Papa", sagte ich.

"Anna! Ja, guten Morgen!" Jetzt hob er seinen Kopf und schaute mich an. "Setz dich, Kind." Ich gehorchte ihm. Dann schauten wir uns beide den Sonnenaufgang an. Sehr rasch erhob sich Sonne über den Horizont, etwa so, wie ein fleißiger Bauer an seine Arbeit geht.

"Hast du gemerkt, wie schnell die Sonne hier auf- und niedergeht?" fragte er plötzlich. "Hast du gemerkt, dass der abnehmende und zunehmende Mond hier umgekehrt am Himmel steht? Weißt du, dass wir hier im Sommer Weihnachten feiern?"

Er erwartete keine Antwort. Seine Fragen waren Feststellungen.

Wieder beugte er sich nach vorne und wollte mit dem Finger ein Zeichen auf der Erde machen. Diese war aber zu hart, um seinem Finger nachzugeben. Dann ging Vater nach einem kleinen stacheligen Busch und brach einen kleinen Ast los. Mit diesem konnte er ein Dreieck auf dem harten Boden zeichnen. Mit dem kleinen Ast zeigte er nun auf die rechte Seite seiner Skizze.

"Dieses Dreieck", so erklärte er mir nun umständlich, "mit der breiten Seite im Norden ist der Teil des Chaco's, der in Paraguay liegt. Oben ist Bolivien, links und rechts Argentinien und Brasilien." Er zeigte auf die drei Nachbarländer Paraguays. "Wir sind flussaufwärts gekommen und befinden uns nun hier bei diesem Hafen, Puerto Casado. Auf dieser Schmalspurbahn fahren wir in das Innere des Landes." Dabei machte Papa einen geraden Strich in den Westen. Dann bewegte sich sein Finger noch etwas weiter in den Westen. "Hier haben die *Kanadier* angesiedelt, weißt du die Mennoniten aus Kanada. Im Norden und Westen ihrer Ansiedlung ist unser Land."

Vater ließ den kleinen Ast, mit dem er die Zeichnung gemacht hatte, nun fallen, setzte sich wieder aufrecht hin und sprach weiter.

"Im Vergleich zum ganzen Chaco ist diese Hafenstadt wie ein Saatkorn neben einem großen Baum. So klein; und auch so unähnlich. Ich habe noch nichts mehr als du gesehen, aber so viel weiß ich."

Ich nickte nur. Obwohl ich nicht alles begriffen hatte, wusste ich, dass diese Erklärung versöhnlich gemeint war. Papa war streng und konnte auch manchmal heftig werden, aber er hatte mich gern. Ich war die Jüngste, sein Liebling. Aber seine Ansicht über den Chaco was dieselbe geblieben.

"Der Chaco ist nicht schön, Anna", warnte er mich noch einmal. "Es ist kindisch, so zu reden."

"Ja, Papa."

Ich schaute nun wieder auf Papas Skizze auf der harten Erde und versuchte, sie zu behalten und zu verstehen. Gerade in dem Augenblick wurden wir von einem Nachbarn, Johann Walde, unterbrochen. Er und Papa begrüßten sich, und ohne weiteres setzte er sich zwischen uns beiden. Ich bot ihm einen höflichen Guten Morgen, aber er antwortete nicht darauf und fuhr nur mit seiner Unterhaltung mit Papa fort.

Walde, wie ihn jedermann nannte, etwa 25-30 jährig und von mittlerem Wuchs, hatte ein anziehendes Gesicht und ein gewinnendes Lächeln. Seine Nähe war mir zwar etwas ungemütlich, aber ich blieb sitzen.

Johann Walde und seine Frau Leni kamen aus derselben Gegend wie wir, Orenburg, obwohl wir sie drüben nicht gekannt hatten. Erst im Lager in Deutschland hatten Papa und Walde sich kennengelernt. Als sie dann erfuhren, dass sie in demselben Dorf ansiedeln sollten, waren sie trotz ihres Altersunterschiedes gute Freunde geworden. Diese Freundschaft war auf der langen Reise befestigt worden. Er sprach viel mehr als Papa, und zuweilen hatte ich den Verdacht, dass er Papa bevormunden wollte, obwohl er immer den guten Ton wahrte und höflich blieb. Aber Mama konnte ihm nicht recht trauen: "In jede Unterhaltung mischt er sich ein, ob er dazu aufgefordert wird oder nicht", klagte sie einmal. "Dann wiederholt jedermann, was er gesagt hat, als ob er alles weiß!"

"Er weiß ja auch sehr viel", entgegnete ich. "Jedenfalls gibt Papa sehr viel auf seine Ansichten."

Johannes Frau, Leni, war noch sehr jung; ihr Gesicht trug aber schon die Spuren eines schweren Schicksals. Sie hatte drei kleine Mädels, kaum zehn Monate auseinander. Das jüngste Kind war ständig auf ihrem Arm. Es war ein herziges Mädchen, und mir schien es so, als müsste die Mutter es öfter liebkosen, statt immer nur über die Last zu klagen.

"Sie erwartet ihr viertes Kind!" In den Augen meiner Mutter erklärte das alles.

Erst nachdem wir hier angekommen waren, hatte Leni zum ersten Mal zu mir gesprochen: "Endlich sind wir angekommen", hatte sie erleichtert gesagt. "Wie froh bin ich, dass keines meiner Kleinen in den Ozean gefallen oder in diesen elenden Fluss gesprungen ist!" Ganz überrascht war ich gewesen. Wer hätte in ihr diesen Sinn für Humor vermutet?

Ich musste jetzt an ihre Worte denken. Dann hörte ich wieder Johann sprechen, klug und überlegen. Recht stolz war ich, mit ihm und Papa auf einer Bank zu sitzen und Leni als Freundin zu haben.

"Ja", sagte Johann eben, "die erste Gruppe kam hier am letzten Tag des Jahres 1926 an. Es war die heißeste Jahreszeit. Im Ganzen kamen 1770 Personen aus Kanada von der kanadischen Prärie nach diesem 'Juwel des Südens'. Kannst du dir das vorstellen?"

Sie sprachen natürlich von den kanadischen Mennoniten, die vor vier Jahren in den Chaco gezogen waren. Ihre Eltern hatten Russland in den 1870er Jahren verlassen, weil sie unter sich bleiben wollten. Als dann ihre Privilegien in Kanada bedroht und beschränkt wurden, suchten sie ein anderes Asyl.

"Man sagt, ihre Schulfreiheiten seien beeinträchtigt worden", sagte Johann. "Man wollte sie zwingen, die deutsche Sprache als Unterrichtssprache aufzugeben."

"Für uns ist es jedenfalls gut, dass sie hier sind", sagte Papa. In Gedanken verloren, löschte er mit dem Schuh seine Chacokarte aus.

"Wenn sie nicht eingewandert wären, wäre doch kein Mensch auf den Gedanken gekommen, hier anzusiedeln!"

"Ganz bestimmt nicht!"

"Nun, jede Sache hat eben ihre zwei Seiten", meinte Johann, als ob er diese Weisheit erstmalig entdeckt hatte.

Mit einem Murmeln stimmte Papa ihm bei. Dann saßen die zwei ohne weitere Worte da. Schon wärmte die Sonne die Morgenluft. In den Notbauten fing es an geschäftig zuzugehen. Leute standen auf; in her Nähe machten einige Frauen ein Feuer, um Frühstück zu bereiten. Kleine Rauchzünglein erhoben sich in der Morgenluft, verschwanden wieder und ließen nur den angenehmen Geruch zurück.

"Nun, wir können den Kanadiern für das Privilegium danken, dass sie bei der paraguayischen Regierung ausgewirkt haben. Wir dürfen unsere eigenen Schulen haben, Religionsfreiheit, Befreiung vom Militärdienst für ewige Zeiten. Es gibt nicht mehr viele Regierungen, die solche Versprechungen machen."

"Versprechungen können auch gebrochen werden", sagte Papa mit einem Zug der Bitterkeit.

"Das schon", gab Walde zu, "aber hör einmal, Abram, Paraguay wird dieses Versprechen nicht so bald brechen. Das Land braucht uns. Wir haben doch gesehen, wie arm es ist. Man braucht uns hier!"

"Wir sind ja auch arm", entgegnete Papa.

"Ja, aber wir verstehen zu arbeiten! Obwohl die Paraguayer uns keine Hilfe zum Anfang bieten, werden wir ihnen nach Jahr und Tag helfen müssen. Du wirst es schon sehen!"

"Mag sein, mag schon sein! Aber ich bin 63 Jahre alt. Zum Neuanfang ist das zu alt. Und dazu ohne mein Söhne."

"Du hast doch den Klaus", entgegnete Johann.

"Ja, den Klaus!" lachte Papa bitter. Johann lachte mit ihm.

Meine fünf Brüder waren des Vaters Stolz gewesen. In seinen Augen war der Schwiegersohn nichts im Vergleich mit ihnen. Klaus war kein Bauer. Sein Vater war in Orenburg "Lauftje" Besitzer gewesen. Klaus selber hatte nur Büroarbeit getan. Es war durchaus fraglich, ob er sich je mit dem Bauernberuf abfinden würde.

"Ich bin zu alt, um ohne Söhne einen Neuanfang zu machen", klagte Papa, fast wie hilfesuchend.

"Ich bin ja da, Papa!" rief ich aus, die beiden Männer zum ersten Mal unterbrechend.

"Ja, du hast ja die Anna", fiel Walde ihm ins Wort, als ob er mich eben erst gesehen hätte. "So ein Fräulein wiegt wenigstens einen, wenn nicht zwei Söhne auf." Er lächelte mich an.

"Es ist hier immer noch besser als in Russland", sagte ich zu Walde.

"Recht hast du, ganz recht", entgegnete Johann. "Wir sind aus einer Hölle befreit worden." Er stand auf.

Ja, es war die Wahrheit. Unsere Ausreise war ein Wunder gewesen.

Warum klang Johanns Lachen denn so zynisch? Spottete er über mich?

3

Nach kurzem Aufenthalt in Puerto Casado ging unsere Reise weiter - zunächst auf der langsamen und primitiven Schmalspurbahn der Tannin Gesellschaft - die uns bis ins Innere des Chaco bringen sollte, von wo die Gesellschaft ihr rotes Quebracho Holz bezog, aus dem sie das Tannin, die wertvolle Gerbsäure, barg.

Für mich war diese Zugfahrt befremdend. Es ging über Märsche, die entweder mit Schilf und Rohr oder hier und da mit Palmen bewachsen waren. Die Schmalspurbahn durchschnitt diese Märsche, so dass wir die feuchte, grüne Welt an allen Seiten hatten. Ich aber hatte das Empfinden, als ob ich die ganze Landschaft entweder von der Höhe eines Berges oder aus großer Entfernung sah. Sie schien gar nichts mit mir zu tun zu haben. Und doch erweckte sie irgendwie meine Neugierde und mein Sehnen.

Die Palmen waren von unterschiedlichem Alter und verschiedener Größe. Da waren ganz junge Schösslinge, kaum über das Schilfgras hervorguckend und große herrliche Baum Riesen. Ganz oben war das Laub, oben grün und unten braun. Scheinbar wächst die Palme, indem sie die unteren Äste mit dem Laub absterben lässt und allen Nährstoff in den Stamm treibt.

Fremdartige aber wunderschöne Wasservögel erhoben sich aus den Märschen mit graziöser, scheinbar müheloser Bewegung ihrer Schwingen. Ich hielt meinen Atem an, während sie sich in die Luft hoben. Was hatte sie erschreckt? Was bedeuteten ihre geheimnisvollen Rufe?

Ach könnte ich doch ein schneeweißer Reiher sein! Dann könnte ich den Chaco von oben sehen, den ganzen Chaco, statt nur diesen kleinen Teil, durch den unser Zug sich langsam hindurch schlängelte.

"Auf Wiedersehen!" würde ich dann den anderen zurückrufen, "ich werde auf euch warten!"

Vielleicht würden die anderen mitfliegen wollen. Ach dass wir doch alle fliegen könnten! Ich versuchte es mir vorzustellen, wie die Männer aus den offenen Gepäckwagen auf einmal fliegend den Zug verlassen würden, und wie sie majestätisch der neuen Siedlung zu schwebten. Die Frauen und Kinder würden ihnen dann nachfolgen -Klaus, Maria, Mama...

Leise musste ich lachen. Was für ein abenteuerlicher Gedanke!

Dann musste ich daran denken, was Johann Walde uns über den Entdeckungsreisenden, Fred Engen, erzählt hatte. Herr Engen arbeitete für die Firma McRoberts in New York, die den kanadischen Mennoniten die Ansiedlung im Chaco ermöglicht hatte.

"Engen bestand darauf, in das Innere des Chaco zu dringen", hatte Walde erzählt, um festzustellen, ob er besiedelbar sei. Er war begeistert von dem Gedanken hier einen friedfertigen Staat zu gründen. Es gelang ihm, den Weg durch die Märsche zu finden und bis zu den Grascampos zu gelangen. Dieses Areal müsste zur Landwirtschaft geeignet sein."

"Als er dann nach Asuncion zurückkam, berichtete er seiner Firma: 'Ich habe das verheißende Lande gefunden!"

Dieser Herr Engen hat seine Bibel gekannt, dachte ich bei mir selber. Er hat etwas über den Jordan, das auserwählte Volk und das verheißene Land gewusst. Leise wiederholte ich zu mir selber: "Ich habe das verheißene Land gefunden."

Aber vielleicht hat der Engen auch nur sagen wollen, dass er seine ihm gestellte Aufgabe erfüllt hatte.

Was könnte er wohl gemeint haben?

Das hatte Johann Walde nicht weiter erklärt. Er hatte aber die Geschichte weiter erzählt. Eines hatte dem anderen die Hand gereicht, und nun seien wir hier als Folge der Entdeckungsreise des Fred Engen. Hier auf diesem Zug durch die Chacomärsche mit einer Geschwindigkeit kaum schneller als der rüstige Gang eins Mannes!

"Ich würde schon lieber zu Fuß gehen", sagte jemand von den Unseren, "ich hätte dabei wenigstens etwas zu tun!"

Es würde wärmer. Unsere Leute wurden stiller. Kaum war man noch zu Späßen und Witzen aufgelegt. Meine Hände waren feucht und mein ganzer Körper triefte vor Schweiß. Ich trocknete meine Stirn, ich schlug nach den Fliegen, ich war erschöpft. Nur mit Mühe konnte ich meine Augen offen halten; die grüne Landschaft fing an, auf meine Nerven zu gehen. Ich hatte genug gesehen. Schon schien es mir, dass ich mein ganzes Leben lang nur den Chacobusch vor Augen gehabt hatte. Schon wurde ich ungeduldig auf ein Eckchen, das etwas anders aussehen möchte.

Dabei ertappte ich mich bei meinem ersten Zweifel über dieses ganze Unternehmen. Wie eine Versuchung oder eine Anfechtung trieb er mich um. Noch gestern hatte ich mich so gefreut, hatte so hoffnungsvoll in die Zukunft geblickt. Jetzt hatte ich das Empfinden, als ob sich gar nichts geändert hatte. Wir waren nur noch eine Gruppe heimatloser Flüchtlinge auf der Suche nach einem Zuhause. Zuhause! Fast hatte ich schon vergessen, was das bedeutete.

Müde schloss ich meine Augen. Bald müssten wir doch einen Bahnhof erreichen. Dort versteckt im frostigen Nebel mit dem beschnurrbarten, stampfenden russischen Beamten, uns argwöhnisch betrachtend und barsch ausfragend...

Ich schnellte in die Höhe und riss meine Augen auf. Da sah ich wieder nur den grünen Busch in der heißen Chacosonne, den blassblauen Himmel und die schwirrenden Fliegen. Erleichtert atmete ich auf.

Aber meine Augen fielen doch wieder zu. Wieder kam der Traum vom Schnee und den russischen Beamten. Leise betete ich: "Ach Gott erbarme dich unser! Hilf uns! Sei uns gnädig! Erhöre uns! Ich darf nicht aufhören mit Beten."

Wieder erwachte ich mit einem Ruck. Nein, hier brauchten wir uns nicht zu fürchten. Man hatte uns doch nach Paraguay eingeladen. Nein, auf diesem langsamen Zug durch die Chacowildnis brauchten wir nicht um Bewahrung zu beten. Gott hatte unser Gebet doch erhört. Ich konnte die Augen ruhig schließen und mich an Mama oder Maria lehnen...

Als ich wieder wach war, waren wir auf einem der Chacocampos. Campo ist das spanische Wort für eine Landebene. Hier war sie wie ein Park, der uns bewillkommnen wollte.

O wie schön! dachte ich.

Dann fiel mir ein, was Papa gesagt hatte: "Schön ist ein Wort für Kinder!"

"Ich werde es nicht sagen", nahm ich mir vor, "aber Papa kann ja mir das Denken nicht verbieten!"

Und was waren das für Tiere, die flink wie ein Pferd von Baum zu Baum liefen? Zweibeinig mit langen Hälsen und langen Beinen?

Strauße! Ganz neu war mir das Wort; ganz neu vor allen Dingen diese seltsamen Vögel, die nicht fliegen aber wie der Wind laufen konnten. Es schien als ob sie den Wind auf der Ebene verursachten. Wieder schloss ich meine Augen, um mir das Bild zu verinnerlichen, aber auch um meine Tränen zurückzuhalten.

4

Endlich erreichten wir die Endstation. Weiter reichte die Schmalspurbahn nicht. Von hier sollten uns die Kanadier abholen. Sie warteten schon auf uns, barfuß mit breitrandigen Strohhüten, auf ihren Wagen mit Ochsengespannen. Mehrere Tagereisen entfernt war unser Ansiedlungsplatz. Noch tiefer in den Chaco sollte unsere Reise westwärts gehen.

Jede Stunde jedes Tages sollte uns nun näher zu unserer neuen Heimat bringen. Die Fahrstraße war lediglich eine zweispurige Schneise durch den Busch. So langsam ging die Fahrt, dass es mir so war, als machten wir gar keinen Fortschritt.

Aber die Landschaft hatte sich verändert. Ein dichter grau-grüner Dornbusch umgab uns hier. Kaum konnte man dieses Gebüsch einen "Wald" nennen. Unsere Vorstellungen von einem Wald waren aus Europa. Hohe Bäume, kühle Schatten und geheimnisvolle Weiten hatten dort den Wald gekennzeichnet. Nein, dieses war kein Wald. Hier genügte der Name "Busch" vollkommen. Zudem war er außerordentlich trocken.

Aus einer gewissen Entfernung erweckte dieser Busch den Eindruck einer verwirrten Masse von Dornen, Zwergbäumen und Kakteen. Aus der Nähe freilich merkten wir einen geradezu verwirrenden Reichtum von Gattungen. Alle Pflanzen waren dem schweren Boden, der subtropischen Hitze und den sehr wechselhaften Niederschlägen angepasst. Alle Pflanzen schienen durch Ranken miteinander verwoben zu sein.

Johann Walde war wieder einmal der "Allwissende." Alles konnte er erklären, während wir qualvoll langsam durch den Busch schaukelten. "Ist es nicht merkwürdig, wie viel Staub die langsamen Ochsen aufwirbeln können?" bemerkte er bei einer Gelegenheit. Er hatte recht. Der Staub blieb in der Luft hängen, und wir mussten mitten durch die Staubwolken, die immer wieder Husten Salven verursachten.

Viel wollten unsere Leute von den Kanadiern wissen. Immer wieder fragten sie unseren Fahrer, Martin Toews, über die Witterungsverhältnisse, Niederschlagsmengen und dergleichen. Man wollte vieles über die Aussaaten wissen, die hier gediehen. Mama wollte wissen, ob man hier Hühner und Schweine halten könne, ob es hier Gärten und Obstbäume gäbe. Der etwas schweigsame Toews antwortete geduldig und vorsichtig, gab aber ohne Fragen keine Auskunft über unsere neue Heimat.

Für mich waren die Unterhaltungen von zweitrangigem Wert. Ich beschäftige mich mit meinen Gedanken und mit dem, was ich vor mir sah. Ich vertraute meinen Eltern und versuchte, mir selber ein Bild unseres zukünftigen Lebens zu machen. So vieles hatte sich schon verändert, seit wir bei Puerto Casado landeten. Die Veränderungen waren aber so langsam gekommen, dass ich die Variationen kaum noch behalten hatte. Schon hatte ich vergessen, wie der Hafen ausgesehen hatte.

Endlos schien unsere Fahrt zu sein. Immer wieder mussten wir Halt machen. Die Ochsen mussten trinken, grasen. Wir mussten essen und schlafen, und wieder essen und schlafen. Beim Sonnenuntergang hatte ich den Eindruck, dass wir im Laufe des Tages kaum einen Schritt vorwärts gekommen wären. Unser Nachtlager schien dasselbe zu sein, das wir am Morgen verlassen hatten.

Ab und zu durchfuhren wir einen Campo, völlig menschenleer, aber wir fuhren weiter. Wir könnten ja hier bleiben und dieses Land bearbeiten, dachte ich dann, aber die Wagen rollten weiter. Warum mussten wir so weit ab ansiedeln?

Die scheinbar stillstehende Sonne und die äußerst langsame Ochsen wollten mir fast den Glauben an eine etwaige Ankunft rauben. Alles blieb dasselbe! Keine besonderen Erkennungszeichen konnten wir finden. Nichts war uns bekannt; Nichts kannten wir bei Namen. Nur der staubige Krüppelbusch verbarg den Horizont. Darbende Zwergbäume spotteten meiner. Vögel schrien heiser. Ich habe keinen Vogel singen hören.

Wilhelm Fröse's Unterhaltung interessierte mich zunächst nicht im Geringsten; nur allzu bekannt war mir das Gesprächsthema schon. Immer wieder drehte sich die Unterhaltung der Männer um die Erfahrungen des letzten Jahrzehnts in Russland. Es war wie bei einem Dorfs Brunnen: Immer wieder konnte man aus den jüngsten Erfahrungen schöpfen, und nie wurde der Inhalt erschöpft. Am Abend beim Lagerfeuer; am Tage bei den vielen Stunden des erzwungenen Nichtstuns - immer wieder kam man zurück auf das Furchtbare, das Schwere, das sie aus der Heimat vertrieben hatte. Natürlich konnte man dabei ausgiebig auch die entferntesten Verwandtschaftsgrade "nachfädmen", so dass die Geschichte jedes Einzelnen zur gemeinsamen Erfahrung aller wurde.

Mich fesselten vielmehr Fröse's große, stark hervorstehende Ohren. Wenn er sprach oder gestikulierte, bewegten sie sich kaum, sondern standen steif, als ob sie Wachtposten wären. Seine Tochter Susi, ein Jahr älter als ich, hatte diesen Körperzug von ihrem Vater geerbt. Aber sie konnte ihn mit ihrem langen Haar bedecken, indem sie es straff über die Ohren zog und es hinten zu einem festen Schopf zusammenzog. Nur eine kleine Wölbung an jeder Seite ihres Kopfes verriet das Erbe des Vaters. Ich hatte mir keine besondere Mühe gemacht, mich mit Susi zu befreunden. Sie war zu still und zurückgezogen für meinen Geschmack.

Aber gerade an diesem Tag war mir ihr älterer Bruder Hans aufgefallen. Bis dahin hatte ich kaum auf Jungen Acht gegeben. Wie Vögel von Baum zu Baum flattern, so ging es mir mit Jungen. Auf den Hans wurde ich erst aufmerksam, als ich merkte, mit welchem Geschick und welcher Leichtigkeit er vom Wagen gesprungen war. Er gefiel mir ganz gut, und ich hätte gerne gewusst, was er von mir dachte. Nicht dass er mich ansprechen würde; die ganze Familie war schüchtern und zurückgezogen die Eltern und auch die Kinder, Hans, Kornelius, Susi, Greta und die drei jüngsten Kinder. So kam es mir ganz unerwartet, dass Fröse auf einmal ins Erzählen geraten war. Ich hörte eigentlich nur hin, weil der Hans mich in dem Moment interessierte.

"Wir hatten nichts zu essen", sagte Fröse gerade, "nichts außer einigen Schnitten Brot. Da sagte meine liebe Frau: 'Wilhelm, wir müssen etwas mehr haben, besonders für die Kleinen. Was sollen wir tun?' Ich ging ohne Antwort aus dem Haus. Ich konnte die Kinder mit ihren stummen Bitten und hohläugigen Blicken nicht mehr ansehen. Die älteren verstanden schon, aber nicht die kleineren. Ein Säugling war uns schon gestorben..."

Onkel Fröse sprach leise, etwas schnell. Ab und zu wollte ein Stottern die Rede unterbrechen. Dann schloss er seine Augen und warf seinen Arm mit einer schlagende Bewegung nach vorne, um die stockende Rede wieder ins Fließen zu bringen.

"Bist jetzt hatte Gott immer gesorgt. Jedes Mal. Aber an dem Tag waren wir wirklich ganz am Ende. Er wird die Seinen doch nicht Mangel leiden lassen, sagte ich zu mir selber. Aber ich wusste, dass mehrere der Seinen schon Hungers gestorben waren. Das konnte ich nicht verstehen. Warum würde Gott jemand von den Seinen sterben lassen? So lief ich auf's Feld um zu beten, wie ich es auch schon vorher getan hatte. Ich betete um irgendeine kleine Hilfe in unserer verzweifelten Lage. Ich warf mich auf die hart gefrorene Erde -noch war kein Schnee gefallen- und wollte beten. Aber immer wieder verfolgten mich die anklagenden Augen meiner Kinder; als ob sie meinten, dass es meine Schuld wäre, ich war doch der Vater, und..."

Fröse unterbrach sich. Nur die Muskeln in seinem Gesicht zuckten, als wollte er das Weinen unterdrücken.

"Und dann lief auf einmal eine Feldmaus nahe bei mir vorbei. Sie war für den Winter ganz schön ernährt. Mit wenig Mühe konnte ich sie greifen. Ich brachte sie ins Haus. 'Gott hat sie uns geschickt', sagte ich zu meiner Frau, 'so wird es schon gut sein?' Es gab eine Suppe. Zwei Tage später kam die amerikanische Hilfe bis in unser Dorf."

Seine Zunge gelöst, erzählte Fröse uns noch eine Begebenheit.

Während einer Nacht sei eine Bande in ihr Haus gekommen und hätte eine Mahlzeit verlangt. Während seine Frau die Kartoffeln (sonst hatten sie nichts im Hause gehabt) zubereitet hatte, hätten die Männer das Haus durchgesucht. Viel hätten sie schon nicht finden können außer einigen Wollstrümpfen, einer Uhr, einigen Wachskerzen und einer Bluse.

"Dann warfen sie lüsterne Blicke auf die Frauen", erzählte Fröse tonlos weiter. "Zuerst auf meine Frau. Dann merkte der Anführer auf einmal unsere Susi. Er war ein hochgewachsener Mann und trug eine Pistole. Diese gab ihm Mut. 'Die krieg' ich schon später?' sagte er zuversichtlich."

Beim Anhören dieser Erzählung überfiel mich plötzlich eine Art Furcht. Wie würde diese Geschichte enden? Wo war denn die Susi? Irgendwie war ich erleichtert, dass Susi dieses alles nicht hören musste. Ich versuchte mich zu verstecken und hoffte, dass das hereinbrechende Dunkel mich vor den Blicken der anderen verbergen würde. Fröse erzählte weiter.

"Sie aßen die Kartoffeln, während wir im anderen Zimmer saßen. Nicht eine Kartoffel wurde übrig gelassen. Und dann kam der Anführer ins Zimmer, Weingeruch auf seinem Atem. 'Jetzt werde ich sie haben', sagte er, indem er auf die Susi zukam und sie anfasste. Dieser Unhold berührte meine Tochter!"

Wieder musste Fröse sich unterbrechen, um sich zu beherrschen. Meine Ahnung sollte sich also bewahrheiten. Obwohl ich nicht verstehen konnte, dass eine Berührung so etwas Schreckliches sein sollte, wusste ich instinktiv, dass etwas ganz Schreckliches geschehen war. Alle meine Gedanken konzentrierten sich jetzt auf die arme Susi, deren schüchternes Gesicht auf einmal fast die Züge einer Heiligen annahm.

Der Vater fuhr fort, als ob er unter einem Zwang sei: "Ich rief: 'nein, nein!' Ich war bereit alles dranzugeben. Ich bot ihm noch eine Bluse an -irgendetwas; nur meine Tochter sollte er verschonen. Aber er zielte nur mit seiner Pistole auf mich. Meine Frau nahm die Kinder ins andere Zimmer, Susi weinte, der Unhold fing an, ihr die Kleider zu reißen."

Niemand versuchte Fröse zum Schweigen zu bringen. Nur halb verstehend, hörte ich mir den ganzen Vorgang der Vergewaltigung der armen Susi bis in die kleinsten Einzelheiten an. Während der ganzen furchtbaren Szene hatte Frau Fröse im anderen Zimmer laut gesungen.

"Ich wusste nicht, was ich tun sollte", klagte Fröse. "Als ich sah, dass es sein Ernst war, dass er nicht nur spielte, um uns zu ängstigen, um sie dann doch freizugeben, sprang ich auf ihn zu. Ich konnte es doch nicht gerade so tatenlos geschehen lassen. In dem Augenblick war ich bereit, ihn zu töten. Ich hätte es auch wohl getan, wenn er mich nicht gehört hätte. Blitzschnell drehte er sich um. Dann warf er die Pistole einem seiner Männer zu mit den Worten: 'Pass du auf ihn auf; ich habe jetzt anderes zu tun.' Während dieser nun den Lauf der Pistole auf mich gerichtet hielt, hörte ich noch, wie Susi auf plattdeutsch sagte:"'Lot mau senne, „Pa; brinj die nich uck noch en Jefoa!" (Papa; bring dich nicht auch noch in Gefahr).

"Vergebens hoffte ich auf Hilfe von dem Kameraden des bestialischen Vergewaltigers. Sollte ich versuchen, ihm die Pistole aus der Hand zu schlagen? Aber dann hätten die Banditen uns alle mit ihren Säbeln ermordet. So musste ich wehrlos der Schandtat zuschauen. Dann war's vorüber, und die Bande war draußen. Ich ging zu den Kindern, während meine Frau Wasser heiß machte, um die arme Susi zu baden."

Fröse nahm sein Taschentuch und wischte seine Augen. Noch schluchzte er ein paarmal; dann hatte er seine Selbstbeherrschung wieder.

Mittlerweile war die Sonne untergegangen; ganz schnell war es dunkel geworden. Von ferne hörte ich einen lang anhaltenden Schrei, dem einer gequälten Menschenseele nicht unähnlich. Ich zitterte am ganzen Leibe. Die tropische Finsternis und der schreckliche Bericht von Fröse verschmolzen ineinander zu einem geheimnisvollen, furchtbaren Erlebnis fast als wäre der Chaco selber eine Drohung.

Aber auch noch etwas berührte mich tief, etwas, das ich als ganz wunderbar empfand. Ich kam mir auf einmal als erwachsen vor. Mit tief empfundenem Mitleid schloss ich die Fröse Familie in mein Herz. Dasselbe empfanden auch die anderen, die im Kreise um Fröse saßen. Alle hatten seine schreckliche Erfahrung miterlebt. Alle waren in tiefem Schweigen versunken, bis Fröse sich wieder fassen konnte: Heinrich Pauls, Papa, Schwager Klaus, der junge Prediger Rahn, Johann Walde, Jakob Bergen und sein Sohn Jakob. Auch Mama war da, und Sarah Rahn und ich. Etwas abseits saß Leni Walde und stillte ihren Säugling. Alle waren wir durch das Schicksal Susis und ihrer Familie verbunden. In dem Augenblick änderte sich meine Einstellung der armen Susi gegenüber. Ich verehrte sie förmlich. Wie hatte sie das Untragbare tragen können? Sie war mir bei weitem überlegen. Ich wollte sie zur Freundin haben.

Jetzt sprach Fröse wieder. "Habe ich alles getan, was ich konnte? Wie ist das eigentlich mit unserer Wehrlosigkeit? Ich habe zwar nichts getan, aber gehasst habe ich. Gott hat unsere Gebete erhörte und aus Russland herausgebracht. Aber nicht, weil ich reines Herzens war. Ich war's eben nicht."

Wieder schwieg er, als ob er feststellen wollte, welche Wirkung dieses Geständnis auf uns gemacht hatte.

"Ich hab's ja nicht verdient", fuhr er nun fort. "Gewiss könnte ich sagen, dass ich mich im Leiden bewährt habe, aber was hätte ich in dem furchtbaren Moment tun sollen? Ich weiß es nicht, ich weiß es wirklich nicht..."

Niemand wagte eine Antwort. Niemand wusste, was man in so einer Lage hätte tun sollen. Aber alle nickten mit tiefem Verständnis ihre Häupter.

Endlich brach Prediger Rahn das Schweigen: "Du hast alles getan was du konntest, Wilhelm", sagte er. "Niemand von uns hätte anders handeln können."

Ein allgemeines Räuspern und mehrere "Ja" Antworten wurden hörbar. Dis Spannung war gebrochen. Jemand lenkte das Gespräch auf andere Sachen.

An dem Abend habe ich die Stärke der Gemeinschaft erlebt. Wir würden zusammenhalten; zu diesem Volk gehörte ich. Ich hatte die Susi in mein Herz geschlossen. Ein warmes Gefühl empfand ich für alle: Unser Kreis gegen den Chaco. Wir würden es schaffen!

6

Ich hatte immer das Empfinden, als ob Papa niemals ein Kind gewesen wäre, denn immer, wenn er etwas aus seinem Leben erzählte, fing er mit Orenburg an, wohin er als junger Ehemann gekommen war und wo er als Bauer angefangen hatte. Der Werdegang seiner Bauernwirtschaft in Orenburg war gewissermaßen seine Geschichte. Wenn er bei Dorfs Zusammenkünften zu Wort kam, sprach er immer nur von seiner Wirtschaft in Orenburg -von diesem oder seinem Ernteertrag, dem Ankauf dieses oder jenes landwirtschaftlichen Geräts, der Größe und der Beschaffenheit seines Pferde Bestands (dabei erwähnte er sogar Farbe und Eigenschaften einzelner Tiere), der Größe des Stalles und seinen Plänen für ein neues Haus, dessen Errichtung durch den Ausbruch des Krieges verhindert worden war.

Ja, dieser unselige Krieg! In Papas Augen hatte dieser Krieg alles Schlechte, was seitdem in der alten Heimat geschehen war, verursacht. Alles war seitdem außer Ordnung geraten und nichts mehr wieder zurechtgestellt worden. Der Krieg hatte ihm seine Söhne genommen, als sie die Höhe ihrer Manneskraft erreicht hatten und als er sie am wenigsten entbehren konnte. Alles Gute im alten Russland wurde mit *Pud* berechnet und alle Verluste im neuen mit den Abgaben an die sowjetische Regierung. Die Einzelheiten waren das Maß seines Verlustes und seines Schmerzes um diesen Verlust.

Als jüngste Tochter wusste ich wenig mehr über meinen Vater. Aber ich hatte ja auch fünf Brüder gehabt. Ihre Geschichte ging mich schon näher an. Meine Eltern waren erst acht Jahre verheiratet, als sie schon fünf Söhne hatten. Natürlich hatte sich Papa auch zur Geburt meiner Schwester Maria und meiner Ankunft gefreut, aber nichts konnte ihm seine Freude über die fünf Söhne ersetzen.

"Alle fünf blond und hell wie ihre Mutter, aber groß und stark mit klaren blauen Augen, die furchtlos in die Zukunft blicken!" So pflegte er stolz zu sagen. "Wie Ölzweige um meinen Tisch, wie der Psalmist es ausdrückt."

Aber dann war alles ganz anders gekommen. Als 63jähriger Mann war er ohne Söhne nach Paraguay gekommen, ein enttäuschter, gebrochener Mann.

Gerhard, der zweitjüngste, war von heiterer, fast übermütiger Natur gewesen. Wie oft hatte er mit seinen jugendlichen Streichen Vaters Zorn erregt. Er war 1917 zu Tode gekommen, als sein Sanitätszug mit einem anderen Zug zusammengefahren war.

Ruben war der mittlere Sohn. Ich habe ihn noch in Erinnerung. "Kleines Kätzchen!" nannte er mich immer liebkosend.

"Der kannte sich mit dem Acker aus", sagte Vater immer mit einem gewissen Stolz. "Auch hatte er einen praktischen Geschäftssinn." Es war klar, dass Ruben einmal den Hof und die Wirtschaft erben würde. Er starb 1927 während der Dreschzeit. Eines Tages brach er mit großen Kopfschmerzen zusammen. Drei Tage später war er eine Leiche. Nie werde ich vergessen wie ich damals meinen Vater im Stall weinen hörte. Die Pferde standen in ihren Räumen wie immer, fraßen ihr Heu, scheuchten mit ihren Schwänzen die Fliegen ab, während Papa, seinen Kopf gegen einen Pfeiler gestützt, herzzerbrechend schluchzte. Ganz leise entfernte ich mich.

Ruben und seine hübsche junge Frau Christa hatten eine Zeitlang in unserer Großen Stube und auch in unserer Sommerküche gewohnt. Da ihre Ehe kinderlos geblieben war, ging sie nach Rubens Tod wieder zurück zu ihren Eltern. Acht Monate später heiratete sie wieder. Papa war darüber unzufrieden.

"Warum soll sie denn nicht glücklich sein?" verteidigte Mutter sie.

Mein ältester Bruder Abram, nach Papa genannt, war schon fast erwachsen, als ich klein war, und ich habe ihn nie richtig kennengelernt. Ich habe aber viel über ihn gehört. Mit vierzehn Jahren verrichtete er schon volle Mannesarbeit. Ob er ein Pferdegespann lenkte, den Dreschflegel oder die Heugabel führte, nie würde er vor den Großen nachgeben.

Aber er und Papa kamen nicht gut miteinander aus. Abram heiratete jung und zog auf des Schwiegervaters Hof, statt bei uns zu bleiben und mit Papa zusammen Nachbar Boldts Hof zu kaufen, wie Papa es sich so schön zu recht gedacht hatte. Später zogen Abram und Susanne in den Osten nach Sibirien in die neue mennonitische Ansiedlung bei Omsk. Während seines Sanitätsdienstes hielt er einmal auf einer Fahrt in die Front bei uns an. Aber der Besuch gestaltete sich fast wie der eines Fremden. Er sprach von seiner Familie als wären sie lediglich ehemalige Bekannte von uns.

Während unseres Moskauaufenthaltes trafen wir eine Familie aus Omsk, die Abram und Susanne kannte. Mama hatte sie gründlich ausgefragt, aber wenig erfahren. "Etwas ist nicht in Ordnung", sorgte sie sich. "Wollen mit der Sprache nicht heraus. Aber Susanne soll unordentlich geworden sein. So wie sie jetzt geschildert wurde, ist sie früher nie gewesen." Man wusste, dass Abram einer Kollektive beigetreten und zur Zeit nicht in Gefahr war. Er wollte nicht mit uns zusammen auswandern.

Peter, der zweitälteste Sohn, diente während des Krieges in einem Lazarett am Schwarzen Meer. Nach dem Abschluss seines Diensttermins kam er nach Hause. Als dann die Namenlist der Auswanderungslustigen aufgestellt wurde, ließ er sich auch eintragen.

"Ich gehe mit deiner oder ohne deine Einwilligung", sagte er zu Papa. "Es wird hier nimmer besser. Ich habe darüber gebetet, und ich gehe."

Natürlich versuchte Vater ihn zum Bleiben zu überreden. Nur die Ängstlichen gingen nach Kanada, meinte er. Er glaubte damals noch immer, dass die negativen Folgen der Revolution vorübergehend sein müssten.

"Ich habe mich geirrt", gab Vater viel später zu -eine ganz beträchtliche Leistung für ihn-"und nun ist der stille Peter der klügere von uns zweien gewesen. Er ist in Sicherheit." Peter arbeitete in einer Fabrik in der Präriestadt Winnipeg. Er hatte spät geheiratet im Alter von 32. Seine Frau war eine eingewanderte Witwe mit zwei Töchtern. Der etwas karge Briefwechsel verriet Frömmigkeit und Optimismus.

Und David! David war der jüngste und mein Lieblingsbruder. Er war schön von Gestalt, gesprächig und voller Charme.

"Alle Dorfsmädchen sind in unseren David verliebt", sagte Mama des Öfteren.

Als ich noch klein war, nahm David mich recht oft auf den Schoß und sang mir mit seiner schönen Tenorstimme russische Lieder vor, von denen ich kaum etwas verstand.

Aber er war auch rebellisch. Er war der einzige, der sich der kämpfenden Truppe anschloss. Für die mennonitische Wehrlosigkeit hatte er kein Verständnis. Er sah den Krieg als eine Art Abenteuer an. Ab und zu kam er auf Urlaub nach Hause. Dann erzählte er uns ganz faszinierende Geschichten. Aus ihnen erfuhren wir, wie nahe er oft dem Tode gewesen war. Aber er tat ganz unbekümmert; er trage das Glück in seinem Rucksack, meine er. Es sei wie ein Lied, das man zu jeder Zeit singen könne.

Sein letzter Brief trug die Jahreszahl 1920 und ein Moskauer Poststempel. Er war noch immer im Heer, aber es tat ihm jetzt leid, diesen Schritt gemacht zu haben. Im Krieg werde mehr als nur der Feind getötet, meinte er. Er bat um Vergebung und er wünschte, er könnte noch einmal gut machen, was er den Eltern angetan hatte.

"Wie wünsche ich nun, dass ich auf euch gehört hätte", schrieb er. "Ich hätte es wie Gerhard und Peter machen sollen. Der Tod wäre besser als die Schuld, die ich nun auf mich geladen habe. Könnt ihr mir verzeihen?"

Immer wieder lasen die Eltern diesen Brief. "Natürlich verzeihen wir ihm", rief Papa, "warum kommt er denn nicht nach Hause?"

Mama aber war tief besorgt. "Er wird sicher krank sein. Dieser Brief klingt gar nicht nach unserem David!" Nach Monaten, während der keine weitere Nachricht einlief, bat Mutter den Vater, nach Moskau zu reisen, um David zu suchen.

Er konnte ihn nicht finden. Keine Spur, weder tot noch lebendig, war aufzufinden. Nach zwei Wochen kam er nach Hause und erklärte ihn öffentlich als verstorben. Es war, als hätte er nie gelebt.

Aber Mama gab die Hoffnung nicht auf. Immer wieder hatte sie denselben Traum: Sie arbeitete in der Küche an einem süßen Nachtisch. Während sie am Herd stand und ihn rührte, sah sie durch die offene Küchentür David bei den Bäumen an der Hofgrenze hervortreten. Er trug seine Uniform und ging im Soldatenschritt. Doch dann musste sie sich wieder dem Herd zuwenden, so dass sie sein Gesicht nicht klar sehen konnte. Dann hörte sie seine Schritte im Stall und seinen Ruf: "Mutter!" Doch als sie sich umwandte, um ihn freudig zu begrüßen, war er verschwunden, und sie wachte auf.

"Wenn ich doch nur einmal sein Gesicht sehen könnte!" war ihr einziger Wunsch.

"Gretel, der Junge ist tot! Hör doch auf, dich mit törichten Wünschen zu quälen. Ich habe ihn doch auch geliebt, aber was helfen leere Träume?"

"Mag sein…ich weiß es ja auch, dass er tot ist, aber…vielleicht will Gott mich strafen, dass ich früher so stolz auf ihn war. Vielleicht darf ich deshalb sein Gesicht nicht mehr sehen."

"Gretel, so darf man nicht denken!" sagte Papa streng.

Mehrere Jahre vergingen und eines Tages im Vorfrühling bei mildem Sonnenschein, der uns den Frühling vorzutäuschen schien, kam David tatsächlich nach Hause. Er war blass und abgemagert, so dass ich ihn gar nicht erkannte. Aber seine Stimme war dieselbe geblieben. "Mutter!" rief er zuerst, dann "Vater!" und "Meine kleine Anna, wie bist du groß und schön geworden!"

Dann erinnerte Papa sich an Mamas Traum und sprach von einer erfüllten Prophezeiung. Wir hatten Angst, unsere Blicke von David abzuwenden, im Falle er auf einmal verschwinden sollte. Aber es war die Wirklichkeit; David war zu Hause.

David sprach nicht viel über die Zeit seit seinem letzten Brief. Er war krank gewesen, und viele Monate waren aus seinem Gedächtnis gewischt worden. Er hatte sich bekehrt und dann hatte er in den Wäldern des Nordens gearbeitet, wo der Schnee das runde Jahr hindurch nicht völlig verschwindet.

Dann sagte er leise und geheimnisvoll: "Man duldet keine Gläubigen mehr in Russland; nicht einen! Man will den Namen Christi in unserem Lande völlig auslöschen." Er machte eine Handbewegung, die einen glatten Rasierzug darstellen sollte, um seine Worte zu bekräftigen.

Ich war tief beeindruckt. Wir wussten es ja alle, dass die neue Regierung atheistisch war, aber bis jetzt hatte man unsere gottesdienstlichen Versammlungen in der Kolonie noch nicht verboten.

David wollte sich nun taufen lassen. Er las viel in der Bibel, und oft konnten wir ihn halblaut beten hören. Wenn Papa und Ruben Pläne für die Wirtschaft machten, zusätzliches Ackerland pachteten oder ein neues Gerät anschafften, versuchte er sie davon abzureden. "Ihr wißt nicht, was in unserem Land geschieht!" sagte er nur immer wieder. Mit der Zeit verursachte Davids Anwesenheit eine kleine Spannung in unserem Haushalt. Vater und Ruben wollten seinen düsteren Voraussagen keine Glauben schenken.

Eines Tages erklärte David ganz einfach, dass er in den fernen Osten ziehen wollte. Eine neue mennonitische Siedlung war bei Blagowensk im Entstehen. Sein Freund, Hans Isaak, wollte dorthin ziehen und hatte ihn eingeladen mitzukommen.

"Aber ist das nicht ganz nahe bei der chinesischen Grenze?" wollte Mutter wissen.

"Ja!" antwortete David.

"Aber dann brauchst ja du eine Frau", platzte ich heraus.

"Das weiß ich", antwortete David lachend, während er mich wie früher umarmte. "Der Herr wird schon für mich sorgen"

Und so war der heimgekehrte Bruder wieder weg. Wo könnte er jetzt sein? Hatte er geheiratet? Hatte er eine Familie? Er war so ganz anderes geworden. Dann hörten wir auf Umwegen von einer Flucht über den Amur nach China. Ob David auch zu diesen Flüchtlingen gehörte? Würde er so etwas wagen? Wie gerne würde ich ihn wiedersehen wollen. Vielleicht würde er noch eines Tages zu uns in Paraguay kommen.

Um 1928 war auch Vater davon überzeugt, dass Russland einen völlig neuen Weg eingeschlagen hatte. Es war ihm klar geworden, dass die NEP Periode mit ihrer zeitweiligen Rückkehr zur Privatinitiative zu Ende gekommen war; dass die Regierung unter Stalin, der nach dem Tode Lenins das Machtringen in der U.d.S.S.R. gewonnen hatte, ohne Rücksicht auf den Einzelnen oder auf die Kirche die Ziele der Revolution verwirklichen würde. Schon hatten die Sowjets das Dorfs-Leben neu organisiert; das Gotteshaus wurde als Bezirksbürogebäude beschlagnahmt.

Papa hatte nie zu den ganz Reichen gehört. Aber als man diese beseitigt hatte, war die Klasse, zu der Vater gehörte, an der Reihe. Der örtliche Sowjet, freilich nur "auf Befehl von höheren Instanzen" wurde immer zudringlicher. Es wurde bald unmöglich, die verlangten Abgaben zu entrichten. Dann hieß es "Kulak!" die Faust. Man verlangte von ihm das Unmögliche, oder...

Dann kam der entscheidende Abend. Dieser bleibt wie eingraviert in meinem Gedächtnis. Papa war an jenem Donnerstagabend im Oktober 1929 schon zur Ruhe gegangen. Da hörte er ein leises Klopfen an das Fenster des Schlafzimmers. Augenblicklich war er hell wach. Mit klopfendem Herzen ging er zur Tür.

"Wer ist da?" rief er in die Dunkelheit.

"Bernhard", antwortete eine Stimme. Es war sein Neffe, Bernhard Sawatzky, der Lehrer, der ab und zu im Dorfsowjet arbeitete, der ihm nun entgegentrat.

"Was willst du?" fragte Papa, am ganzen Leibe zitternd.

"Ich bin gekommen, dich zu warnen, Onkel", sagte Sawatzky, sich vorsichtig umschauend. "Du bist an der Reihe, verhört oder ver..." -er beendigte den Satz nicht. Er brauchte auch nicht. Vater konnte schon das gefürchtete Wort *verschickt* hören.

"Weißt du das ganz bestimmt?"

"Natürlich weiß ich das. Du musst mich nur nicht fragen wie. Bauern wie du passen nicht in die neue Ordnung hinein!"

Bernhard schwieg einen Augenblick unschlüssig, nicht wissend, wie viel er sagen sollte. Dann gab er sich einen Ruck.

"Höre, Onkel Abram", sagte er, "würde ich mein Leben aufs Spiel setzen, um dir eine Unwahrheit zu sagen?"

"Kannst du nicht... für mich tun?"

"Nein, gar nichts mehr. Ich habe mich mehr als einmal für dich in den Riss gestellt, aber ich muss auch an mich und meine Familie denken."

"Ja, ich kann's verstehen."

"Also, Auf Wiedersehen!"

"Auf Wiedersehen, und Danke, Bernhard!"

"Ich hab's getan, weil wir Verwandte sind."

"Und du, Bernhard?"

"Ich werd's schon schaffen!" Und schon war er in der Dunkelheit verschwunden.

In dieser Nacht hat Papa nicht geschlafen.

Früh morgens sagte er ganz ruhig: "Wir fahren nach Moskau, Gretel, uns um unsere Ausreisepapiere zu bewerben."

"Geht es nach Kanada?" Mama war fast außer sich vor Freude. Sie wäre schon am liebsten mit Peter ausgereist.

"Still. Es muss zunächst ein Geheimnis bleiben."

"Gott sei Dank! Wann geht es los?"

"Noch heute Abend."

"So schnell, wie soll ich fertig werden?"

"Wir werden fertig sein müssen."

"Wer?"

"Wir beide und Anna, natürlich. Wir werden Maria nachher benachrichtigen. Söhne haben wir ja keine mehr." Das letztere wurde mit einem Anflug von Bitterkeit hinzugefügt.

7

Am dritten Morgen unserer Fahrt in den Chaco sagte unser Lenker, Martin Toews, dass die Ochsen sich beim Grasen des Nachts verlaufen hätten, und dass sie nirgends zu finden seien. Die Männer unserer Gruppe meldeten sich als Helfer bei der Suche nach den Zugtieren.

Wir Frauen und Kinder warteten bei der schmutzigen Wasserpfütze, wo wir unser Lager aufgeschlagen hatten. Wir spülten das Geschirr, verpackten unsere Kleider und luden alles auf die Wagen. Ich musste die Windeln für Marias Baby in dem schmutzigen Wasser waschen und sie dann auf die Baumzweige zum Trocknen aufhängen. Wir arbeiteten schnell in der Meinung, bald weiterfahren zu können.

Als die Sonne immer höher stieg und weder Männer noch Ochsen zurückkamen, nahmen wir einige Decken von den Wagen und breiteten sie im Schatten aus. Wir sprachen wenig; nur den Kindern mussten wir immer wieder zurufen: "Weg vom Busch! Setzt eure Hüte auf! Kommt und setzt euch!"

Ich selber wäre viel lieber mit den Männern auf die Ochsensuche gegangen. Dann wüsste ich wenigstens was vorging. Wo blieben sie nur so lange?

Die Kinder waren unruhig. Maria wiegte die kleine weinende Margarethe. Leni Walde versuchte ihre Kleinen nahe bei sich zu halten.

"Ich werde auf deine Agnes aufpassen", bot Susi ihr an, indem sie der kleinen Dreijährigen nachlief.

"Ich helfe dir", sagte ich. Ich rief meinen Neffen Nikolaus, und wir konnten die Kinder überreden, mit uns auf einer der ausgebreiteten Decken ein Spiel zu machen. Mit kleinen Zweigen und Blättern spielten wir, indem wir sie zusammen mit den Kindern in verschiedenen Formationen auf der Decke ausbreiteten.

Leni Walde aber nahm ihre beiden Jüngsten unter ihre Arme, drückte sie fest an sich und legte sich mit ihnen auf eine Decke. Sie ließ nicht locker, auch als die Kinder anfangs sich befreien wollten. Mit der Zeit gaben sie nach und schliefen ein. Auch Lenis Augen schlossen sich. Sie lag auf dem Rücken, ihre Arme um die beiden Kinder, und schlief auch ein.

"Ich weiß nicht, wie sie in dieser Stellung schlafen kann!" wunderte sich Mama, "auf dieser harten Erde, bei hellem Tageslicht!"

"Sie braucht die Ruhe", sagte Susi, ihre Augen voll Mitleid. Mein Wissen um Susis Heldentat in Russland ließ sie mir schöner erscheinen, als sie tatsächlich war. Ihr schlichtes Wesen, ihre Hilfsbereitschaft, ihre fürsorgliche Haltung Leni Walde gegenüber zeugten von wahrer innerer Schönheit.

"Wo bleiben die Männer nur?" klagte Frau Fröse, Susis Mutter, ungeduldig. Jedes ungewohnte Geräusch ließ sie aufschrecken.

"Versuche doch auch zu ruhen", bat Susi. "Mach dir doch nicht unnötige Sorgen!"

"Ich glaube, unsere Männer haben uns verlassen", sagte Mama und gähnte dabei. "Die sind gewiss zurück zum Fluss gegangen und lassen uns hier in dieser Wildnis allein."

Erschrocken erhob sich Frau Fröse in eine sitzende Stellung. Einen Augenblick glaubte sie wirklich, dass Mama im Ernst gesprochen hatte.

"Natürlich nicht, Mama", beruhigte Susi ihre Mutter. "Nur keine Sorge!"

"Mama hat ja nur im Scherz gesprochen", flüsterte ich ihr zu. Da ließ sie sich beruhigen.

Doch dann hörten wir endlich Männerstimmen und sahen einen der Zugochsen aufkommen.

"Endlich!" rief ich den Männern freudig zu. "Endlich können wir wieder weiterfahren."

Aber Herr Toews schaute nur streng und ernst drein. "Zuerst essen wir zu Mittag", sagte er, "und dann nach einer Mittagsruhe, wenn die gröbste Mittagshitze vorüber ist, machen wir weiter."

Wir haben ja schon fast einen Tag verloren, ging es mir durch den Sinn. Herr Toews schien meinen Gedanken erraten zu haben. "Hier in Südamerika", sagte er langsam und bedächtig, als ob er zu uns allen sprach, "muss man das Wort *manana* sehr bald lernen. Morgen; es gibt immer ein Morgen."

Am letzten Tag unserer Wagenreise fuhren wir durch einige Dörfer der Menno Kolonie. Sehr neugierig schauten alle unsere Leute auf irgendwelche Zeichen, wie die Leute hier lebten.

"Die haben gewiss mehr zum Anfang gehabt, als wir mitbringen", flüsterte Papa Herrn Walde zu. Er wollte nicht haben, dass der Fahrer ihn hören sollte.

"Ja, die hatten etwas Kapital", flüsterte Johann zurück. "Sie verkauften in Kanada ihre schönen Farmen."

"Ich kann's immer noch nicht verstehen, warum sie Kanada verließen."

"Sie können jederzeit zurück; sie tragen alle die kanadischen Pässe."

"Wir hätten früher auswandern sollen", sagte Papa. "Dann hätten wir auch in Kanada einwandern können. Noch vor wenigen Jahren nahmen sie die Einwanderer zu tausenden auf!"

"Unsere Väter und Großväter hätten auswandern sollen", sagte Walde.

"Aber dann", rief Mama nun ein, "wären wir vielleicht auch hier, wie diese Kanadier!"

Papa warf ihr einen missbilligenden Blick zu, aber Mama freute sich über ihre Beobachtung. Auch ich freute mich, dass Mama den Mut hatte, eine eigene Meinung auszudrücken. Ich spann ihren Gedanken weiter aus. Wenn meine Vorfahren in den 1870er Jahren ausgewandert wären, wo wäre ich dann heute? Hätten meine Eltern dann geheiratet? Wer oder was wäre ich dann? Ja wenn...?

Schon als Kind hatte ich immer den Wunsch gehabt, bei einer Reise in beide Richtungen zu fahren. Aber das war damals nicht möglich gewesen und war auch heute nicht möglich. Wir hatten Russland verlassen dürfen. Uns wurde die Einreise in Kanada verwehrt. Jetzt waren wir hier. Gott hatte uns hierher gebracht. So sagten unsere führenden Männer, und nur so machte das Ganze einen Sinn. Nur die Sterne über uns ließen uns wissen, dass es auch noch andere Plätze auf dieser Welt gab, aber Gott war mit uns. Wir waren nicht einem blinden Schicksal übergeben worden.

Plötzlich rief Herr Toews: "Wir sind da!" Wir hatten den Zentralkamp der jungen rußlandmennonitischen Kolonie erreicht. Beide, Papa und Johann Walde, machten einen Seufzer der Erleichterung.

Einige Tage später, zehn Tage nachdem wir in Puerto Casado landeten, packten wir unsere Sachen aus. Wir waren nun auf "unserem" Hof in "unserem" Dorf.

"Aber wo ist unser Haus?" wollte der vierjährige Nikolaus wissen. Hier war nichts als das wellenförmige Bittergras, nichts als vereinzelte Bäume, nichts als Krüppelbusch am Rande unseres Dorfgeländes und der endlose Himmel über uns.

"Hier werden wir wohnen. Dies ist unser Dorf", versicherte ich dem Kleinen. "Hier ist unser Wohnplatz!"

Alles war mit Pflöcken abgezeichnet worden, die breite Dorfstraße, der Schulhof, der Hof der Lehrerwohnung und die Bauernhöfe an beiden Seiten der Straße mit den Feldern hinter den Höfen.

Papa machte einen Spatenstich, um die Beschaffenheit des Bodens zu prüfen. Sandig und hellbraun war die Erde.

"Wir haben einen guten Hof", sagte er, sich aufrichtend.

"Wir haben einen guten Hof", wiederholte ich zu Mama.

"Schön", sagte Mama, geschäftig hin und her schreitend, sich prüfend umsehend, wo das Haus stehen sollte, wo sie ihre erste Küche haben würde.

"Wir haben einen guten Hof!" rief ich Klaus und Maria zu.

"So", sagte Papa. "Wir wollen an die Arbeit gehen!"

8

Wir reinigten zunächst eine flache Stelle vom wilden Bittergras, um unsere erste Wohnstätte, ein Zelt, herzurichten. Die Plane dazu war ein Geschenk von der deutschen Regierung; die Pfähle mussten wir uns im Chacobusch selber suchen und zurechtzimmern. Zwei dünne Stecken bildeten je ein Zelt Ende; diese verbanden wir oben mittels eines waagerechten Pfahls und darüber spannten wir die Plane. Unter dem Schutz dieser Plane richteten wir uns zeitweilig ein. Auf trockenem Gras breiteten wir unsere Bettdecken aus; wir versuchten unsere Kleider und andere notwendigen Sachen so gut wie möglich zu verstauen und es so praktisch wie möglich zu machen.

Mama und ich machten unseren ersten Herd: ein Loch von etwa dreiviertel Meter Tiefe mit schrägem Ausgang und einer Eisenplatte darüber. Sobald wie möglich wollte Mama einen regelrechten Sparherd auf mauern, aber einstweilen musste dieser genügen. Sie hatte wieder einen Platz zum kochen. Mit neuer Energie und Lebenslust ging Mama nun ans Werk. Zuerst musste Brot gebacken werden. Mit dem groben Kafirmehl verstand sie noch nicht gut umzugehen. Der Teig wollte nicht zusammenhalten, das gebackene Brot zerkrümelte in unseren Händen, aber es schmeckte vortrefflich. Unter Papas Lob errötete Mama fast wie eine junge Frau, der ihre erste Mahlzeit gelungen war. Bald lernten wir auch mit dem ungewohnten Kafirmehl umzugehen. Eine kleine Beimischung von Weizenmehl machte den Teig gefügig.

Papa versuchte so schnell wie möglich die nötigsten Möbelstücke zusammenzuzimmern. Dabei lernte er die Beschaffenheit des Chacoholzes kennen. Die meisten Holzarten waren außerordentlich hart. In den niederen Stellen gedieh der Paloblanco Baum, aus dem man Bänke, Stühle und einen notdürftigen Tisch zimmern konnte. Das harte Paratodoholz konnte zu Ochsenjochen verwendet werden.

Nur langsam kamen Papa und Klaus vorwärts, denn beide bekamen die Ruhr. Papa schonte sich nicht. Obwohl sein Magen rebellierte, trotz seines fast ständigen Unwohlseins gab er nicht nach und arbeitete lange übernormale Arbeitsstunden hinaus.

"Zwei Dinge müssen wir bewältigen", sagte er immer wieder. "Das Land muss zur Aussaat vorbereitet werden, und wir müssen ein bewohnbares Haus haben." Unter den Siedlern, die etwas vor uns angekommen waren, waren schon solche mit Häusern. Freilich war so ein Haus wenig mehr als eine Lehmhütte: ein Knüppelgerüst mit Chacolehm verklebt.

"Wir bauen ein Haus aus Ziegeln", beteuerte Papa, "auch wenn es ein wenig länger dauert."

So gingen wir an die Arbeit. Papa und ich hoben einen Graben aus, etwa anderthalb Meter im Quadrat und einen halben Meter tief. In dieser Aushöhlung wollten wir unsere Ziegel mischen. Die Mischung bestand aus Lehm, Wasser und Kamp Gras. Maria und ich mussten diese Mischung mit unseren Füßen treten.

Mir machte diese Arbeit zunächst Spaß. Die Mischung war angenehm kühl an den Füßen. Manchmal nahm ich den kleinen Nikolaus mit mir in den Graben -für ihn war das ein angenehmes Spiel- und wir sprangen und sangen lustig drauf los. Wenn die Mischung fertig war, pressten wir sie in eine Holz Form von etwa 30cm x 12cm x 6cm und stülpten den Ziegel vorsichtig auf einen Platz, wo er in der Sonne trocknen konnte.

Es war eine langsame Arbeit. Es bedurfte hunderter Ziegeln, um auch nur den Anfang des Hausbaues zu machen. Wir waren froh, dass es nicht regnete, während die Ziegeln trockneten. Wenig ahnten wir, dass wir uns keine Sorge hätten machen sollen. Wir waren zu Anfang einer Dürreperiode in den Chaco gekommen. Sehr bald sollten wir erfahren, wie schwer das Leben im Chaco werden sollte. Es war nur gut, dass wir nicht alles auf einmal wissen konnten.

9

"Und wie gefällt dir der Chaco?" fragte Schwager Klaus mich ganz unerwartet und plötzlich, als wir Brennholz aus dem Busch nach Hause trugen.

Ich konzentrierte mich gerade auf das Gras vor mir, auf der Hut vor Schlangen. Obwohl ich noch keine Schlange gesehen hatte, hatte ich schon so viel von verschiedenen gefährlichen Arten gehört, dass ich ängstlich und sehr vorsichtig war. Das Bittergras zerkratzte meine Beine. Es war heiß. Fliegen und anderes Geschmeiß umschwirrten mein Gesicht, und ich konnte mich nicht wehren. Meine Arme hielten das gesammelte Holz. Und nun noch diese Frage: "Wie gefällt dir der Chaco?"

Klaus und Maria wohnten bei uns; d.h. sie hatten ihr separates Zelt zur Nacht mit ihren beiden Kindern, dem vierjährigen Nikolaus und der kleinen Margarethe, aber sonst wohnten, aßen und arbeiteten wir zusammen wie eine Familie.

"Ich bin krank", behauptete Klaus.

"Er fürchtet sich, allein zu arbeiten, weil er nichts versteht", hatte Papa ärgerlich zu Mama gesagt.

Aber Mama nahm ihn in Schutz: "Er ist wirklich nicht stark", bat sie. "Lass sie doch bei uns bleiben."

Und so war es geblieben. Klaus arbeitete so gut er konnte ohne zu klagen. Ohne Widerrede nahm er Papas Anordnungen an; nur selten hatte er einen Vorschlag zu machen, wie man es besser oder leichter schaffen könnte. Und immer war er müde und erschöpft.

Er war nicht immer so gewesen. Als er vor einigen Jahren um Marias Hand warb, war er voller Begeisterung und voller Ideen. Maria war damals ganz von ihm hingenommen: "Er ist so klug und man kann sich so gut mit ihm unterhalten", sagte sie immer wieder. Auch ich war damals ganz von ihm begeistert und war Marias Fürsprecherin bei Papa, der seine Einwilligung zu der Heirat nicht geben wollte. "Schöne Reden bringen kein Brot auf den Tisch", pflegte er trocken zu sagen. Aber Maria gab nicht nach. Als die Eltern einsahen, daß Maria ohne den Klaus tief unglücklich sein würde, gaben sie schweren Herzens ihre Einwilligung.

Aber ein herzliches Verhältnis entwickelte sich nicht zwischen Papa und Klaus. Als Maria dann kurz nacheinander zwei Kinder hatte, schenkte sie den Kindern ihre ganze Aufmerksamkeit und ihre Kräfte. Ich hatte Klaus zwar gern -er war immer nett und rücksichtsvoll- aber je mehr er sich von der Arbeit zurückziehen mußte, desto weniger nahmen wir alle Notiz von ihm. Sogar die Kinder liefen lieber zum Opa als zu ihrem eigenen Vater.

Einmal sah ich, dass Klaus in der Bibel las. Ich war etwas überrascht, denn er war nie besonders religiös gewesen. Er war natürlich als Jüngling getauft worden, aber er ging selten zur Kirche. Was mochte er wohl denken? Wir war es um ihn tief innerlich bestellt? Fast schämte ich mich, dass ich ihn nicht besser kannte.

Oft dachte ich, er könnte sich etwas mehr Mühe geben, Vaters Wohlwollen zu gewinnen. Es schien, als ob es ihm nichts ausmachte, was Papa von ihm dachte. War das Mangel an Respekt? Waren ihm die paar Jahre Zentralschule, die er Papa im Voraus hatte, zu Kopf gestiegen?

Klaus hatte sich anfangs geweigert auszuwandern. "Ich bin doch kein *Kulak*", hatte er gesagt.

"Ja, hält er sich denn für einen Kommunisten?" meinte Papa erbost, als er später mit Mama und mir sprach. "Ist er schon so gottlos geworden?"

Und doch waren Klaus und Maria in Moskau gewesen, als Papa sie benachrichtigt hatte, wann wir da sein würden, und sie waren zusammen mit uns ausgewandert. Klaus hatte aber nicht gesagt, wann und warum er seine Ansicht über Auswandern geändert hatte. Und nun wollte er wissen, wie mir der Chaco gefalle.

"Nun", antwortete ich langsam, etwas wiederholend, was ich schon oft von Mama gehört hatte, "wir sind nun einmal hier, und wir werden einfach das Beste daraus machen müssen."

"Ja, so sagt Mama immer." In Gedanken versunken fing Klaus an, ein Lied zu pfeifen.

Ja, wie gefiel mir der Chaco? Um meinen Kopf summte das Geschmeiß. Das trockene Holz scheuerte meine bloßen Arme fast wund; mein Körper war in Schweiß gebadet, und vom purpurnen wolkenlosen Himmel schien erbarmungslos die Sonne. Ich überblickte den ausgedehnten Kamp, unseren Siedlungsplatz. Hier und da war ein kleines Haus, ein Stall, eine Umzäunung. Die weißen Zelte sahen fast so aus wie kleine verschwindende Schneeflecken im Frühling. Schnee? Hier gab's doch nie Schnee! Nein, dann müsste man die weißen Flecken mit Mehlsäcken vergleichen, die man in die Sonne zum Bleichen gelegt hat.

Ja, ich nahm den Kamp wahr, aber er ignorierte mich völlig. Ich hörte die Kampgeräusche, das Flüstern des Windes im Gras, das Zirpen der Insekten, aber alle diese Geräusche waren von alters her nur an die Sonne gerichtet; sie galten nicht uns, den Eindringlingen in diesen Urwald mit seinen Bittergraskämpen. Wir galten ihm so wenig, wie die Ameisen, die in ihm beheimatet waren.

"Weißt du, alles was uns von Kultur und Zivilisation bleiben wird, werden wir uns mit unseren eigenen Händen schaffen müssen", sagte Klaus, meine Gedanken unterbrechend. "Das wird schwere Arbeit sein."

Das hätte er mir nicht zu sagen brauchen. Ich hatte schon ganz fest zupacken müssen. Ich hatte Wasser getragen (das wurde von vielen nicht als Frauenarbeit angesehen, aber ich scheute davor nicht zurück), mit Vater zusammen eine Latrine ausgehoben (ich hatte noch nie vorher einen Spaten hantiert), hatte Bittergras ausgegraben, um den Hof zu vergrößern, hatte Ziegeln gemacht und Kleider gewaschen.

"Ich finde ihn eigentlich ganz schön", sagte ich. Vielleicht wollte ich mir damit Mut machen.

"Gewiss gibt es hier auch Schönes", pflichtete Klaus mir bei, "aber du meinst doch auch, dass wir uns noch sehr an ihn gewöhnen müssen."

"Freilich!"

"Etwas enttäuscht bist doch auch, nicht wahr?"

So durfte Klaus nicht fragen. Ob ich meine erste Begeisterung für den Chaco eingebüßt hatte oder nicht, ging ihn doch nichts an. Vor allen Dingen wollte ich nicht von ihm bemitleidet werden.

Erst nach einer kleinen Weile antwortete ich so leicht wie möglich: "Das kann ich wirklich nicht behaupten."

Klaus schwieg und fuhr mit seinem Pfeifen fort.

Nun wollte ich die Unterhaltung in eine andere Bahn lenken. "Wie steht es mit dir, Klaus? Maria sagt-" Da unterbrach er mich: "Maria hat recht. Ich bin krank und werde nicht alt werden. Jedenfalls werde ich es schon nicht erleben, wie die Mennoniten ihr Paradies hier im Chaco bauen werden."

"So musst du nicht sprechen, Klaus!"

"Ich meine es aber so. Es gibt hier ein Paradies, wie nur wir Mennoniten es zu schaffen vermögen."

"Nein, das meinte ich nicht. Du musst nicht von Sterben sprechen."

"Ich bin aber krank und werde bald sterben, Mädchen."

Hatte er keine Furcht? Wie kann man in so selbstverständlicher Weise vom Sterben reden?"

"Aber wenn du so sprichst, forderst du ja das Schicksal heraus!" warf ich schüchtern ein.

"Mag sein, braucht auch nicht zu sein." Dann fing er wieder vom mennonitischen Paradies an. "Du wirst sehen, es kommt. So sicher, wie heute alles dagegen spricht. Es kommt! Sieh mal, unsere Väter hatten es auch nicht immer leicht. Wie war's am Anfang in der Ukraine? In Turkestan? In Sibirien? Überall fingen sie in Semljenkas an. Überall mussten sie gegen Witterungsverhältnisse, Schädlinge und Banditen kämpfen. Immer war der Anfang schwer."

"Ja", gab ich zu, obwohl ich keine konkreten Einzelheiten kannte.

"Mennoniten brauchen nur Land und Freiheit, um sich zu erhalten und zu verbessern. Und sieh mal, beides haben wir hier. Keiner macht uns hier das Land streitig. Die Regierung hat uns Rechte und Privilegien verliehen. Wir sind frei vom Militärdienst; wir dürfen unsere eigenen Schulen haben und verwalten. Wir werden's schaffen. Und eines Tages wird diese Wildnis voller Mennoniten sein - ein mennonitisches Paradies." Klaus lachte vor sich hin.

"Das ist heute schwer zu glauben", sagte ich ganz ernst.

"Freilich sieht es heute unmöglich aus", gab Klaus zu, "und wahrscheinlich wird es noch schwerer werden, ehe es leichter wird, aber eines Tages wird sich das Wunder vollzogen haben."

"Das ist schwer zu glauben", meinte ich wieder.

"Ob du es glaubst oder nicht", fuhr Klaus fort, "schau dir unsere Leute an, sieh dir ihre Geschichte an. Dann weißt du schon im Voraus, wie die Sachen ausfallen werden!"

"Ja", sagte ich langsam, aber hoffnungsvoll. "Es ist doch gut, dass man wieder Hoffnung für die Zukunft haben kann." Irgendwie hatten Klaus' Worte mich angesteckt; mir neuen Mut gegeben.

"Aber eines will ich dir noch sagen", warnte Klaus mich, als ob er mir noch ein Geheimnis zu verraten hätte. "Du wirst leiden und erst deine Kinder werden genießen."

"Wie meinst du das?"

"Genauso, wie ich es sagte. Du und die anderen werdet eure Kräfte hier im Chaco lassen; erst die nächste Generation wird die Früchte eurer Arbeit genießen."

Plötzlich blieb Klaus stehen, ließ sein Holz auf die Erde fallen, und öffnete seine Arme, als ob er den Chaco umarmen wollte. "Ich habe etwas ganz Wunderbares im Propheten Jesaja gelesen", sagte er unvermittelt. "Da steht, dass das Volk in Häusern des Friedens wohnen wird; dass die Wüste zum Acker wird und Gerechtigkeit auf dem Acker hausen wird."

So hatte ich Klaus noch nie gesehen.

Dann auf einmal wurde er leicht sarkastisch: "Und mittlerweile essen wir Bohnen und Reis für den Rest unseres Lebens. Lasset uns essen und rackern, denn morgen sind wir tot!"

Ich musste lächeln. "Du bist ein kurioser Kauz", neckte ich ihn, "aber nun müssen wir nach Hause. Meine Arme fallen mir noch ab." Ich lief dem Hof zu.

"Warte!" rief Klaus mir nach, "mein Holz…"

"Du hast es fallen gelassen", rief ich zurück, "du musst es wieder auflesen."

10

Zu dem Inventar, das uns auf Kredit vom M.C.C. verliehen wurde, gehörte auch ein Zugochse und eine Kuh mit einem Kalb. Das Melken der "Braunen" wurde mir übertragen. Die "Braune" war mager und wild. Ehe man sie melken konnte, musste sie gefesselt werden; ferner gab sie keine Milch, es sei denn, man ließ zuerst das Kalb an das Euter heran. Dann konnte ich das Kalb beiseiteschieben und versuchen, etwas Milch aus dem Euter zu pressen.

Ich hatte schon in Russland melken gelernt, denn wir hatten drüben auch in den schwersten Zeiten immer wenigstens eine Kuh gehabt. Ich hatte Freude an der Arbeit gehabt und galt als eine sehr gute Melkerin. Aber diese "Braune" setzte meine Kunst und meine Geduld auf schwere Proben. Nur zu oft entledigte sie sich ihrer Fesseln, und ehe ich mich versah, hatte sie meinen Milcheimer umgestoßen.

Der kleine Nikolaus begleitete mich oft auf meinem Melk Gang. Dann lief er schnell vorauf und meldete seiner Mutter und Großmutter das Resultat. "Heute gibt es Milch", rief er freudig, wenn ich einigermaßen Glück gehabt hatte. Gleich darauf folgte die Bitte: "Darf ich etwas davon trinken?" Milch war ihm mindestens so wichtig wie reicheren Kindern vielleicht eine Tafel Schokolade. Aber wenn es der "Braunen" gelungen war, uns um unseren Preis zu bringen, rief er weinerlich: "Heute gibt's keine Milch. Die Braune hat den Eimer umgekippt." Wie ungerne kam ich dann in den Küchenbau. Wie vorwurfsvoll konnte Maria mich dann anblicken.

"Kannst du sie nicht besser anbinden?" fragte sie mich eines Morgens.

Da war ich mit meiner Geduld zu Ende. "Versuch du es doch einmal", entgegnete ich ungehalten. "Du wirst schon merken, dass es nicht so einfach ist!"

"Ich hab's nicht bös gemeint", sagte sie besänftigend.

Ich war aber nicht so leicht zu besänftigen. Am nächsten Tage ging ich nicht melken. Nur einmal soll sie es versuchen, dachte ich in grimmig. Mit kurzen heftigen Bewegungen fegte ich unseren Hof.

Beim Frühstück machte Maria noch einen Versuch. "Es tut mir leid", sagte sie.

Aber ich blieb fest. "Ich rühre die Braune nicht an, bis du sie einmal gemolken hast", sagte ich und fing an zu weinen. "Dann wirst du wissen."

"Was ist denn jetzt los?" fragte Papa.

"Sie will heute nicht melken", erklärte Mama.

Papa sagte nichts, stand aber auf und ging vom Tisch.

"Du musst eben gehen, Maria", seufzte Mama.

Das hatten wir beide nicht erwartet. Mit ergebenem Schulterzucken nahm Maria den Eimer und ging hinaus. Sie warf einen hilfesuchenden Blick auf Klaus; der aber grinste sie nur an. Bald darauf hörten wir einen Tumult in der kleinen Umzäunung, in der die "Braune" war. Nikolaus mit seiner hohen Stimme gab seiner Mutter Anweisungen. Ich weigerte mich hinzuschauen.

"Du kannst wirklich eigensinnig sein", flüsterte Mutter mir zu.

Als Maria nach einer Weile zurückkam, waren beide, sie und Nikolaus, auffallend still. Sie brachte etwas Milch mit, aber kaum ein Viertel von dem, was ich der "Braunen" in guten Tagen abgezapft hatte. Ich fühlte mich gerechtfertigt.

Mit der Zeit wurde das Melken leichter, aber zähmen konnte ich das Tier nicht. Manchmal liefen mir die Tränen über die Wangen, während ich am Euter zog. Die Kuh blieb ein wildes Rind. Ich konnte sie nicht zähmen oder anhänglich machen, wie die Kühe in Russland gewesen waren.

Dann kam die Trocken Periode der Braunen. Unsere Nachbarn, die Frösen's hatten eine zahmere und bessere Kuh, von der sie uns täglich eine Tasse Milch absparten. Nikolaus und ich machten einen täglichen Gang zu ihnen, um die Milch zu holen.

"Darf ich die haben, die in die Untertasse spült?" bettelte er jeden Tag.

"Mit deinen großen braunen Augen siehst du fast wie eine kleine Kuh aus", neckte ich.

"Bitte…"

"Ich muss sehr aufpassen, dass ich keine Milch vergieße."

"Das weiß ich; aber wenn auch nur eine paar Tropen überlaufen, darf ich sie dann haben?" Es rührte mich. Der Kleine hatte ja die Milch auch gar so nötig.

"Ja, die Untertasse darfst du haben."

Ehe ich unseren Hof betrat, ließ ich etwas Milch in die Untertasse laufen. Gierig trank er sie.

Bei diesem Gang hatte ich auch immer noch Zeit, mich etwas mit der Susi zu unterhalten.

"Bekommst du nicht immer eine volle Tasse?" wollte Maria ab und zu wissen.

"Es ist nicht so einfach, eine volle Tasse den ganzen Weg zu tragen", antwortete ich.

Als die "Braune" endlich kalbte, war etwas mit dem Kalb nicht in Ordnung. Es verendete nach drei Tagen.

"Wie könnten wir sie melken ohne Kalb?" machte ich mir Sorge.

Einmal gelang es uns, sie zu beruhigen. Wir hatten dem toten Kalb die Haut abgezogen, sie mit Stroh ausgestopft und die Kuh das Leder riechen lassen und mit ihm das Euter berührt. Dann gab sie einige Liter Milch. Aber am nächsten Morgen konnte ich ihr nicht nahe kommen, obwohl sie noch tagelang des Milchdrucks wegen vor Schmerzen brüllte.

Zur unserer Initialen Ausrüstung gehörten auch einige Hühner. Nachts flogen diese auf die Bäume, tags scharrten sie auf dem Hof herum. Sie waren aber vor

Raubtieren nicht sicher. Einmal musste Mama einen dreisten Fuchs mit dem Stock davonjagen.

"Wir brauchen einen Hund", sagte sie.

"Wir brauchen eine feste Umzäunung für die Hühner", entgegnete Papa.

"Auf einen Bauernhof gehört ein Hund."

"Es gibt hier keine Hunde."

"Doch; die Indianer haben Hunde."

"Sie geben sie nimmer her. Sie lieben die mageren Köter wie eigene Kinder."

Dann wurde eines Tages ein Huhn von einem Raubtier genommen. Das aufgeregte Gackern der anderen Hühner brachte Mama auf die Beine. Eben sah sie noch ein katzenähnliches Tier mit einem Huhn davonlaufen.

"Wir müssen einen Hund haben", fing Mama wieder an.

"Eines Tages werden wir einen Hund haben", tröstete Papa sie.

Aber dieses Mal war Mama nicht von ihrem Vorhaben abzubringen.

"Wir brauchen ihn sogleich; ich werde uns einen Hund verschaffen!" Die Hühner waren unentbehrlich. Sie lieferten den Bedarf an Eiern; sie machten auch gelegentlich eine „schmackhaufte" Hühnersuppe möglich.

Am nächsten Morgen ging Mama vom Hof, ihr altes braunes Kleid zusammengerollt unter dem Arm. Als sie mehrere Stunden später zurückkam, trug sie einen mageren zitternden Köter in den Armen. Jede Rippe konnte man zählen. Ängstlich schaute das arme Tier uns an.

"Was hast du denn da?" wollte Papa wissen, seinen Augen nicht trauend.

"Einen Hund."

"Ja, das kann ich schon sehen. Aber wo in aller Welt...?"

"Ich habe ihn für ein Kleid eingetauscht."

"Aber..."

"Ja, sie lieben ihre Hunde, aber sie lieben auch unsere Kleider. Als ich ihnen das große Kleid zeigte, konnten sie absagen!"

Papa schüttelte nur seinen Kopf. "Sie hat 'mal wieder ihren Kopf durchgesetzt", sagte er nur.

Mit großer Geduld fütterte Mama den Hund heraus, bis die Knochen nicht mehr hervor steckten, und richtete ihn ab. Bald wurde aus dem Köter ein anhänglicher, gehorsamer Wachthund, der auf den Namen "Rolf" hörte. Recht oft erzählte Mama die Geschichte, wie sie ihn für ein großes Kleid erstanden hatte. Rolf saß dann zu ihren Füßen und wedelte verständnisvoll und zustimmend seinen Schwanz.

11

Zu allem Schweren, das wir erdulden mussten, gesellte sich nun noch eine Typhusepidemie. Die Monate, während welcher sie in den drei westlichen Dörfern der Kolonie wütete, in denen über hundert Personen starben, sind die längsten und befremdendsten, die ich überhaupt in Paraguay verlebt habe. Die intime Nähe des Todes ließ sie fast ins Unendliche erstrecken und hat einige Szenen von damals unauslöschlich in mein Gedächtnis eingraviert. Es war, wie wenn ich von meinen Gefühlen getrennt lebte, als ob ich aus mir selber herausgetreten wäre und mich objektiv beobachtete. Ein Grabhügel nach dem anderen wurde in dem Dorfs Friedhof aufgeworfen. So hätten unsere Felder zur Aussaat vorbereitet werden sollen; stattdessen musste die Energie unserer Leute mit Krankenpflege, dem Herstellen von Särgen aus Flaschenbäumen und dem Ausheben von Gräbern verbracht werden. Aber merkwürdigerweise verspürte ich keine Bitterkeit; vielmehr übermannte mich eine lähmende Scheu oder gar Ehrfurcht vor der Gegenwart des Todes. Alle verspürten diese lähmende, gemütsverändernde Furcht.

Wir waren gerade beim Pfannkuchen Essen, als Johann Walde uns die Nachricht brachte. Die Pfannkuchen sollten ein Festessen nach langer monotoner Kost aus Bohnen, Reis und grobem Brot und Tee sein. Sogar die Vorfreude auf dieses seltene Essen war schon erhebend gewesen. Aufmerksam hatte Nikolaus Mama zugeschaut, wie sie den Teig einrührte. Eier, Milch, Mehl und ein kostbares Stück Zucker hatte sie mit einem hölzernen Kochlöffel zusammengerührt. Dann hatte sie die eingefettete Pfanne aufs Feuer gestellt und mit dem Löffel den Teig aufgelegt. Den ersten Pfannkuchen hatte der Nikolaus dann bekommen, den er dann behutsam auf den Tisch trug. "Lecker, lecker!" sagte er nach jedem kräftigen Biss in den Kuchen. Impulsiv umarmte ich ihn: "Ach Nikolaus, wie habe ich dich lieb!" Aber dieses Mal verlor ich gegen den Pfannkuchen. Der Nikolaus schob mich zur Seite; er hatte besseres zu tun, als sich von Tante Anna umarmen zu lassen.

"Ich werde satt, nur vom Zuschauen!" sagte Maria mit feuchten Augen.

Die Pfannkuchen waren auch wirklich lecker. Sie schmeckten nach frischer Luft, würzig wie der Rauch vom brennemden Holz im Sparherd. Draußen war's windstill geworden, die Lüfte lind und angenehm. Wir ließen es uns alle schmecken; nur Klaus hatte keinen Hunger.

Dann kam Johann auf dem schmalen Fußpfad zwischen unseren Höfen angestürmt.

"Man hat festgestellt, was es ist", rief er schon von weitem. "Typhus!"

"So sind die Leute am Typhus gestorben", sagte Papa langsam.

"Eine ansteckende Krankheit", sagte Mama tonlos.

Ja, Waldes Hiobspost hatte endlich die Ursache mehrerer Todesfälle in unseren Dörfern genannt, auch die Ursache des um sich greifenden Durchfalls, der Krämpfe, des Erbrechens und der Mattigkeit vieler Dorfbewohner. Sie war etwas unendlich Schrecklicheres als Akklimatisierung und das ungewohnte Essen. Ich begriff sogleich die Tragweite dieser Botschaft. Wir hatten keine Medikamente und keine ärztliche Hilfe. Beides sollte aus Asuncion kommen, sagte Johann, sei schon unterwegs, aber es würde Wochen dauern, ehe es ankäme, für Viele sicherlich zu spät. Ich musste gleich nach Klaus schauen, aber er schien diese Kunde ganz unbesorgt hinzunehmen.

Ehe wir weitere Einzelheiten von Johann erfahren konnten, wurden wir von einer Schar Papageien unterbrochen, die sich auf einige Bäume, etwa achtzig Meter entfernt, niederließen. Ihr exotisches Gefieder sah fast wie gigantische Blüten aus. Ihr völlig unmelodisches Krächzen füllte die Luft. Fast war's als ob sie über unsere Hilflosigkeit spotteten. Sogleich liefen Papa und Johann Walde mit Holzscheiten zu den Bäumen und verscheuchten die Störenfriede. "Weg von hier! Weg von hier!" riefen sie um die Wette mit den krächzenden Papageien.

Als die Vögel endlich davongeflogen waren, blieben die Männer auf dem Felde und unterhielten sich. Klaus kroch in sein Zelt, um zur Ruhe zu gehen; wir Frauen nahmen uns des wenigen Geschirrs und der Kinder an.

Während der folgenden Wochen häuften sich die Todesfälle. In einem Dorf starben ein Viertel der Einwohner. Von Hof zu Hof wurden die Todesnachrichten getragen, entweder mündlich oder als geschriebene Begräbniseinladungen. Anfangs regte es mich auf, wenn ich hörte, dass bekannte Personen gestorben waren. Zusammen mit den Todesnachrichten wurden zuweilen ganz merkwürdige Geschichten erzählt.

"Ratzlaff hat so laut geschluchzt, dass die Nachbarn es gehört haben," hieß es in einem Fall.

"Er ist verloren gegangen! Er ist verloren gegangen!" sollte Tante Siemens beim Tod ihres Mannes geschrien haben, als er auf ihre Bitten nicht mehr reagiert hatte.

Aber bald wurde ich müde von den Berichten. Ich wurde von keiner Todesahnung erfasst, obwohl ich mich einer leisen Furcht nicht erwehren konnte. Man konnte sich ja in diesen Tagen über nichts sicher sein. Jeden Morgen sorgte ich mich, ob ich irgendwo einen besonderen Schmerz verspürte. Wenn ich dann nichts als den gewöhnlichen Hunger empfand, sprang ich energisch auf. Als ich dann eines Tages ein kleines Unwohlsein und etwas Schwindel verspürte, befürchtete ich das Schlimmste. Wie habe ich da bei der Arbeit gebetet. Als dann aber lediglich meine monatlichen

Krämpfe einsetzten, war ich erleichtert. Es war mir, als hätte Gott meine Gebete erhört und mir noch eine Gelegenheit gegeben.

Scharf beobachtete ich meine Eltern, Maria und die Kinder und meine Freundin Susi. Ich war besorgt um alle, die ich lieb hatte, und fragte sie immer wieder: "Hast du Schmerzen? Ist dir unwohl?" Wenn sie dann antworteten: "Alles in Ordnung!", hatte ich immer das Gefühl, dass uns wieder eine Gnadenfrist verliehen wurde. Die Hilfe war ja unterwegs; wir wussten nur nicht, wie lange wir noch warten müssten. Jede Minute des Wohlseins brachte uns der Hilfe und dem Sieg über die Epidemie näher.

Eines Tages sagte Mutter zu mir: "Einigen Familien im Dorf fehlt Hilfe. Wir sind hier drei erwachsene Frauen. Eine von uns könnte in einer anderen Familie aushelfen. Würdest du es wollen?"

Ich wusste zuerst nicht, warum Mutter mich überhaupt um meine Einwilligung bat. Ich gehorchte ihr doch sonst aufs Wort ohne jegliche Einwendung.

"Natürlich gehe ich", antwortete ich ohne weiteres.

"So machen wir Mennoniten es eben", sagte Mutter langsam und bedeutungsvoll. "Wir stehen einander in schweren Tagen bei."

"Es macht doch nichts", sagte ich schnell. "Wir sind alle weit hinten geblieben mit unserer Arbeit. Wir sind alle in derselben Lage."

"Das ist's ja nicht, Kind, das mir Sorge macht. Wenn nur... immerhin, morgens gehst du und hilfst bei den Penners aus."

Auf dem Penner Hof herrschte ein furchtbares Chaos, als ich am folgenden Vormittag hinging. Einige Kleidungsstücke hingen auf einer Leine, andere waren in recht schmutzigem Wasser eingeweicht und noch andere lagen zerstreut auf der Erde. Auf dem Tisch lagen Brotreste, etwas Schmalz, eine Tasse mit saurer Milch und in der Mitte ein Stück Seife, ganz grau von getrocknetem schmutzigem Schaum. Eine Axt lag auf der Erde zwischen einem Holzhaufen und der Viehumzäunung und etwas weiter ab eine Gartenhacke mit der scharfen Seite nach oben gedreht. Überall waren Fliegen. Auf dem Hof liefen und scharrten die Hühner. Scheinbar hatte jemand draußen geschlafen, denn unter dem Baum sah ich eine Decke und ein zerknittertes Kissen. Die ganze Szene war mir zuwider.

Plötzlich erschreckte mich ein kleiner Junge von etwa acht Jahren, das jüngste Kind der Familie, den ich auf einmal unter dem Tisch kauern sah. Er beschäftigte sich mit einem Spiel mit kleinen Stäbchen und trockenen Schoten.

"Wo ist deine Mutter?" fragte ich ihn.

Er wies stumm auf das Zelt.

Helene Penner versuchte sich aufzurichten. "Es tut mir leid, das ich noch immer im Bett bin", sagte sie entschuldigend.

"Ich bin gekommen, Ihnen etwas zu helfen. Mama hat es Ihnen doch gesagt, nicht wahr?"

"Ich will nur aufstehen, um dir etwas Anleitung zu geben."

"Lassen Sie es doch sein", protestierte ich.

"Aber man bleibt doch nicht im Bett, wenn die Sonne hoch am Himmel steht!"

Die arme Frau stand nun wirklich auf. Ihr ärmliches Kleid ließ ihren müden kranken Leib fast grotesk hervortreten. Ihr aschfahles Gesicht sah aus, als ob sie es schon lange nicht gewaschen hatte, aber die schmutzig graue Farbe schien von unter der durchsichtigen Haut herzurühren. Ihr offenes Haar, das auf ihre Schultern herabfiel, war ungekämmt. Fast abstoßend war ihre ganze Erscheinung. Ich hatte Mühe sie anzublicken.

"Ich habe etwas Fleisch gebracht", sagte ich. "Mama hat es geschickt. Es kommt aus einem anderen Dorf." Ich setzte den Teller mit dem Fleisch auf den Tisch.

"Wir werden eine Suppe kochen", sagte Helene mit Mühe. Stolpernd schritt sie zu dem Wassereimer und brach in Tränen aus. "Kein Wasser!" sagte sie kläglich.

Ich nahm sofort den Eimer. "Ich werde gleich Wasser holen", sagte ich. "Bitte gehen Sie doch wieder ins Bett."

Ich lief, so schnell ich konnte, vom Penner Hof. Ich fürchtete mich, zurückzuschauen; ich wollte nicht wissen, ob die arme Frau umgefallen war. Der heiße Sand brannte meine bloßen Füße. Mir war nach Weinen zumute. Es sah wieder nach einem heißen stürmischen Tag aus.

Beim Brunnen war Maria, allein.

"Du kannst dir nicht vorstellen, wie es bei Penners aussieht", rief ich ihr zu, froh sie zu sehen. Dann sah ich ihre rot verweinten Augen. "Was ist aber mit dir los?"

"Du weißt doch, dass Klaus am Sterben ist."

"Weißt du das so sicher?"

"Ach Anna, du weißt es ja auch. Er kann es in dem heißen Zelt doch nicht aushalten. Ich auch nicht. Er isst gar nicht. Die Fliegen sind überall auf seinem Körper und er merkt es überhaupt nicht."

Marias Kinn und Lippen zitterten, und Tränen quollen aus ihren Augen hervor. Sie schien mich auf einmal nicht mehr zu sehen; ihre Augen waren in die Ferne gerichtet.

Wie leid tat sie mir. Zärtlich umarmte ich sie. "Ich weiß", flüsterte ich ihr zu.

Aber Maria war nicht so leicht zu trösten. "Dir ist gut reden", sagte sie, vielleicht schärfer als sie wollte, "du hast niemanden, für den du verantwortlich bist. Ich bleibe mit zwei Kindern allein."

Ich konnte nichts sagen als "Ich weiß, Maria, ich weiß!"

Dann fiel mir Helene Penner wieder ein, die ich eben wie ein schwankendes Rohr gesehen hatte. Sicherlich wartete sie schon auf mich. "Ich muss gehen", sagte ich nur noch.

Frau Penner saß zusammengeschrumpft auf der Bank, den Kopf auf dem Tisch gelegt. Der kleine Junge saß noch immer unter dem Tisch. Sie war aber bei Bewusstsein, und so leitete ich sie halb tragend wieder zurück auf ihr Lager im Zelt. Obwohl sie protestierte, ließ Helene mich gewähren; leise stöhnte sie, während ich Feuer machte, die Suppe kochte und den Tisch abräumte und reinigte. Während der ganzen Zeit hatte ich nur den einen Wunsch, weg von hier und zu Hause zu sein.

Um die Mittagszeit kam Mama nachschauen.

"Du hättest sie nicht aufstehen lassen sollen", sagte sie im strengen Ton zu mir.

"Sie hört ja gar nicht auf mich!"

"Sie ist eine Mutter und glaubt sie muss aufstehen. Du hättest sie aber trotzdem nicht aufstehen lassen sollen."

"Was kann ich...?"

"Du musst die Lage in die Hand nehmen, wenn sie nicht besser weiß."

Mama hat mich damals etwas ganz Wichtiges gelehrt. Sie ging zu Frau Penner und sagte freundlich aber fest zu ihr: "Helene, unter keinen Umständen darfst du wieder aufstehen. Wenn du etwas brauchst, ruf die Anna!"

Dann wandte sie sich an mich. "Ich weiß, dass du das Zeug hast, zu kommandieren. Hier musst du's gebrauchen. Die Gesunden müssen über die Kranken gebieten. Hier spielt es keine Rolle, dass du die Jüngere bist!"

So habe ich auch in der Zacharias Familie ausgeholfen. Ich war es, die sie tot vorfand. Ich kam eines Morgens hin, entfernte die Decke von der Zeltöffnung und sah zuerst Emmas Gesicht. Sie war gestorben. Als ich die Öffnung erweiterte, fiel das Sonnenlicht auch auf die entseelten Gesichter der Mutter, des Vaters und des Bruders. Alle waren sie in einer Nacht gestorben. Neben der Emma lag ihre Puppe, mitten unter all dem Schmutz und dem Gestank.

Schnell ließ ich die Decke wieder fallen und lief zu Prediger Rahn auf dem Nachbarhof.

Sogleich kam dieser mit mir. "Ich habe keine Zeit, auf dem Land oder an dem Haus zu arbeiten", sagte er unterwegs. "Ich suche nur nach passenden Flaschenbäumen zu

Särgen, helfe beim Ausheben der Gräber und bereite meine Leichenreden vor. Wenn ich nur wüsste, was ich den armen Leuten sagen sollte; etwas Tröstlicheres... Ich bete um Trost, so dass ich zu trösten vermag. Selig sind die Toten... Manchmal will es mir so scheinen, als ob das der beste Trost wäre, jedenfalls der leichteste. Wenn es dann so furchtbar heiß wird, wünsche ich mir fast selber den Tod herbei."

"Nein, ich beneide die Toten nicht", sagte ich darauf bestimmt. "Ich will nicht sterben."

"Natürlich nicht, Kind, du bist jung! Aber sie haben es besser, denkst du nicht auch?" Prediger Rahn lächelte.

Ich antwortete nicht. Aber ich wusste, dass wenn ich zwischen dem Tod und dem ärmlichen Leben im Chaco wählen müsste, ich ohne weiteres das Leben wählen würde. Auch die Aussicht auf den Himmel könnte diese Wahl nicht ändern.

Und doch ertappte ich mich auf den Begräbnisgottesdiensten mehr als einmal mit interessanten Phantasien. Ich stellte mir vor, ich läge im Sarge. Ich würde schön aussehen in dem Flaschenbaumsarg. Dann stellte ich mir vor, was man auf dem Gottesdienst sagen würde. Man würde über meine Hingabe und Pflichterfüllung sprechen. "Sie hat die Kranken gepflegt ungeachtet der Gefahr, der sie sich dabei aussetzte." Ich stellte mir die stumme Trauer eines Dorfjünglings, des Gerhard, vor (ihn hatte ich gerade dann im Auge), wie er sich weinend über den Sarg beugte, sich Vorwürfe machend, dass er mir niemals eine Liebeserklärung gemacht hatte. Klaus war da, Maria, Johanna Walde und die untröstliche Susi. Mama war ganz gebrochen, und der kleine Nikolaus rief immer wieder: "Wann kommt denn Tante Anna?"

Ich versuchte mich zu sammeln.

"Alles Fleisch ist wie Gras..." hörte ich den Prediger eintönig sagen. Ich musste an das Bittergras auf unseren Kämpen denken. Es schien ewig zu leben - außer auf unseren Höfen, wo wir mit vieler Mühe das Ur Gras entwurzelten und verbrannten.

Wieder nahm meine Phantasie überhand. Würden meine Eltern an meinem Sarge vielleicht sagen: "Sie hat unermüdlich gearbeitet. Unseren Hof hat sie sozusagen allein vom Bittergras gereinigt. Wir hätten nicht so viel von ihr verlangen sollen..."

Dann war die Leichenrede zu Ende. Der Prediger wollte eben ein Lied ansagen, als Wilhelm Fröse, der schon Sohn und Gattin verloren hatte, aufstand und den Gottesdienst unterbrach.

"Gottes Hand ruht schwer auf uns", sagte er mit brechender Stimme. "Lasst uns Buße tun, ehe es völlig zu spät ist. Wir wollen den Herrn anrufen, damit einige von uns überleben!"

Da war es mit meinen selbstgefälligen Phantasien zu Ende. Fast war's mir, als hätte Onkel Fröse meine geheimen Gedanken erraten. Ich erkannte in ihnen meine Eitelkeit, meinen Stolz, und versuchte während des nun folgenden Liedes mich zu konzentrieren und Buße zu tun.

Nachher kam ich mit Susi Fröse ins Gespräch. Sie erzählte mir, wie es gewesen war, als ihr Bruder Hans starb.

"Für Hans war es zuletzt nicht schwer", sagte sie. "Still und gelassen ging er hinüber in die Ewigkeit. Aber für Kornelius war es sehr schwer."

"Warum denn?"

"Siehst du, er war immer der zweite; nun musste er auf einmal der erste sein. Er musste den Männern helfen, das Grab für seinen Bruder zu graben. Er musste im Busch den Flaschenbaum für den Sarg suchen."

Alle Särge wurden aus Flaschenbäumen hergestellt. Wir hatten ja keine Geräte, um Bretter zu schneiden und Särge zu zimmern. Der Flaschenbaum war von innen weich und konnte leicht ausgehöhlt werden. Auf diese Weise konnte in einigen Stunden ein Sarg hergerichtet werden. Unsere Toten konnten nicht lange aufbewahrt werden.

"Kornelius fand bald einen passenden Baum", erzählte Susi weiter, "aber es war schon des Morgens, und die Begräbnisfeier sollte schon am frühen Nachmittag stattfinden. Ach Anna, es war schrecklich."

Ich musste nun an Kornelius denken. Er war ein schüchterner und etwas unbeholfener Jüngling. Ich mochte ihn eigentlich nicht und hatte mich nie mit ihm abgegeben. Nie.

Susi fuhr fort: "Er fällte den Baum, lud ihn auf den Karren und wollte ihn nach Hause fahren. Dann wollte der Ochse nicht weiter. Alles, was Kornelius versuchte, schlug fehl. Der Ochse rührte sich nicht. Dann stieß er in seiner Verzweiflung ein Fluch Wort aus -ein furchtbares russisches Fluch Wort, das er einmal einem unserer Knechte abgehört hatte. Da erschrak er vor sich selber. Er fiel auf seine Knie und bat Gott zitternd um Vergebung. Er habe es doch nicht gewollt, Gott solle ihn doch verschonen.

"Dann stand er unter Tränen der Reue auf und versuchte wieder den Ochsen in Gang zu bekommen; aber erst als er ein Feuer unter ihm anzündete, ließ dieser sich endlich bewegen.

"Zu Hause haben er und Mama dann den Sarg hergerichtet. Er hätte Mutter so gerne sein Herz ausgeschüttet, aber sie weint nur immerfort. Das macht es doppelt schwer für ihn. Ich bin die einzige, der er sich anvertrauen kann. 'Ich bin nicht so wie

Hans' sagt er immer wieder. Ich tröste ihn dann, und sage ihm, dass das nicht von ihm erwartet wird. Armer Kornelius!"

Ich musste ihr beistimmen. Ich sah den Kornelius von einer ganz anderen Seite. "Armer Kornelius", wiederholte ich nur.

Da schaute mich die Susi auf einmal ganz sonderbar an. Wollte sie mir etwa ihren Bruder anbieten? Ich fühlte ihren unausgesprochenen Wunsch.

"Kornelius ist ein guter Mensch, Anna", sagte sie weiter. "Aber er braucht etwas, das eine Schwester ihm nicht bieten kann."

Jetzt wusste ich genau, wo sie hinwollte, aber ich weigerte mich, darauf einzugehen. Ich konnte doch nicht jemand lieben und heiraten, nur der Schwester zum Gefallen. Wenn sie mich bitten würde, müsste ich glatt "Nein" sagen. Kornelius erfüllte nicht die Erwartungen, die ich an einen Ehemann stellte, und diese Erwartungen konnte ich weder der Susi noch dem armen Kornelius preisgeben. Mehrere Wochen lang trug ich schwer an dieser Lage. Susi war meine liebe Freundin, die ich nun arg enttäuschen musste.

12

Müde setzte Papa sich an den Tisch. "Wie sieht es mit Klaus?" fragte er Maria.

"Du solltest hingehen und von ihm Abschied nehmen!" sagte ich zu Papa, ehe Maria antworten konnte.

"Wir wissen doch, dass es mit ihm zu Ende geht," fuhr ich fort. Ich wusste, dass Papa sich nicht gut mit Klaus vertragen hatte. Ich wollte wenigstens den Trost haben, dass sie noch vor seinem Abscheiden ein freundliches Wort miteinander gesprochen hätten. "Papa", bat ich noch einmal, "bitte sage doch 'Auf Wiedersehen' zu Klaus."

Papa blieb still.

"Was soll ich denn sagen? Nur einfach 'Auf Wiedersehen'?" fragte er dann auf einmal. Da verließ ich den Tisch. Ich gehörte in die Küche mit Mama. Es war nicht meine Sache, meinem Vater vorzusagen, seine Schwächen zu erfahren.

Klaus starb wirklich in dieser Nacht.

Als wir am folgenden Abend nach dem Begräbnis wieder als Familie allein waren, machte Papa ein Feuer. Es war nicht kalt, aber wir brauchten in dieser traurigen Stunde das Licht und die Wärme der Flamme. Kein Mond und keine Sterne erhellten die Nacht; undurchsichtige Finsternis umgab uns.

Die kleine Margarethe schlief in Mamas Armen und Nikolaus saß auf meinem Schoß. Auf seinem friedlichen Gesicht spielten das Licht und die Schatten der züngelnden Flammen. Während ich dieses beobachtete, sah ich auf einmal in ihm das Gesicht seines Vaters, wie es so still und friedlich gewesen war, als wir uns alle miteinander am offenen Sarge fotografieren ließen. Noch nie hatte ich diese Ähnlichkeit zwischen Vater und Sohn gemerkt. Sie erschreckte mich fast, so dass ich ihn etwas mehr ins Licht der Flamme rückte, das ihm wieder die Farbe des Lebens verlieh.

Maria sprach zuerst. Jeder Satz war eigentlich ein langgezogenes Schluchzen: "Nie hat er geklagt... er war eigentlich die ganze Zeit in Paraguay krank... und doch war er so lieb und gut... wie hat er mich und die Kinder geliebt... wie waren wir in Russland so glücklich... zusammen."

War er wirklich so? fragte ich mich im Stillen.

Auf einmal warf Maria sich an Papas Brust und setzte sich auf seinen Schoß. Papa wusste nicht genau, wie er auf diese ungewohnte Zärtlichkeit reagieren sollte, aber er legte seinen Arm um sie und hielt sie, bis sie sich beruhigte.

Ja, Klaus war tot; er war in Gottes Händen. Mir bedeutete er nichts mehr. Aber da war Maria, meine arme verwitwete Schwester, die ich immer geliebt hatte. Ich fing an, mit ihr zu weinen. Wenn sie meinte, ich beweine Klaus, hatte sie nur teilweise recht. Ich weinte um sie; ich wünschte wir könnten nur für einige Stunden oder Tage unsere Lagen wechseln, dass sie etwas Ruhe von ihrem großen Schmerz haben könnte; dass sie wieder jung sein und in Hoffnung leben könnte, statt ihren Mann begraben zu haben.

13

Jeden Morgen erwachte ich, wenn es noch finster war. Ich fürchtete mich aber nicht vor diesem Frühmorgendunkel. Schnell zog ich mich an und holte ein Eimer Wasser vom Brunnen als erste Tagesarbeit. Oft schliefen Mama und Maria noch. Manchmal konnte ich erst bei der Rückkehr mit einem vollen Eimer Wasser Mama einen guten Morgen bieten.

An diesem Morgen lag ein dichter Nebel über Dorf und Kamp, als ich meinen Gang nach dem Brunnen machte. Es war aber angenehm und windstill, und so schritt ich schnell meinem Ziele zu. Dabei dachte ich an die Namen unserer neuangelegten Dörfer. Es waren die alten Namen, die wir von Russland mitgebracht hatten, Namen die fromme Wünsche und tiefe Sehnsucht in sich bargen: *Gnadenheim, Friedensfeld, Schönwiese, Lichtfeld, Rosenort, Friedensruh, Schönbrunn.*

Dann hob sich der Nebel. Es war, als ob eine unsichtbare Hand einen Vorhang wegzog. Die Strahlen der Morgensonne überfluteten plötzlich den Bittergraskamp und ließen auf jedem Halm einen diamantenen Tautropfen glitzern.

Lichtfeld! Wie passend war doch der Name für dies Dorf, dachte ich und fing an zu singen:

> *Herr, dir ist niemand zu vergleichen,*
> *Kein Lob kann deine Größ' erreichen,*
> *Kein noch so feuriger Verstand!*

Ja, Gott war uns gnädig gewesen. Die medizinische Hilfe war angekommen und hatte kurzerhand den Typhus überwunden. Arzt und Krankenschwester mit ihren Spritzen und Medikamenten hatten das Wunder vollzogen.

"Seine Hand ist nicht zu kurz, dass er nicht helfen könne!" So hatte es in dem kleinen "Mennoblatt" unserer Kolonie geheißen. Immer wieder musste ich dieses wiederholen, denn wir waren in Sicherheit; die Epidemie war gebrochen. Mit einer Spritze konnte die tödliche Pest verhütet werden. Erst jetzt merkte ich, wie sehr ich mit allen Fasern meines Wesens am Leben hing, wie sehr ich mich doch vor der Krankheit gefürchtet hatte. Ich fühlte mich auf einmal rein, rein wie nach einem hier so seltenen warmen Bad mit wohlriechender Seife.

"Wie gut ist es doch, dass du so stark und gesund bist", hatte Mama oft gesagt, wenn ich es immer mit kranken Menschen zu tun hatte. Ich hatte dabei gelacht und gesagt: "So leicht erwischt mich die Krankheit nicht!", aber tief drinnen hatte ich doch die lähmende Angst. Man konnte ja nie wissen. Und nun, o Wunder, war die Gefahr vorbei!

Damit war ich auch beim Brunnen angelangt. Wir hatten Waschtag, und so hatte ich das Joch mit zwei Eimern mitgebracht. Da ich allein war, konnte ich sie schnell füllen und mich auf den Weg nach Hause machen. Die Eimer waren schwer. Vom klaren Himmel schien die immer höher steigende Sonne. Langsam brach bei mir der Schweiß aus allen Poren, besonders da, wo das hölzerne Joch schwer auf meinen Schulten ruhte.

Lichtfelde! In dieser steigenden Hitze verlor der Name alle Romantik. Zu viel Sonne bekamen wir in dieser heißen Gegend. Nur leere Wünsche waren die Ortsnamen, die wir aus der alten Heimat mitgebracht hatten. Als ob wir dem Chaco mit diesen Namen einen anderen Charakter geben könnten! *Rosenort!* Vor zwei Sonntagen waren wir in diesem Dorf zu Besuch gewesen. Hatten wir auch nur eine Rose gesehen? Nicht einmal eine einzige Feldblume, geschweige denn eine Rose!

Gnadenfeld! Ja, am kühlen Morgen oder unter einem sternhellen Abendhimmel konnte ich schon an Gottes Gnade glauben; wenn die Gräser von Tauperlen schimmerten, oder die wielen Sterne glitzerten. Aber in dieser heißen Sonne? Oder in dem verheerenden Nordsturm? Dann entwich mir und anderen aller Mut.

Vielleicht war es mehr als nur symbolisch, dass wir unsere Dörfer immer öfter nur mit ihren Nummern, nicht mit den mitgebrachten Namen bezeichneten. Es war nicht nur einfacher; es war auch wahrheitsgetreuer.

Ich musste eine kurze Ruhepause machen. Die Eimer waren allzu schwer. Nicht einmal den Schattenbaum in zehn Meter Entfernung suchte ich auf. Behutsam setzte ich die Eimer am Straßenrand hin und verschnaufte mich.

Wieder sah ich mich, wie ich von der *Apipe* bei Puerto Casado ans Ufer ging. Wie hatte ich mich damals auf die neue Heimat gefreut! Nicht wie ein völlig verarmtes mennonitisches Mädchen war ich ans Ufer gegangen, sondern fast wie eine getarnte Prinzessin, die von ihrem neuen Eigentum Besitz nimmt.

Nun trat die Wirklichkeit an mich heran. Diese "grüne Hölle" würde mir wohl nie zur Heimat werden! Ich schloss meine Augen und fühlte wie eine Träne meine Wimpern benetzte. In dem Augenblick sah ich nur das Elend meiner Umgebung, die Isolation, die Hoffnungslosigkeit. Hatte ich mich wirklich in meinen Hoffnungen verrechnet und war nun arg enttäuscht -verloren im endlosen Chaco?

Zweiter Teil

14

Hatte ich das wirklich erwartet, dass ein Freier auftauchen würde, während ich an unserem Hoftor stand und singend davon träumte? Natürlich nicht!

Und doch trug es sich gerade so zu. Jakob kam die Dorfstraße entlang bis zu unserem Hoftor, wo ich eben, etwas von der Arbeit ausruhend, sinnend und träumend stand; er grüßte, fing eine Unterhaltung an und drei Monate später heirateten wir.

Es war an einem späten Donnerstagnachmittag im September. Ich hatte eben unseren Vordergarten von Unkraut gereinigt. Mein Rücken schmerzte von dem anhaltenden Bücken. Langsam richtete ich mich neben dem Torpfosten auf und genoss die wohltuende Rast, während ich mich am Torpfosten lehnte und die Gartenhacke in der anderen Hand hielt. Obwohl meine Hände von der vielen Feld- und Gartenarbeit ganz schwielig geworden waren, betastete ich doch mit Behagen das glatte, fast steinharte Quebrachoholz des Pfostens, der solide wie ein Baum in der Erde stand und mir Halt und Beistand bot.

Zuerst konnte ich meine Gedanken nicht sammeln. Ich wartete nur auf den Feierabend, wenn das Kurze Abendrot der wohltuenden Stille der dunklen Nacht weichen würde, wenn wir alle nach einem arbeitsreichen Tage uns mit gutem Gewissen der angenehmen Ruhe hingeben könnten.

Dann dachte ich an die Arbeit. Das abgehackte und entwurzelte Unkraut lag in kleinen Haufenreihen, die meinen Ordnungssinn befriedigten. Ich arbeitete viel draußen im Garten oder auf dem Felde mit Papa und hatte Freude daran. Ich mochte den Wind, wenn er leise über den Kamp strich und mit meinen Kleidern und meinem Haar spielte. Ich schaute gerne zu, wie der Pflug durch den jungfräulichen Boden schnitt und die Erde auflockerte; ich bewunderte die Pracht der Paratadobäume im Frühling mit den üppigen, prachtvollen gelben Blüten oder die schneeweißen Lilien des Flaschenbaumes.

Aber der Chaco hatte auch eine andere Seite. Wie verheerend war der gnadenlose Nordsturm, der den Acker verbrannte und mir den Sand in Augen und Poren trieb; oder wie bedrohend war der Busch am Kamprande, grau-grün, mit Staub bedeckt, stumpf auf Regen wartend, der ihn wieder abspülen sollte. Unerbittlich war der Busch, ohne Öffnungen und Lichtungen, unzerbrechlich, einengend. Keine Entlastung fanden meine müden Augen, wenn sie das Weite suchten. Immer blieb der Blick am Buschrand hängen. Mittlerweile sammelte sich der triefende Schweiß auf meiner Haut über dem ganzen Körper, sich mit dem Staub vermengend und meine Ungemütlichkeit nur noch erhöhend.

Ich war immer eine fleißige Arbeiterin und ließ mich nicht leicht entmutigen. Jedes entwurzelte Unkraut war ein kleiner Sieg. Beim Jäten konnte ich fast nicht aufhören. "Noch ein bisschen mehr!" sagte mir immer wieder eine innere Stimme. So ging es mir auch, wenn ich Papa mit der Aussaat half. Immer wollte ich noch eine Reihe mehr pflanzen. Nur Papas Ruf oder Wink konnte mich zum Stillstand bringen.

"Du hättest ein Junge sein sollen", neckte Papa mich einmal, als die heiße Sonne um zehn Uhr morgens uns schon zur Rast zwang. "Magst du die Bauernarbeit?" fragte er zwischen langen Zügen aus dem Wassereimer.

"O, doch, Papa", antwortete ich. Ich wischte mir den Schweiß. "Deine Söhne sind ja nicht hier, und so springe ich gerne ein."

Und doch machte ich es Papa nicht immer recht. Er konnte es nicht verstehen, wenn ich allzu genau auf das Aussehen des Hofes war. Gerne hätte ich z.B. die Unkrauthaufen weggefahren, aber Papa sagte immer, das sei unnötige Arbeit. Solange kein Unkrautsame da wäre, würde die Sonne schon das Ihrige tun. "Halte die Fläche um das Haus rein, wenn du schon musst", sagte er einmal, "aber bitte, Anna, kehre mir doch nicht den ganzen Hof!"

Ich musste schmunzeln, während ich daran dachte. Dann ließ ich meinen Blick langsam über den Hof bis zu unserem freundlichen weißgetünchten Haus gleiten. Vier Monate nach unserer Ankunft im Chaco waren wir eingezogen. Obwohl es nur klein war, war es uns wie ein Palast vorgekommen nach dem wochenlangen Zeltaufenthalt. Wir hätten es schon früher geschafft, wenn die Typhusepidemie und das nicht aufhören wollende "Scharwerk" uns nicht immer wieder beim Bau unterbrochen hätten.

Ja, das Scharwerk. Diese Art der Zusammenarbeit des ganzen Dorfes an Gemeinprojekten stammt wohl noch von der Weichsel Niederung her, wo unsere Vorfahren auf diese Art ihre Felder entwässerten und Deiche aufschütteten. In Russland hatte man diesen bewährten Brauch der Zusammenarbeit beibehalten, und hier in Paraguay verdankten wir ihm unsere breiten Dorfstraßen, die Landstraßen von jedem Dorf zum Koloniezentrum und die Dorfschulen. Auch die notwendigen Fahrten zur sogenannten Endstation mit unseren Ausfuhrprodukten und zurück mit den nötigen Einkäufen wurden immer auf gemeinsamer Basis gemacht.

Das Haus war aus luftgetrockneten Ziegeln gebaut und die Wände mit einer Mischung von Lehm, zerhacktem Gras und Mist bestrichen worden. Später hatten wir die Außenwände mit einer Mischung von der weißen Asche des Quebrachoholzes und Mehl getüncht. Mama und ich hatten das kürzlich wiederholt. Die Innenwände und der Fußboden wurden regelmäßig mit Kuhmist und Lehm verschmiert. Diese Mischung ergab eine harte glatte Fläche.

Das Dach wurde mit Schilfgras gedeckt. Dieses hatten wir von den Lengua Indianern gelernt. Das lange bambusartige Gras wurde in kleine Bündel gebunden, in nassen Lehm eingetaucht und dann in dichten übereinanderliegenden Reihen auf Dachstäbe gelegt. Mit einiger Vorsicht gemacht, ergab das ein wasserdichtes Dach. An der Westseite des Hauses war ein Schattendach, etwa zwei Meter breit, das nur auf Pfählen ruhte. Der Raum unter dem Schattendach war eigentlich unsere Küche und unser Ess- und Wohnzimmer. Die zwei Zimmer im Haus waren sozusagen nur Abstellräume und Schlafzimmer. Fenster und Türen waren meistens offen. Bei kühlem Wetter hingen wir Säcke vor die Fenster, während Papas alter Schafpelz als gelegentlicher Türvorhang benutzt wurde.

In dem Haus hatten wir ein Zimmer mit der Zeltplane in zwei Schlafräume eingeteilt. Maria mit den Kindern und ich teilten dieses Zimmer. Der kleine Raum hinter der Plane war mein einziger Privatraum. Als Maria schon im Januar des ersten Jahres im Chaco wiederheiratete, bekam ich das Zimmer für mich allein.

Anfänglich war Mama gegen Marias zweite Heirat gewesen. Zu schnell nach dem Tode von Klaus, sagte sie -was würden die Leute sagen? Und ihr zweiter Mann, der vierzigjährige Ernst Hein, ein Witwer mit fünf Kindern, wäre zu alt für Maria. Wie Marias Mann, so war Ernst Heins Frau ein Opfer der Typhusepidemie geworden.

"Auf den hat sie wahrscheinlich schon in Deutschland das Auge gehabt", sagte Mama misstrauisch. "Ich habe damals schon geahnt, dass etwas mit ihrer Ehe nicht in Ordnung war."

"Aber Mama", lachte ich, "das weißt du ja selber, dass das Unsinn ist! Freilich war ihre Ehe nicht so romantisch, wie ich sie mir vorgestellt hätte, aber Maria hatte ja die Hände voll mit ihren Kleinen. Wann in aller Welt hätte sie etwas mit dem Ernst anknüpfen können, auch wenn sie es gewollt hätte? Sieh doch, seine Kinder brauchen eine Mutter und Nikolaus und Margarethe brauchen einen Vater. Warum sollen sie denn warten?" Ich hatte es schon gelernt, hier im Chaco alles von der praktischen Seite zu sehen. Aber Mama war nicht so leicht besänftigt.

"Warum hat sie es so eilig von uns wegzukommen? Sie kennt ihn ja kaum."

"Aber Mama", lachte ich wieder, "du hast doch eben gesagt, sie hätten schon in Deutschland miteinander verkehrt!" Es war manchmal wirklich nicht schwer, Mamas Argumente zu widerlegen.

Mama seufzte. "Ich weiß nicht, Kind, aber manchmal habe ich doch wirklich den Verdacht."

"Das ist unmöglich Mama, und du weißt das auch sehr gut."

"Wie soll sie es nur schaffen?" klagte Mama weiter. "Heute sagt sie 'ja' und morgen hat sie sieben Kinder statt zwei!"

"Wenn's zum Heiraten kommt, verliert die Maria immer ihren Kopf", brummte Vater dazwischen.

"Wir sind alle arm", sagte ich zu Papa und Mama. "Warum sollte unsere Armut auf einmal ein Heiratshindernis sein?"

"Nur etwas warten sollte sie!" protestierte Mama noch immer.

Aber zu Maria haben die Eltern nichts gesagt. Seit dem Tod ihres Mannes war Maria anders geworden. Sie ließ sich von den Eltern nicht mehr bevormunden, und mich behandelte sie so, als wäre nur sie älter geworden, ich dagegen sei immer noch der Backfisch, der ich bei ihrer Heirat gewesen war. Aber ich hatte sie immer noch als glückliche Braut und ideale Schwester im Gedächtnis und fuhr fort, sie zu verteidigen.

"Das Sterben kam uns zu schnell", sagte ich etwas ungeduldig, "warum sollte denn das Heiraten uns nicht auch zu schnell vorkommen? Und denkt doch nur an Ruben und seine Christa. Warum sollte Maria nicht glücklich werden? Ernst Hein ist ein guter Mann. Ich freue mich für Maria."

Ernst war freilich beinahe kahlköpfig, aber das machte nichts. Er hatte ein freundliches Gesicht und tat alles, was in seinen Kräften stand, uns und Maria zum Gefallen zu leben, obwohl er schüchtern veranlagt war. Er war nie übel gelaunt, und sein Frohsinn wirkte ansteckend.

"Nun, ja", gab Mama schließlich zu," ich freue mich ja auch, wenn er Maria glücklich machen kann."

Ob der Chaco am Ende doch an unserem Missmut und unserer Ungeduld schuld hatte? Es schien, als ob er uns alle Hässlichkeit, alle Hoffnungslosigkeit gleich im ersten Jahr zeigen wollte. Ich erinnerte mich, wie ich fast aus Verzweiflung im ersten Jahr um Regen gebetet hatte. Ich tat es hauptsächlich um Papas und Johann Waldes wegen. Ich hätte sie gerne froher gesehen; aber ich wollte auch gerne Recht behalten gegen sie.

Ungeduldig hatte Papa auf die Aussaat gewartet. Mit der Hilfe eines Indianers und meiner Zusammenarbeit hatte er einen kleinen Teil unseres Ackerlandes zur Aussaat vorbereitet. Und dann warteten wir auf Regen.

"Man sagte uns doch, im September käme hier der Frühling", sagte er immer wieder, "der Frühling und die Frühlingsniederschläge." Aber der Regen kam nicht. Den letzten Regen, sagte man uns, hätte der Chaco im April vorigen Jahres gehabt. Das war noch ehe wir ankamen. Zuweilen bewölkte sich der Himmel. Am Horizont konnten wir ein Gewitter sehen, aber außer einigen Tropfen, die kaum den Staub benetzten, blieb der Regen aus.

"Hier gibt es wohl keinen Regen," sagte Johann Walde. "Wir sind zu weit in den Westen geraten. Wir werden nie genug Regen für eine ordentliche Landwirtschaft bekommen."

"Weiter in den Osten soll es etwas Regen gegeben haben", sagte Papa. "Warum man uns so weit in den Westen gesteckt hat, kann ich nicht verstehen."

"Es regnet hier vielleicht jahrelang nicht!"

Das Vieh in der Kolonie wurde mit jedem Tag magerer; einiges fing schon an zu krepieren. Bald gab es keine Weide mehr und fast kein Wasser. Woche um Woche verging ohne Regen. Da fing man wirklich an zu glauben, hier gäbe es keinen Regen, man sei zu weit ins Innenland geraten. Die Siedlungsleiter versuchten die Leute zu ermutigen die Statistik einer Versuchsstation im Chaco habe erwiesen, dass die Niederschläge durchschnittlich genügend seien; man forderte zur Geduld auf, aber scheinbar konnten die Entmutigung und die Enttäuschung nicht mehr aufgehalten werden.

Täglich, ja unaufhörlich betete ich um Regen. Johann Walde sagte, Wetter sei Wetter, und Beten helfe nichts. Aber ich hielt an mit Beten. Wenn es nur Gottes Wille wäre, müsste er es doch regnen lassen. Aber die Dürre hielt an. Schon wurde von einer Abwanderung aus dem Chaco gesprochen. In einem halben Jahr hatten wir noch keinen Regen gesehen.

Gegen Ende Oktober -am 20ten glaube ich- umwölkte sich der Himmel wieder, wie so oft schon. Hoch ballten sich die dunklen Massen zusammen. Auf unserem Hof wurde es still, als sich der Tag allmählich verdunkelte. Niemand wagte zu sagen: "Es sieht aus nach Regen." Zu oft waren wir schon enttäuscht worden. Wir blieben bei unserer Arbeit. Ich war gerade bei der Wäsche beschäftigt. Aber immer wieder musste ich auf die Wolken schauen. Obwohl die Sonne mit Wolken bedeckt war, blieb es sehr schwül. Die Atmosphäre schien elektrisch geladen zu sein, aber alles blieb unheimlich still. "O Gott," flehte ich im Stillen, "lass es doch diesmal regnen; bitte, dieses Mal!"

Da zuckte ein greller Blitz durch den Himmel. Das Gewitter kam schnell näher. "Kann es hier wirklich regnen?" fragte ich mich.

Da wendete sich der Wind plötzlich nach dem Süden und fegte den Hof von Blättern rein. Schnell wrang ich das Wasser aus der Wäsche und legte sie zur Seite. Es wurde merklich kühler, so dass ich schon fürchtete, der kühlere Wind würde die Wolken wieder vertreiben.

Auf einmal klatschten große Regentropfen auf die staubige Erde. Mama, Papa, Maria und die Kinder liefen ins Haus. Der Donner grollte und die Blitze -große Flächen hellsten Lichtes- hörten nicht mehr auf. Nach jedem Donnerschlag schrie die kleine Margarethe; ich tröstete sie nur: "Die Wolken klatschen sich in die Hände."

Immer näher kam das Gewitter, bis es scheinbar gerade über unserem Hause stand und alles auf es entlud. Die Wände zitterten. Noch nie hatte ich derartiges erlebt.

Und dann regnete es. Der Staub verwandelte sich in Kot. Der willkommene Geruch des Regens und nasser Erde drang durch unsere offenen Fenster. Wir beobachteten, wie sich das Wasser in Pfützen ansammelte, dann in kleinen Rinnsalen davon floss.

"Schau dir das nur an!" rief Papa schließlich in heller Freude aus. "Schaut euch das doch an!"

"Es regnet, Opa", rief Nikolaus. Wir lachten aus lauter Freude, und Nikolaus rief nur immer wieder: "Juchhe, es regnet! Juchhe, es regnet!"

Wir standen und schauten zu, lachten und ließen allen Zweifel und allen Missmut von uns abwaschen.

Fünfunddreißig Millimeter Regen zeigte Johann Waldes Messgerät. Obwohl wir zu einer Ernte noch viel mehr haben müssten, war dieser Regen doch ein sehr guter Anfang. Nikolaus und ich patschten barfuß durch die Pfützen auf unserem Hof und freuten uns. Ein herrlicher Anblick bot sich unseren Augen in den sich im Wasser widerspiegelnden Wolken. Himmel und Erde schienen sich in dem Spiegel des langersehnten, innbrünstig erbetenen Wassers zu begegnen.

Noch tagelang drehte sich unsere Unterhaltung immer wieder um diesen Regensturm. Endlich war der Frühling da mit seinen erfrischenden Winden, mit dem kostbaren Nass, das uns gestattete, unsere Felder zu bestellen und die dürftige Aussaat zu machen.

Aber wir wurden wieder enttäuscht. Drei Wochen lang blieb der Regen wieder aus. Es wurde uns klar, dass wir noch eine Weile länger auf die Unterstützung der nordamerikanischen Hilfsorganisation angewiesen sein würden.

Wieder ergriff unsere Kolonie das Umsiedlungsfieber. Jedermann sprach scheinbar von Ostparaguay. Irgendwie war sogar der Name anziehend; er erinnerte uns an fruchtbareren Boden, mehr Niederschläge, eine größere Auswahl von Obstbäumen, billigeres Land und bessere Absatzmöglichkeiten. Es wurde sogar eine Delegation bestehend aus zwei Personen herausgesetzt, die Siedlungsmöglichkeiten an der anderen Seite zu untersuchen.

Mittlerweile heiratete Maria. Trotz allem war ihre Hochzeit schön. Und dann schienen sich die Witterungsverhältnisse im neuen Jahr wirklich zu bessern. Der Regen wechselte regelmäßig mit dem Sonnenschein ab; der zermürbende Nordsturm hörte auf und unser Gemüsegarten geriet sehr gut, obwohl wir ihn erst recht verspätet einpflanzen konnten.

Kurz vor der Hochzeit waren die ersten Wassermelonen reif. Nach den Festlichkeiten saßen Papa, sein neuer Schwiegersohn und Johann Walde unter unserem Algarrobobaum und kosteten die leckeren, saftigen "Arbusen".

"Diese Arbusen geben den unsrigen in Russland nicht nach", sagte Papa schmunzelnd, indem er sein Kinn abwischte und nach einer zweiten Scheibe langte. "Sie sind wirklich lecker!" - indem er die Samenkörner auf die Erde spuckte.

"Wir werden schon unsere eigenen Bohnen und unseren eigenen Mandioka essen können", fuhr Papa fort, "und auch die Erdnüsse, die wir gepflanzt haben, gedeihen gut. Langsam kann ich auch die Hitze besser vertragen, obwohl ich in den heißen Nächten manchmal meine, ich werde mich nie dran gewöhnen können. Wie sieht es mit deiner Baumwolle, Ernst? Was denkst du darüber? Wird Baumwolle unsere Haupteinnahmequelle der Zukunft sein?"

So froh und zufrieden hatte ich Papa schon lange nicht gesehen. Bewirkten die "Arbusen" das wirklich? Die Männer ließen sich die saftige Frucht wirklich munden. Eine Scheibe nach der anderen verschwand, während der Saft Kinn und Bartstoppeln benetzte. Oder rührte Papas gute Laune von dem Umstand her, dass er nun wirklich zum ersten Mal nach der Flucht aus Russland seiner eigenen Hände Frucht genießen konnte?

Allmählich kam eine andere Stimmung über die Kolonie. Die vermehrten Niederschläge und die Weigerung der nordamerikanischen Hilfsorganisation, eine Umsiedlung in den Osten gutzuheißen, ließ die Gemüter sich beruhigen. Man nahm sich vor, es eben mit dem Chaco zu versuchen. Als die Delegation von Ostparaguay zurück kam, hatten schon nur ganz einzelne Lust, einen neuen Versuch im Osten zu machen.

Die Mehrheit arbeitete nun dahin, den Chaco als permanente Heimat anzusehen und auszubauen. Zuerst wurde eine Kolonieverwaltung aufgestellt, wie man sie noch von Russland her kannte. Jeder Hausvater hatte eine Stimme im Dorfs Rat. Jedes Dorf hatte einen Schulzen und die ganze Kolonie einen Oberschulzen. Am 25. November feierten wir unsere Befreiung aus Russland, hatten unser erstes Sängerfest und unsere erste Predigerkonferenz. Eine kleine Zeitung wurde ins Leben gerufen, die uns Nachrichten, Lehrreiches und Unterhaltendes bieten sollte. Elf Lehrer wurden nach Asuncion geschickt, um Spanisch zu lernen. Jedes Dorf sollte eine Grundschule haben und die Kolonie eine Sekundarschule, die wir nach altem Brauch "Zentralschule" nannten.

Gleich am Anfang wurde das Zentrum der Kolonie geplant mit einem bescheidenen Industriewerk, bestehend aus einer Brettersäge, einer Kafirmühle und einer kleinen Ölpresse.

Über alles dieses dachte ich nach, während ich mich am Torpfosten lehnte und von der schweren Arbeit etwas ausruhte. Zwei Jahren hatten wir hinter uns. Nicht immer war es uns klar gewesen, dass wir Fortschritte machten. Jeder positive Schritt schien von einem Rücktritt begleitet worden zu sein. Wir waren noch immer bitter arm - lebten sozusagen nur von der Hand in den Mund; hatten nur das Allernotwendigste zum Leben. Noch war unser Dasein keineswegs gesichert.

Und nun hatte uns noch ein Krieg überrascht. 1932 befanden wir uns inmitten des sogenannten Chacokrieges. Papa und Johann Walde sprachen von der bitteren Ironie des Schicksals. Eben hatten wir Europa mit seinen Kriegen und Revolutionen verlassen, und nun waren wir wieder zwischen zwei Fronten. Paraguayer und Bolivianer kämpften über die Chacogrenze.

Ich konnte mich nicht sehr viel von Krieg und Bürgerkrieg in Europa erinnern, aber ich sah die Sinnlosigkeit dieses Chacokrieges sehr gut ein. Hier mussten junge Knaben ihr Leben lassen, um nichts mehr als den Besitz einiger Hektar - oder auch einiger hundert oder tausend Hektar - dieses öden, unentwickelten Chaco. Unsere Loyalität, insofern sie gefragt wurde, galt natürlich Paraguay. Paraguay war doch unsere neue Heimat, die uns das Privilegium verliehen hatte. Kein Mensch dachte daran, uns mit in den Krieg zu ziehen. Aber einen Regierungs- oder Oberhoheitswechsel wünschten wir uns keineswegs herbei. Wie würden Bolivianer uns behandeln?

Materiell profitierten wir zunächst vom dem Chacokrieg. Unsere Milch, Butter, Käse und auch die Wassermelonen fanden guten Absatz bei der Truppe. Das Geld, das dieser Handel einbrachte, kam uns gut zustatten. Zudem hatten wir Zugang zu dem Militärarzt, der in unserer Kolonie stationiert war. Aber sonst hatte ich wenig Interesse an dem Krieg. Die Soldaten, die durch unser Dorf marschierten, die Militärtransporte, die Offiziere, die uns von Zeit zu Zeit ansprachen - alles das gehörte zum Rande, nicht in die Mitte unseres Daseins.

Mittlerweile war ich zu einer jungen Frau herangewachsen und war voller Wünsche und Träume. Ich wollte selbständig sein, meine Flügel prüfen, nicht nur als Kind meiner Eltern materiell und emotionell von ihnen abhängig sein.

Auf zwei Gebieten hatte ich mich schon unabhängig entwickelt. Das eine war das geistlich-religiöse Gebiet. Ich konnte mich eigentlich keiner Zeit erinnern, in der ich nicht die Grundwahrheiten des christlichen Glaubens kannte und nicht mit den

Grundprinzipien des christlichen Lebens bekannt gewesen war. In dem Sinne war meine neue geistliche Erfahrung nichts Neues. Neu war bei mir das innere Erlebnis, das dieses Wissen erzeugen soll, die innere Heilsgewissheit, die eine bewusste persönliche Entscheidung mit sich bringt.

Diese Veränderung, diese Heilsgewissheit, war eigentlich fast "natürlich" über mich gekommen. Sie fing mit den Gesangübungen in der wöchentlichen Chorübung im Dorf an. Ich fing an, mich auf die Worte der Lieder, die wir einübten, zu konzentrieren. Ganz groß und neu wurden mir die Gedanken der frommen Dichter. Wie habe ich z.B. in dem Gedankengut und auch der Melodie des bekannten Liedes von Paul Gerhardt geschwelgt:

Befiehl du deine Wege und,
was dein Herze kränkt,
der allertreusten Pflege des,
der den Himmel lenkt.

Wenn ich dieses Lied für mich allein auf dem Felde sang, ließ ich meiner Stimmer und meiner Phantasie freien Lauf. Wenn wir im Chor sangen *Du bist mein Erlöser und mein treuster Freund, meines Lebens Sonne, die mir lacht und scheint*, dann jubelte mein Herz innerlich. Ich empfand die Nähe und die Unmittelbarkeit der Wahrheit dieser Worte.

Am letzten Pfingstsonntag wurde ich getauft. Wir waren zehn Täuflinge, fünf Jungfrauen und fünf Junglinge. Jeder Täufling musste vor der Taufe ein Zeugnis ablegen und wir wurden kurz geprüft, wie wir zu den biblischen Wahrheiten und zu der Gemeinde standen.

In meinem Zeugnis erzählte ich von einer besonderen Erfahrung, die ich am letzten Karfreitag gemacht hatte. Im Nachdenken über das Leiden und Sterben Jesu war mir auf einmal die Erkenntnis meiner Sündhaftigkeit ganz besonders schwer auf die Seele gefallen. Da hatte ich mit Tränen in den Augen um Vergebung gebetet und da war mir auf einmal ganz frei und leicht ums Herz geworden. Um dieses Gefühl zu beschreiben, benutzte ich das Bild von der Hefe und dem Teig, bis ich zu meinem Schrecken merkte, dass dieser Vergleich von einigen strengen Gemeindegliedern missverstanden wurde. Schnell lenkte ich ab, bat um die Taufe und um Aufnahme in die Gemeinde und beendigte mein Zeugnis.

Der Wolken, Luft und Winden
gibt Wege, Lauf und Bahn,
der wird auch Wege finden,

> *da dein Fuß gehen kann.*

Die Taufe selbst war fast enttäuschend. Das Wasser war ungemütlich, aber wir durften es nicht von uns abschütteln, sondern ihm freien Lauf lassen. Da war ich so dankbar für die Worte, die Prediger Rahn uns vor der Taufe gesagt hatte: "Ihr dürft keine besonderen Gefühle bei der Taufe erwarten; die Taufe ist ein Gehorsamsakt, nicht eine Gefühlssache." Für mich war die Taufe somit ein öffentliches Bekenntnis, ein freiwilliger Schritt in die Nachfolge Jesu.

Meine Eltern sprachen selten von dem, was sie innerlich bewegte. Aber Mama drückte ihren Glauben durch Singen aus. Als ich noch klein war, hat sie Kinderlieder und Wiegenlieder gesungen. Nun sang sie meistens geistliche Lieder. Beim Putzen und Kochen, bei der Gartenarbeit und beim endlosen Flicken unsere Kleider sang sie die alten Glaubenslieder.

> *Keiner wird zuschanden,*
> *welcher Gottes harrt;*
> *sollt' ich sein der erste,*
> *der zuschanden ward?*

Wie gern hörte ich diese Worte! Ich fiel dann ein:
> *Nein, das ist unmöglich,*
> *du getreuer Hort,*
> *ehe fällt der Himmel,*
> *eh mich täuscht dein Wort!*

Wie kindlich fest war mein Glaube damals. Niemand konnte mir's rauben: *Wir brauchen nicht zu versagen; unser Vater im Himmel hat auf uns acht.*

Aber als neunzehnjährige Jungfrau bewegten mich auch andere Gedanken und Gefühle. Ich träumte von Ehemann und einer Familie. Nichts Überspanntes war dabei; ich hatte nur das feste Vertrauen, dass eines Tages der richtige Mann in mein Leben kommen würde. Mit Gerhard Wiens, von dem ich in meine Backfischjahren geträumt hatte, war's ja nichts geworden. Er war etwas älter als ich und wollte in zwei Wochen heiraten - die stille, etwas pedantische Neta. Ich habe ihm nicht lange nachgetrauert; er war mir eigentlich zu laut und selbstsicher, aber eine kleine Leere hatte er doch zurückgelassen. Die meisten der anderen Dorfjünglinge interessierten mich nicht; sie hätten meine inneren Gefühle kaum verstanden, und ich wollte jemand haben, der mich verstand und meine geistlichen Erfahrungen teilen konnte. Wenn ich doch so einer Person begegnen könnte!

Da sah ich einen Reiter die Dorfstraße entlang kommen.

"Wie wenn er es wäre?" durchfuhr es mich.

"Aber Anna, sei doch nicht töricht!" schalt ich mich. "Wie wenn er ein paraguayischer Soldat wäre?"

Eigentlich hätte ich sogleich ins Haus oder wenigstens in das Innere des Hofes gehen sollen. Obwohl die meisten Soldaten ausgehungerte Jungen waren, gab es auch einzelne, die wehrlose Frauen angriffen. Man hatte von Einzelfällen von Vergewaltigung gehört. Aber dieses Mal hielt mich etwas zurück. Dann sah ich, dass der Reiter einer von den Unseren, ein Mennonit war. Ich kannte ihn aber nicht. Er war hochgewachsen, ohne Kopfbedeckung mit einer Jacke, die ihm um einige Größen zu klein war. Der Wind spielte mit seinem Haar. Als er näher kam, sah ich, dass er ein junger Mann war.

Da stand er mit seinem Pferd vor mir. Schlank und angenehm war seine Erscheinung.

"Guten Tag!" sagte er lächelnd- "Ich suche die Familie Abram Sawatzky."

"O, o", stammelte ich. "Sie wohnt hier. Abram Sawatzky's sind meine Eltern."

"Da bin ich ja auf der richtigen Stelle", sagte er. "Ich bin Jakob Rempel."

Er sprang vom Pferd. Ich war ein guter Freund deines Bruders David", sagte er weiter. "Ich habe eine Nachricht, die ich deinen Eltern mitteilen soll."

15

Ich lud diesen fremden Mann, Jakob Rempel, nun ins Haus ein, aber er hatte es scheinbar nicht eilig hereinzukommen.

"Du bist also Davids Schwester", sagte er.

"Ja, ich bin Anna, die jüngste in der Familie."

"Anna. Ja, er hat von dir gesprochen." Er schaute mich näher an. "Ja, die Ähnlichkeit ist da."

Er streichelte den Hals seines Pferdes. Warum war er zu Pferde gekommen? Nur wenige unserer Leute hatten Pferde.

"Ich wusste, dass Davids Familie hier war. Ich wollte schon früher kommen, hatte aber bis jetzt keine Gelegenheit dazu."

Gerne hätte ich jetzt mehr über David erfahren; es schien mir aber nicht geraten, mehr von David zu sprechen, ehe er mit den Eltern bekannt geworden war. Aber dann sprach er wieder.

"Also, du bist Davids Schwester", wiederholte er. "David war ein guter Mensch. Ich habe ihn sehr gut gekannt. Wir befreundeten uns, als er nach Blagowersk kam."

Er sprach in kurzen Sätzen und schwieg eine Weile dazwischen, als ob jeder Satz von besonderer Wichtigkeit sei.

"David war ein guter Mensch", wiederholte er, indem er zwei Schritte in die Richtung des Hofes nahm. "Ich habe viel von ihm gelernt. Und wie konnte er singen! Meine Mutter hätte ihn nur aus dem Grunde lieb gehabt. Sie kam aus einer musikalischen Familie. Darin habe ich sie leider enttäuscht." Jakob lächelte. "Freilich konnte ich das von ihr nicht geerbt haben; sie war meine zweite Mutter… aber David war ein richtiger Sänger. Mit seiner Mandoline…"

"Ja."

"An den Winterabenden kamen einige von uns zusammen. Wir sangen, lasen zusammen die Bibel und beteten. Wir hatten ganz wunderbare Gemeinschaft."

Aber immer noch sagte er gar nichts über David. Wo war er jetzt? Wir hatten auf Umwegen gehört, dass er mit anderen Mennoniten zusammen die Flucht über den Amur versucht hatte.

"Ist David noch immer in Russland?"

"Du weißt es nicht?"

"Wir haben bis jetzt keine genaue Nachricht erhalten."

"Er ist auf der Flucht umgekommen."

Es entstand nun ein verlegenes Schweigen zwischen uns. Er hätte mit dieser Nachricht warten sollen, bis er sie den Eltern sagen konnte.

Nachdenklich rieb er seine Stirn. "Ich hätte wirklich früher kommen sollen. Ich dachte ihr wüsstet alles, aber ich hätte das nicht annehmen sollen."

"Es ist schon gut", sagte ich. "Wir haben nicht sehr oft an ihn gedacht."

Jetzt schaute er mich doch verwundert an. Das hätte ich nicht sagen sollen; auch wenn bei mir das Bild meiner abwesenden Brüder allmählich verblasste, so müssten meine Eltern doch fast Tag und Nacht an sie denken.

"Ich meine…", stotterte ich nun etwas verlegen, "wir sind nicht böse, dass Sie nicht früher gekommen sind."

"Immerhin, jetzt bin ich da." Sein freundlicher Blick sagte mir, dass er tiefes Mitgefühl hatte.

"Eigentlich war ich nicht dabei...", fuhr er fort. "David war mit Georg und seiner Frau. Wir gingen immer in kleinen Gruppen über den Fluss. Sie kamen zwei Tage nach uns."

"So waren Sie nicht mit David zusammen, als..."

"Georg hat mir alles erzählt und -"

"Meine Eltern werden es sicherlich hören wollen", unterbrach ich ihn. Ich wandte mich um und ging auf das Haus zu. Er folgte mir, sein Pferd am Zügel führend.

Papa begrüßte unseren Gast, stellte aber keine Fragen, bis er das Pferd von allen Seiten mit Kennerblick beschaut hatte. Er streichelte ihm die Nüstern und hinter den Ohren.

"Ach, wenn wir wieder Pferde hätten", sagte er, "sogar der Mistgeruch würde mir willkommen sein."

"Er sehnt sich nach Pferden," sagte Mama zu Jakob.

Ich hörte noch, dass Jakob das Pferd geborgt hatte. Dann gingen er und Papa, das Pferd unterzubringen, während Mama und ich unser einfaches Abendbrot zubereiteten. Wir machten *Prips* aus Kafir und setzen Brot und Krümelplatz auf den Tisch.

Während wir aßen, stellte Papa Fragen, nicht über David, sondern über Jakob selber. Unser Gast erzählte kurz über seine Herkunft und seine Vergangenheit, obwohl er hier nicht so frei sprach, wie vorhin zu mir. Ich hörte aufmerksam zu, denn ich fand ihn anziehend und interessant. Wer war er eigentlich? Er mochte etwas über zwanzig Jahre alt sein; noch hatte er nicht gesagt, dass er verheiratet sei.

Jakobs Eltern stammten aus der Molotschna, aber er war in der Tereker Ansiedlung im östlichen Kaukasus geboren. Seine Mutter war bei seiner Geburt gestorben und sein Vater hatte wiedergeheiratet. Nach der Revolution hatten die Mennoniten die Tereker Dörfer verlassen. Sie blieben zunächst in der Kubaner Ansiedlung. Als 1920 die Verhältnisse sich etwas stabilisierten, wurden die Tereker gebeten, wieder in ihre Dörfer zu ziehen.

"Wir hätten nicht zurückgehen sollen", sagte Jakob. 105 Familien zogen zurück, aber ihres Bleibens sollte dort nicht sein. Feindliche Nachbarn vergriffen sich immer wieder an ihnen, so dass 1925 die meisten Familien wieder den Terek verlassen hatten. Die Ansiedlung hörte auf zu existieren. Jakobs Schwester hatte einen örtlichen Kaukasier geheiratet und war dort geblieben. Die Familie hatte den Kontakt mit ihr verloren.

Die Familie zog zurück in den Kuban und arbeitete dort auf einem Kollektiv. Jakobs Vater versuchte über Moskau auszuwandern. Mit Frau und erwachsenem Sohn machte er sich auf den Weg. Sie wurden aber zurückgeschickt.

"Wir wurden getrennt", berichtete Jakob weiter. "Als ich meine Eltern nicht mehr finden konnte, reiste ich zunächst nach Sawropol. Ich habe dann auf mehreren Stellen gearbeitet, bis ich von den Gruppen hörte, die über den Amur in die Freiheit gelangten."

Jakob kam dann weiter in die Barnaul-Slawgorod Ansiedlung. Hier arbeitete und wohnte er bei mehreren Familien, bis er sich für einen Freiheitsversuch über den Amur entschied. Da er alleinstehend war, standen seiner Flucht wenige Hindernisse im Wege.

"Und David?" fragte Papa.

Mama seufzte. Jakob räusperte sich und erzählte uns, was er durch seinen Freund, Georg Derksen, wusste. (Derksen und seine Frau waren mit der Zeit in die U.S.A. entkommen.) Ihre Vorbereitungen hatten zu lange gedauert. Das Eis war nicht mehr sicher; die Regierung hatte die Grenzwache am Amur verstärkt. Um ein Jahr, bis der Amur wieder fest zufror, wäre es längst zu spät gewesen. Sogar bis zum Frühling zu warten, wenn man mit Boot oder Fähre über den Fluss setzen könne, wäre zu spät. Es hieß, jetzt bei unsicherem Eis den Versuch zu machen, oder nie.

Während sie auf dem Fluss waren, erhob sich plötzlich ein Sturm. Das Eis krachte in allen Fugen. Sie verloren sich in der Finsternis. Auf einmal hörten Georg und seine Frau David rufen: "Georg, Georg! Hilf mir!" Oder hatte er nur den Wind und das berstende Eis gehört? Dann war die Stimme verstummt - nicht die der Elemente, aber die des Freundes. So lange er konnte, suchte und rief Georg seinen Freund auf dem schwankenden, unsicheren Eis in der heulenden Finsternis. Vergebens. Schließlich, dem Erfrieren nahe, hatten seine Frau und er das rettende Ufer suchen müssen.

"Monatelang hat Georg seinen Freund betrauert und sich selbst beschuldigt", schloss Jakob seinen Bericht.

Ja, es unterlag wohl keinem Zweifel: David war tot. Wir konnten nicht ein zweites Wunder erwarten, dass er noch einmal gesund auf unseren Hof kommen würde, wie damals, als wir ihn auch tot geglaubt hatten. Papa saß still, seinen Blick auf die leere Tasse gerichtet; Mamas Augen füllten sich mit Tränen.

Ich dachte an meinen Bruder David, den Sänger mit der Mandoline, den schön aussehenden jungen Mann; an seinen Tod in den Wellen des eiskalten Stromes weit entfernt auf einem anderen Kontinent zwischen Russland und China. Es deuchte mir als wär's ein Märlein. Die Wirklichkeit war hier - der warme Abend, vier Personen unter dem Schattendach eines kleinen Hauses, die untergehende Sonne alles mit hellem Glanz verklärend. Wirklichkeit für mich war der junge Überbringer der traurigen Nachricht, dieser starke und doch so sanfte Jakob Rempel.

"Sie bleiben doch über Nacht, nicht wahr?" lud Mama ein.

"Bis in mein Heimatdorf ist's wohl zu weit", gab er zur Antwort.

Er war nicht verheiratet und wohnte mit der Familie einer Cousine in einem der Dörfer der "Harbiner Ecke", wo die anderen Amur-Flüchtlinge angesiedelt hatten. Man nannte sie die "Harbiner" Dörfer, weil alle Flüchtlinge aus China einige Zeit in der Stad Harbin zugebracht hatten.

"Sie armer, junger Mann", sagte Mutter mitleidsvoll. "Sind Sie denn ganz ohne Angehörige hier in Paraguay?"

"Aber Gott hat mein Leben erhalten, und ich kann ihm nie genug danken. Er hat mich in den Chaco gebracht; er muss einen Grund dafür haben. Er hat eine Aufgabe für uns in dem Chaco!"

Meine Achtung für unseren Besuch stieg. Es war wohltuend ihn anzuhören. Mit so einem Mann, durchfuhr es mich plötzlich, wäre es möglich dem Chaco eine Existenz abzuringen; mehr noch, aus dem Chaco eine Heimat zu machen. Alles müsste möglich sein mit jemand, der sich an diesen Ort berufen wüsste.

16

Recht oft besuchte uns Jakob nach diesem ersten Mal. Weil er David gekannt hatte, gab er vor, aber bald war es klar, dass er mir den Hof machte. Ich wehrte mich auch keineswegs dagegen. Jakob entsprach allen meinen Erwartungen, die ich an einen Mann stellte. Ich musste fast unaufhörlich an ihn denken. Die wenigen Stunden, die wir miteinander zubrachten - eine Stunde pro Woche aufs meiste - waren die einzigen Stunden, die bei mir ins Gewicht fielen. Es war eine wunderbare Zeit; nichts schien mir unmöglich zu sein, nichts mehr unklar oder ungewiss, weil Jakob mich erkoren hatte. Er liebte mich, und ich liebte ihn.

"Jakob ist ein guter Mann", überhörte ich einmal Papa zu Mama sagen. "Unsere Anna wird es gut bei ihm haben."

Ich hätte Papa um den Hals fallen mögen. Natürlich würde ich es gut bei ihm haben, und Papa sah das ein! Ich hätte die ganze Welt umarmen können, so voll Liebe war mein Herz.

Schelmisch erzählte ich Jakob diesen Vorfall; auch er freute sich dazu. "Ja, weißt du", neckte ich ihn, "du kamst zu Pferd auf unseren Hof. Auf keine andere Weise hättest du Papa mehr imponieren können."

"Auf einem geborgtem Pferd", entgegnete er trocken, "und nicht einmal auf einem besonders guten."

"Aber immerhin ein Pferd!"

Auch das, was Papa sonst irritierte, konnte er bei Jakob leiden. Wenn Jakob von der Güte Gottes sprach oder von dem christlichen Glauben in Verbindung mit alltäglichen Sachen, ließ Papa ihn gewähren, obwohl das bei uns nicht getan wurde. Bei uns gehörte diese Sprache sonntags auf die Kanzel aber nicht ins tägliche Gespräch. Wenn Jakob seine tiefe Überzeugung aussprach, dass Gott uns zu einem besonderen Zweck in den Chaco gebracht hatte, wenn er uns mit dem Volk Israel verglich, war ich fast atemlos vor Angst, dass Papa ihm widersprechen würde. Das tat er sonst immer, wenn Ähnliches gesagt wurde und löste damit immer einen unangenehmen Streit aus. Aber Papa verstand die Lage. Er hörte nur still zu, ohne eine unangenehme Szene zu verursachen.

Nur einmal wäre es beinahe so weit gekommen. Die Walde's kamen an einem Sonntag nach Vesper zu einem kurzen Besuch. Die Rede kam wieder auf uns und den Chaco. Dabei meinte Walde, wir sollten unsere Hoffnung, den Chaco noch einmal verlassen zu können, nicht aufgeben. Darauf antwortete Jakob: "Gott führte die Kinder Israel aus Ägypten aus, aber er hat ihnen kein leichtes Leben in der Fremde versprochen. Auch wir dürfen das nicht erwarten." Voller Angst sah ich, wie Walde sein überlegenes, sarkastisches Lächeln aufsetzte, und ich hatte den unwiderstehlichen Drang, Jakob vor ihm zu beschützen.

"Hör mal, Jakob", fing er auch schon an, "diese Geschichten kannst du nicht auf alles, was wir erfahren, anwenden."

"Natürlich können wir", antwortete Jakob ruhig und fest aber ohne jegliche Bitterkeit oder Gereiztheit.

Ich schaute auf Papa, ihn ernstlich mit meinen Augen anflehend. "Bitte, gehe, und nimm den Walde mit dir", bat ich ihn mit meinem Blick. Und Papa verstand. "Komm, Johann", sagte er, "ich habe dir noch etwas auf dem Hof zu zeigen." Mama und Leni Walde gingen mit und ließen Jakob und mich alleine.

Noch fühlte ich mich immer etwas unsicher, wenn ich mit Jakob allein war, aber bald verstanden wir uns so gut, dass ich diese Unsicherheit nach und nach verlor. Wir konnten über alles miteinander reden. Er interessierte sich für meine Gedanken und

Gefühle; er ließ meine Meinungen gelten und sagte, er sei froh, dass ich mehr sei als nur ein hübscher Schmetterling.

"Ich habe so viele Gefühle", bekannte ich ihm. "Aber ich weiß nicht, ob das auch Gedanken sind. Du musst mir helfen, richtig zu denken."

"Natürlich!" Und wir mussten beide lachen.

Ich erzählte ihm von meiner Familie; über unseren hastigen Wegzug nach Moskau; dem fieberhaften Einkochen für die Reise; von meiner Großmutter, die so stark gerochen hatte, als ich sie zum Abschied küsste; über Mamas Sorge, dass Großmutter unseren Abzug nicht lange überleben würde (die Oma weigerte sich die Flucht nach Moskau mitzumachen). In Deutschland hätten wir dann schon die Nachricht erhalten, dass die Oma gestorben war.

Weiter erzählte ich ihm über das Weihnachtsfest im Lager in Deutschland; von dem Weihnachtsbaum mit den hunderten von Kerzen, den die Deutschen für uns Flüchtlinge hergerichtet hätten.

Er hörte sich an, wie die Oma mir zu meinem zehnten Geburtstag ein samtenes Täschchen geschenkt hatte. In ihm bewahrte ich die wenigen Andenken auf, die ich aus der alten Heimat mitgebracht hatte. Da war ein Foto von mir als kleines Kind, eine Ansichtskarte von einer Freundin, Lila, und ein Taschentuch mit einem gehäkelten Spitzenrand. Aber die Ameisen hätten die meisten dieser Schätze hier im Chaco durchlöchert. (Beim Umgang mit Jakob hatte ich Heimweh nach Russland.)

Aber auch Jakob ließ mich in sein Inneres blicken. Er sagte, schon von klein auf sei es sein Begehren gewesen, dem lieben Gott zu gefallen.

"Ein Prediger der Baptistengemeinde besuchte uns, als ich fünf oder sechs Jahre alt war", erzählte er. "Er sprach immer von 'meinem Jesus'. Das hatte ich noch nie gehört. Nachts war ich in meinem kleinen Bettchen, das Sprossen an den Seiten hatte, damit ich nicht hinausfallen sollte. Da habe ich gedacht, Jesus sei an der anderen Seite der Sprossenwand. Da sagte ich, wie der Prediger, 'mein Jesus', und da war er auf einmal bei mir im Bettlein. Keine Sprossen trennten uns voneinander…"

Jakob schaute mich etwas verlegen an. "Ist das nicht etwas überspannt?"

"Nein", antwortete ich. Es klang so ganz natürlich. Nichts war überspannt in diesem schattenlosen Kreis der Liebe. Ganz natürlich schien es hier zu sein, uns gegenseitig unsere innersten Gedanken und Gefühle zu offenbaren.

"Papa hat mir später erzählt, dass der Prediger am nächsten Tag seine Hände segnend auf mich legte und für mich betete", fügte Jakob hinzu. "Das habe ich schon vergessen. Wenn ich dieses alles erzähle, kommt es mir alles selber etwas befremdend vor. Vielleicht ist es auch nur ein Traum gewesen."

Während er so unschlüssig in Gedanken versunken war, legte ich ganz leise meine Hand auf seine. Er ließ es ruhig gewähren, aber ich erschrak fast über die Wirkung dieser Berührung auf mich. Es war, als ob ein elektrischer Strom mich durchfuhr, als ob mein ganzes Wesen auf die eine Stelle konzentriert war, auf der unsere Hände sich berührt hatten.

Wir standen auf und machten einen Spaziergang auf das nahe Feld. Am Ende des Feldes schlug Jakob vor, dass wir miteinander beteten. Ich neigte mein Haupt und schloss meine Augen. Aber sobald ich Jakobs Stimme hörte, öffnete ich sie; ich musste ihn sehen. Mit seinen geschlossenen Augen kam er mir fast überirdisch schön vor. Er betete, dass Gott uns segnen möge "wo immer er uns führen wolle" (noch hatte er keinen Heiratsantrag gestellt). Ich musste dem Impuls widerstehen, an seinen Hals zu fliegen und ihn zu küssen. Aber schnell schloss ich meine Augen, ehe er das Amen sagte. Ich zitterte wie eine Blume, wenn jemand sie berührt.

Nun kam die Zeit des Schweineschlachtens. Jakob kam schon sehr früh, obwohl er dazu die halbe Nacht gereist hatte. Noch ehe die anderen kamen, ging er schnell zu meinem Vater, der schon beim Schweinestall war. Dann begrüßte er mich und kam herein zum Frühstück. Wie nebenbei sagte er zu mir: "Ich habe heute bei deinem Papa um deine Hand angehalten, und er hat Ja gesagt."

Einen Augenblick lang war's, als ob wir schüchtern miteinander waren, aber dann lachten wir beide leise. Wir teilten ein süßes Geheimnis, das vorerst nur wir und die Eltern wussten.

Mama war ohne weiteres einverstanden. Schnell wurden die Verlobung und der Hochzeitstag bestimmt. Und dann sagte Mama: "So, Anna, ich hoffe du machst heute keine Dummheiten. Dass du mir nicht die Wurst fallen lässt. Sonst bekommt der Rolf sie noch am Ende."

Aber nun kamen auch die Nachbarn schon zum Schlachtfest - Johann und Leni Walde, Susi und ihr Vater, Onkel Froese, und so gab es keine Gelegenheit mehr, mit Jakob allein zu sein. Da wir noch nicht öffentlich verlobt waren, mussten wir vorsichtig sein, unser Geheimnis nicht zu verraten.

Es war ein geschäftiger Tag. Susi und ich mussten die Därme zum Wurstmachen reinigen und die Abendmahlzeit aus dem frischen Rippenfleisch zubereiten. Ich musste aber immer nur an Jakob denken. Öfter als nötig, machte ich mir beim Schlachttisch zu schaffen, wo die Männer arbeiteten. Wenigstens ab und zu wollte ich einen verstohlenen Blick mit meinem Bräutigam wechseln. Innerlich glühte ich wie im Fieber und musste immer denken, dass jedermann mir meine unbeschreibliche Freude vom Gesicht ablesen müsste.

So nahe war er mir, und doch so unnahbar. Bald, sehr bald, sagte ich mir immer wieder, darf ich so zu ihm sprechen, wie Mama zu Papa spricht. Wir werden alles zusammen machen. Ich darf dann alles wissen, was eine Frau von ihrem Mann wissen darf und soll. Wir werden zusammen essen, wir werden zusammen beim Schein der Lampe sitzen und uns alles sagen, was uns auf dem Herzen liegt. Wir werden zusammen zu Bett gehen und unsere Herzen werden wie eines zusammen schlagen.

Den ganzen Tag bemächtigte sich meiner eine nie geahnte Freude, während Jakob zufrieden die Schweinsohren abschabte oder mit sicheren Schnitten das Fleisch auf dem Schlachttisch zerlegte. Hatte Susi am Ende etwas geraten? Bald, bald dürfen es alle wissen, dachte ich bei mir selber; sich mit mir meines unaussprechlichen Glückes freuen. Er ist mein und ich bin sein!

17

Papa lag auf dem groben Gras und beschattete seine Augen mit den Händen. Heiß schien die Sonne vom wolkenlosen Himmel; ihre Strahlen konnten selbst von dem Laub des Schattenbaumes nicht ganz aufgehalten werden.

"Ach, wenn ich doch nur noch einmal ein Getreidefeld sehen könnte - ein goldenes Weizenfeld, reif zur Ernte - die Broternte! Wie lachte mir doch das Herz im Leibe bei so einem Anblick. Im Frühling kam das saftige Grün aus der schweren Erde hervor. Im Herbst hatten sich die Felder in goldgelbe Fluren verwandelt. Einmal stand ich in so einem Erntefeld; nur Kopf und Schultern ragten aus den Ähren hervor. Aber was waren das für Ähren! Schwer war das Korn wie Gold! In dem Jahr waren unsere Scheunen zu klein...

"Ja, in welchem Jahr war das doch nur?" fuhr Papa nach längerem Schweigen fort. Plötzlich setzte er sich aufrecht hin und rieb seine Augen, als ob er geträumt hätte. "Nie hätte ich gedacht, dass ich noch einmal Bohnen, Erdnüsse und Baumwolle ziehen würde!"

"Warum versuchen wir's nicht einmal mit Weizen?" fragte ich. "Wir könnten doch irgendwie etwas Saatweizen bekommen."

Papa lachte. "Man hat's doch schon versucht, Kind", sagte er. "Die Menno Leute versuchten es in den ersten Jahren; einige der unseren haben's auch versucht. Ich versuch's schon gar nicht, Mädel, ich bin doch kein Tor! Der Weizen gedeiht hier eben nicht. Wir müssen uns schon mit diesen miserablen Bohnen und Erdnüssen abmühen. Sie einzuheimsen, ehe die Ameisen, der Mehltau, die Heuschrecken und Tauben sie bekommen, ist eine mühsame Arbeit. So etwas könnte ich dem edlen Weizen nicht zumuten. Weizen und Pferde - das war Russland. Ochsen und Baumwolle - Paraguay!"

"Hast du immer noch so große Sehnsucht nach Russland, Papa? Du weißt doch, was mit uns geschehen wäre, wenn wir damals nicht hätten fliehen können." Briefe und Gerüchte hatten uns mittlerweile aus der Sowjetunion erreicht. Diese sprachen von Verbannungen, Repressalien, getrennten Familien, Hinrichtungen - von einer Tragödie nach der anderen. "Warum sind wir denn nicht dort geblieben?"

"Das weißt du doch, Anna", sagte Papa vorwurfsvoll. "Du musst nicht so sprechen!"

Dann nach einer Weile sagte Papa: "Du tust mir so leid, Anna, dass du so schwer arbeiten musst. Du wirst vor der Zeit alt. Man stelle sich das nur einmal vor - eine Braut mit schwieligen Händen und gebeugtem Rücken!"

Ich wollte protestieren, aber Papa wehrte ab. "Natürlich will ich nicht zurück in das heutige Russland. Aber" - indem er nachdenklich einen Grashalm pflückte - "man kann doch die Vergangenheit nicht ohne weiteres vergessen!"

Wie konnten wir wissen, dass diese Unterhaltung unsere letzte sein sollte? Gleich nach dem ersten guten Regen des Frühlings, der die Gräben mit Wasser und quakenden Fröschen füllte, erkrankte Papa ganz plötzlich. Ihn schwindelte, sagte er, und die Schmerzen in der Magengegend waren fast unerträglich. Dann schüttelte ihn das Frostfieber. Der starke Mann, den die grimmige Kälte Russlands nicht niederzwingen konnte, lag jetzt im heißen Chacosommer unter einem Haufen Decken und zitterte vor Kälte. Keine Klage kam über seine Lippen, und innerhalb einer Woche war er eine Leiche, noch ehe jemand feststellen konnte, an welcher Krankheit er litt. Keine besonderen Abschiedsworte hatten wir gewechselt, keine Bestellungen hatte er hinterlassen. Nur einmal hatte er laut gestöhnt, und als Mama nachschauen ging, fand sie ihn schon als entseelte Leiche.

Obwohl wir alle tief ergriffen waren, beschuldigte ich mich, dass ich nicht so trauern konnte, wie ich es meinem Papa schuldig war. Meine Freude über meinen Brautstand ließ sich nicht unterdrücken. Vier Wochen nach dem Begräbnis heirateten wir - an meinem neunzehnten Geburtstag im Oktober. Die Freude auf der Hochzeit war gedämpft. Manche Nachbarn ließen sich hören, dass wir zu eilig gewesen wären. Aber was sollten wir machen? Jakobs Anwesenheit auf dem Hof war dringend nötig; er musste Papas Stelle einnehmen.

Mama zog nun in das kleine Zimmer, das ich bisher als Schlafzimmer benutzt hatte, und Jakob und ich bezogen das Zimmer das bis jetzt Papa und Mama gehört hatte. Mir war es zunächst ganz ungewohnt, die Herrin des Hofes zu sein, und gerne überließ ich Mama das Regiment in der Küche.

Trotz allem aber waren wir glücklich. Schnell gewöhnten Mama und ich uns an Jakobs starke und taktvolle Gegenwart. Der Kreislauf des Jahres, durch Saat und Ernte, Sommer und Winter gekennzeichnet, wirkte wohltuend und beruhigend und bestimmte unsere Arbeit. Die kirchlichen Feste, Weihnachten, Ostern und Pfingsten, bestimmten die Gottesdienste des Kirchenjahres und auch unsere Familienzusammenkünfte und unser gesellschaftliches Leben.

In der Kolonie wurde immer noch das Thema erörtert: Bleiben oder Nichtbleiben? Ist eine Existenz im Chaco möglich? Die ersten Jahre nach unserer Hochzeit wurde darüber gestritten; Spannungen erhoben sich, und schließlich fand 1937 die bittere Trennung statt, als ein Drittel der Siedler nach Ostparaguay umsiedelte. Ihre Antwort auf die Frage der Existenzmöglichkeit im Chaco war ein glattes "Nein!"

Als wir heirateten, wütete noch der Chacokrieg. Aber eines Tages im Jahre 1935 heulte die Sirene in unserem Koloniezentrum. War das gute oder schlechte Nachricht? Dieses Mal sollte die Nachricht gut ausfallen: Kein Brand, kein Unglücksfall, kein Buschfeuer. Nein, der Krieg war zu Ende!

Nur langsam und stückweise kamen die Nachrichten von der Außenwelt, von dem fernen Europa, in unsere stillen Dörfer - wenn Jakob etwa mit Menschen zusammengekommen war, die zu Zeitungen oder einem Kurzwellenrundfunkempfänger Zugang hatten. Die Nachrichten aus Deutschland, wie wir sie verstanden, klangen ermutigend. Eine neue Regierung ab 1933 schien dem Lande neue Hoffnung und neues Leben zu geben. Auch unsere Kolonie schickte dem neuen Reichskanzler und seiner Regierung Gratulationen und Glückwünsche für die Zukunft. Sonst blieb bei uns alles beim Alten. Wir kämpften immer noch um das elementarste Dasein, versuchten demütig zu sein vor unserem Gott und "den Weg durch's Tal der Zeit gebeugt und betend zu gehn."

Aber bei mir war alles neu geworden. Ich war Jakobs Frau und hoffte in absehbarer Zeit auch Mutter zu werden. Kaum konnte ich die Tragweite der Worte am Traualtar ermessen: "...deinem neben dir stehenden Bräutigam, Jakob Rempel, die Treue halten in guten und in bösen Tagen...bis der Tod euch scheidet." Man sagte einfach Ja dazu; erst nachher erfuhr man die Tiefe und Tragweite dieser Worte.

Hochzeiten waren bei uns die Höhepunkte unseres Kolonielebens. Die darauffolgenden Schwangerschaften und Geburten gehörten zu den selbstverständlichen Sachen des Alltags. Niemand dachte daran, sie festlich zu begehen. Bei einigen kamen sie wirklich zu häufig; die Vielzahl verringerte die Freude bei jeder Wiederkehr - oder? Immerhin, als ich nach einem Ehejahr in guter Hoffnung war, konnte ich meine Freude kaum unterdrücken oder sie einstweilen als Geheimnis wahren, wie es ja bei uns damals Sitte war. Den Freudenschein auf meinem Gesicht konnte ich nicht unterdrücken. Immer wieder versicherte mir Jakob, dass ich noch nie schöner gewesen sei. Genauso empfand ich es auch. Es war mir, als ob mir geschah, was noch nie vorher einer Frau widerfahren war.

Und dann ging etwas schief. Gegen Ende meiner Schwangerschaft hatte ich auf einmal Schmerzen. Dann hörten die Bewegungen des Fötus auf. Die Geburtswehen kamen frühzeitig. Die Hebamme äußerte ihre Sorgen: "Ich glaube nicht, dass das Kind lebt", sagte sie. Ich wollte ihr nicht glauben.

Jetzt erfuhr ich, was andere Frauen mit dem Ausdruck "schwere Stunde" gemeint hatten. Nie hatte ich geahnt, wie viel ein Mensch aushalten kann. Jetzt verstand ich die Bibelsprache, die Gottes Gericht im Bilde der Geburtswehen einer Frau schildert. Ich wollte tapfer und mutig bleiben, aber als die Wehen gar kein Ende nehmen wollten, als ich das Empfinden hatte, dass mein ganzes Inneres zerreißen müsste, verlor ich meine Fassung und meine Kontrolle. Mama und die Hebamme hatte ihre Hände voll, nur mich auf dem Bett zu halten.

Und dann war auf einmal alles vorüber. Voller Dank blickte ich in die ernsten Gesichter meiner Mutter und der Hebamme, Frau Klassen. Und dann kam die bittere Enttäuschung: Das Kind, ein Mädel, war leblos zur Welt gekommen.

Mein erstes Gefühl war ein Gefühl des Zorns. Warum? Warum darf ich nicht einen Augenblick lang der Schöpfer sein - nur einen Augenblick lang, um dieses Furchtbare rückgängig zu machen? Um diesen blassen Lippen die Röte des Lebens zu verleihen?

Völlig erschöpft fiel ich in einen todähnlichen Schlaf.

Als ich erwachte, saß Jakob neben meinem Bett. Sanft und zögernd nahm er meine Hand in die seine. "Wie soll sie heißen?" fragte er.

"Sie ist ja tot!" gab ich fast schreiend zurück.

"Ich weiß, aber -"

"Sprich nicht mehr davon!"

Jakob schwieg. Später sagte Mama, dass Jakob sie gerne Martha genannt hätte.

"Martha?" rief ich fast entsetzt zurück. "Wo hat er denn die Idee her?"

"Beruhige dich, Kind", sagte Mama, "du kannst in Zukunft andere Namen für deine Kinder wählen."

Ich habe darüber auch nicht weiter zu Jakob gesprochen, obwohl ich nicht verstehen konnte, warum ein totgeborenes Kind einen Namen haben sollte. Stattdessen fragte ich ihn, wo er denn während des Geburtsprozesses gewesen sei.

"Ich war draußen."

"Hast du mich gehört?"

"Nicht am anderen Ende des Feldes", lächelte er.

"Es war ganz furchtbar."

"Ich weiß." Jakob nahm mich in seine Arme.

"Ich musste schreien, weil ich es sonst nicht ausgehalten hätte. Und nun ist alles vergebens gewesen." Die Tränen traten in meine Augen. "Warum, Jakob, warum gerade mir?"

"Du bist noch jung, Anna; jung genug um viele Kinder zu haben."

"Aber ich will keine Kinder mehr", hatte ich auf der Zunge, sagte es aber nicht. Stattdessen kam nur noch einmal die Frage: "Warum?"

"Wir wissen's jetzt noch nicht", sagte er leise. "Aber der liebe Gott wird dir wieder Freude schenken. Du wirst Ersatz für diesen Verlust bekommen." Sanft küsste er meine Stirn.

Und dann kam es aber doch nicht so. Jakob und ich blieben zunächst kinderlos. Eine tiefe Depression bemächtigte sich meiner. Ich klagte nicht, wusste ich doch, dass andere noch schwerer litten. Da hatte eine Familie den Vater verloren; verschüttet im Sand beim Brunnengraben. Eine Frau war durch den Blitz erschlagen (der Blitz hatte die Kette der Krögeruhr in eine Stange verwandelt); ein Kind war im Chacobusch umgekommen. Es hatte sich verirrt, und ehe man es fand, war es nur noch eine Leiche voller Kaktusstacheln gewesen. Und Mama war auch allein geblieben. "Nein", sagte ich mir, "du hast kein Recht, nur an dich zu denken; du musst stark sein und Gottes Führung annehmen."

Gott tröstete mich und war mir fühlbar nahe. Nur die Sehnsucht nach Kindern blieb unerfüllt. Wenn Jakob mich fragte, ob er mir nicht genug wäre auch ohne Kinder, konnte ich nur sagen: "Natürlich liebe ich dich; aber meine Erfüllung liegt im Mutterglück."

Ich wusste ja, dass er sich auch nach einer Familie sehnte, aber er war doch nicht in der Lage, mich oder meine Namensgenossin in der Bibel, die kinderlose Hannah, voll und ganz zu verstehen.

Dabei war Leni Walde jedes Jahr schwanger. Sechs Kinder hatte sie schon, alle unter zehn Jahren, und immer noch kam fast jedes Jahr ein neues an; alles Mädel. Auch Maria hatte schon zwei Kinder zu ihren sieben bekommen. Sie war wieder schwanger und kam und klagte Mama ihr Leid. Sie tat mir leid, aber wie habe ich sie beneidet! Wie gerne hätte ich ihre Schwangerschaftsbeschwerden ertragen. Wenn Maria dann ihren Mann in Gegenwart anderer schalt, schüttelte Mutter nur ihren Kopf. "Armer Ernst! Den hat sie ganz und gar unter ihrem Pantoffel!"

Wollte Gott mich mit Kinderlosigkeit strafen?

18

Spätnachmittag, Hochsommer. Heiß brannte die Sonne vom Westen. Jakob kam mit großen Schritten vom Feld, sein Körper gerade, sein Haar schwarz, Gesicht und Arme braun gebrannt. Noch immer klopfte mein Herz höher bei seinem Erscheinen; mein Jakob!

"Unsere beste Ernteaussicht bisher", sagte er, sich neben mich setzend. "Ich habe eben eine Besichtigungstour gemacht."'

Er strich seine Hand durch sein Haar. Sein Gesicht war schweiß bedeckt - der Schweiß mit Staub vermischt - und ein tagealter Bart beschattete sein Kinn. "Die Baumwolle sieht gut aus. Trotz des trockenen Frühlings sind die Bälle voll und weich. Vielleicht sollten wir nach der Ernte unser Haus vergrößern. Denk einmal darüber nach, wie du es haben möchtest."

Jakobs Besichtigungstour hatte ihn wirklich ins Fahrwasser gebracht. "Oder sollten wir uns vielleicht ein Pferd anschaffen?" sagte er.

Etwas irritiert sagte ich: "Warum wollen wir die Extra Einnahmen nicht einfach zur Aufbesserung unseres täglichen Lebens verwenden? Uns fehlt es immer an Mehl, Zucker, Tee und Kleidungsstoff."

"Ja, Anna", sagte er, immer noch gut gelaunt, "du bist immer die praktische."

"Und du willst immer das Kalb schon brandmarken, ehe es da ist."

"Mutter, hast du nicht etwas zu trinken?" rief Jakob, wie um das Gesprächsthema zu ändern, "es ist heute einmal wieder unmenschlich heiß!"

Mama brachte ihm eine Tasse Wasser.

"Die Baumwolle sieht gut aus", wiederholte Jakob nun zu Mama.

"Das freut mich. Leni Walde war hier und sagte mir dasselbe."

Leise begann Jakob zu pfeifen. Auch ich war bald wieder guter Laune. Freilich war's Zeit, dass wir unser Haus vergrößerten. Oder sollten wir es vielleicht lieber mit Wellblech decken? Und ich hatte doch so schönen Stoff im Laden gesehen. Ich benötigte schon ein neues Kleid. Vielleicht würde es dieses Jahr wirklich einmal zu etwas mehr als zum Allernotwendigsten reichen.

Mit solchen hoffnungsvollen Gedanken beschäftigt, blickte ich in den sich bewölkenden Himmel. Was käme am ersten dran? Auf einmal sah ich eine merkwürdige dunkle oval förmige Wolke am Horizont. Regen? Keine Anzeichen auf Regen. Rauch? Kein Rauchgeruch in der Luft.

"Sieh dir einmal die Wolke an", sagte ich zu Jakob.

Jakob stand auf und spähte in die angedeutete Richtung. Zusehends wuchs die Wolke.

"Das ist keine gewöhnliche Wolke!" rief er plötzlich aus. "Das sind Heuschrecken! Schnell Töpfe und Holzlöffel herbei! Alles, was wir haben, um Alarm zu schlagen! Ich rufe die Nachbarn; vielleicht können wir es verhüten, dass sie sich hier niederlassen."

Heuschrecken! Lieber Gott, nur das nicht! Ich lief in die Küche, um Geschirr zu holen, das wir zum Alarmschlagen brauchen könnten.

Jakob alarmierte die Nachbarn, aber ihre Antworten sagten uns, dass sie die Gefahr auch schon erkannt hatten. Bald war alles auf den Beinen, auf den Feldern mit Geschrei und mit Klappern. Plötzlich hatte sich die Stille eines Sommernachmittags in ein Tohuwabohu lärmender Stimmen und klappernder Küchengefäße verwandelt.

Jakob lief mit einem Stück Wellblech voraus, Mama und ich folgten mit Kochtöpfen und Holzlöffeln.

"Nur nicht zu schnell in dieser Hitze laufen", rief er uns zu.

Das Feld lag schon unter dem Schatten der noch immer wachsenden Heuschreckenwolke, die sich sehr schnell bewegte. Die ersten Heuschrecken landeten schon; der Nachschub lag wie eine dichte Schichte über ihnen, das Schwirren der unzähligen Flügel übertönte schon unsere Worte.

Heute Nacht gibt's wieder Albträume, stöhnte ich. An Ameisen, ein Dutzend Käferarten, sogar Schlangen hatte ich mich allmählich etwas gewöhnt, aber meinen Ekel vor Heuschrecken hatte ich nicht überwinden können. Ihre grotesken grünen Gestalten mit den zweigähnlichen Gliedern, ihre absolute Furchtlosigkeit hatten etwas Grauenerregendes an sich. Sie gingen nichts aus dem Wege; nie suchten sie Schutz. Sie drangen, springend, immer nur vorwärts, zielbewusst, herausfordernd und fressbegierig. Sie fürchteten weder Mensch noch Tier.

Mitten auf dem Feld stellte ich mich zur Wehr. Ich wusste aus Erfahrung, dass wir alle zusammen nichts ausrichten konnten. Kein Schreien und Klappern konnte die gierige Heuschreckenhorde abhalten oder ablenken. So aber brauchten wir nicht tatenlos zuzuschauen; wir hätten wenigstens einen Versuch gemacht. Vielleicht könnten wir auch nur etwas retten.

Ich wäre vielleicht doch nahe beim Hause geblieben, wenn ich dort vor den Biestern sicher gewesen wäre; aber es gab keinen Bergungsort. Überall landeten sie in Scharen, schwärmten, suchten, bis sie fressbares Grün fanden.

Und nun regnete es Heuschrecken! Jedes Blatt und jeder Halm bog sich unter der Last der gefräßigen Tiere. Ich versuchte nicht hinzuschauen; stattdessen schaute ich nur auf Jakob, wie er von Reihe zu Reihe lief, von der Baumwolle, zu den Erdnüssen und dann zu den Bohnen. Ich konnte nicht schritthalten.

Jetzt waren die Biester in meiner unmittelbaren Nähe. Sie fielen gegen mich. Ich trug kein Kopftuch, und mein Haar fing an sich aufzulösen. Ein Zopf fiel auf meine Schulter, aber ich fürchtete mich, stillzuhalten und ihn wieder festzubinden. Wie wenn unversehens eine Heuschrecke sich im Haar verkrochen hätte! Ich wagte nicht, meinen Mund zu öffnen. Mein Atem musste durch halbgeschlossene Lippen gestoßen werden.

Schon konnte ich sie fressen hören. Von tausenden gefräßigen Mäulern kam das Geräusch wie von Miniatursägen. Ich sah Jakob auf dem Kafir Feld. Bei seinem Kommen erhoben sich die Heuschrecken, aber tausende andere nahmen ihren Platz ein.

Unter meinen Schuhen knirschte es. Ich erinnerte mich, dass Jakob barfuß gewesen war. Da plötzlich fühlte ich es heiß in mir heraufsteigen. Ich übergab mich mitten auf dem Feld. Bald hätte ich mich wieder erbrochen, als ich merkte, wie die gierigen Tiere sich auf der Stelle lagerten. Wie wild rannte ich Jakob entgegen, mechanisch mit dem Löffel gegen den Topf schlagend.

Die Dorfs Rinder brüllten vor Furcht. Unser treuer Rolf heulte angsterfüllt. Sogar die Hühner, die sonst die Heustrecken als Leckerbissen ansahen, gackerten und suchten das Weite.

Neben der Furcht und neben dem Ekel bemächtigte sich meiner ein ohnmächtiger Zorn. Was hatten sie für ein Recht, diese Teufelsbestien, alles zu verderben, unsere Hoffnungen zu zerstören, Jakobs Worte Lügen zu strafen, fast ehe sie gesagt worden waren?

Gott, wie kannst du dieses zulassen? Das war der Gedanke, der immer wieder bei mir an die Oberfläche kam. Ich rief ihn, aber eine schwarze Wolke hing zwischen uns.

Noch nie hatte ich Zweifel an Gottes Güte und Allmacht geäußert, aber in dieser Stunde kam er schwarz und bedrohend über mich. Hatte Gott uns nur durch das Rote Tor gebracht und uns dann unserem Schicksal überlassen?

Ich weiß nicht, ob andere zweifelten. Bis jetzt war alles sonnenklar auf diesem Gebiet gewesen. Man glaubte, oder man glaubte nicht; man gehörte zur Gemeinde oder nicht. Aber als ich hilflos unter dem Heuschreckenregen stehen musste, hatte ich plötzlich das Gefühl: Gott ist nicht hier. Alles geschieht, wie vorherbestimmt. Der Glaube macht absolut keinen Unterschied. Nicht jeder, der da betete, kam aus Moskau heraus; einige die herauskamen, haben nicht gebetet. Wir sind allein in diesem unwirtlichen Land!

Wie lange wir den Aussichtslosen Kampf mit diesem unbesiegbaren Heer führten, weiß ich nicht mehr. Mir schienen es Stunden zu sein, bis die Heuschreckenwolke vorbeigezogen war. Die Sonne war am Untergehen. Erschöpft und niedergeschlagen schleppten wir uns in der Abenddämmerung nach Hause. Zerschunden waren unsere noch vor kurzer Zeit so vielversprechenden Felder. Einzelne Heuschrecken waren noch auf Obstbäumen und Büschen und suchten nach dem letzten übriggebliebenen Grün.

Die Heuschrecken hatten nicht nur unsere grünende Aussaat zerstört. Wir waren schon genug mit ihnen bekannt, um zu wissen, dass sie auch gleichzeitig ihre Eier abgesetzt hatten. In wenigen Wochen müssten wir mit einer Brut junger „Hüpfer" rechnen, die alles übriggebliebene oder neuentstehende Wachstum zerstören würde (sobald es regnete würden wir ohne weiteres eine neue Aussaat machen). Der Kampf gegen die junge Brut gestaltete sich anders. Die jungen Hüpfer wurden in schnell ausgehobene Gräben getrieben und dort begraben, ehe sie ihren Schaden anrichten konnten. Auch das war mühsame, zermürbende und oft doch vergebliche Arbeit, denn es war ja unmöglich, auf diese Art alle Schädlinge oder auch nur einen beträchtlichen Teil derselben zu greifen.

Als wir auf den Hof kamen, ging Jakob zuerst zum Waschbassin, entfernte die toten Heuschrecken, die auf der Oberfläche schwammen und warf etwas von dem lauwarmen Wasser auf sein schweißtriefendes Gesicht. Ihm machte das scheinbar nichts, aber ich musste mich vor Ekel abwenden. Dann ging er ins Haus und zog den Vorhang unseres Schlafzimmers zu. Ich glaube, er hat dort gebetet. Mein ganzes Inneres schien gelähmt und leblos zu sein.

Nach etwa zwanzig Minuten kam Jakob wieder heraus. "Komm", sagte er, "wir wollen sehen, wie es den Nachbarn geht."

Ohne vorherige Ansage gab es eine informelle Versammlung auf Prediger Rahns Hof. Unwillkürlich suchten die hartbetroffenen Bauern hier nach einem Wort des Trostes. Ich wollte nicht getröstet werden. Ich wollte nur hören, dass alles dieses ein böser Alptraum gewesen sei. Ich wollte von diesem Traum aufwachen und die frischen Bohnen, die saftigen Arbusen und vor allen Dingen die Einnahmequelle, die Baumwolle, unbeschädigt auf unseren Feldern vorfinden.

Männer und Frauen bildeten ihre separaten Kreise, und nun ging das Erzählen und Mitteilen los. Jedermann wollte seine Gefühle und Enttäuschungen ob des herben Verlustes auf seine Art ausdrücken. Ich blieb dieses Mal Außenseiter; ich hörte mir zuerst den Frauenkreis, dann den Männerkreis an; wie geistesabwesend schaute ich auch dem Spiel der Kinder zu, die das volle Ausmaß dieser Heimsuchung noch nicht vernahmen, wie sie lachten und mit übertriebenen Gesten die verschiedenen Szenen des Tages beschrieben.

"Ich sagte eben zu meiner Frau", ließ sich einer der Männer vernehmen, "wie gut die Ernte aussah. Ich hatte zwar nicht eine große Baumwollfläche, aber genug, um mir Mut zu machen, im nächsten Jahr eine größere Fläche anzubauen. Ich hatte das eben ausgesprochen, als die Heuschrecken da waren. Nur gut, dass die Knollenfrüchte noch einmal auslassen können."

Ein anderer sprach ähnlich: "Genauso dachte ich heute. Die Ernteaussichten waren noch nie so gut."

"Ja, da hab' ich doch zu meinen Jungs gesagt..." so fiel ein dritter ins Gespräch ein.

Ich war froh, dass Jakob hier unter den Nachbarn nicht wiederholte, was er vorher zu mir gesagt hatte, ehe die Heuschrecken kamen. Die Hoffnungen, die wir vor kurzen Stunden geteilt hatten, sollten die unseren bleiben. Nach diesem Verlust sollte wenigstens etwas mein eigen bleiben, und wenn's auch nur ein privates Gespräch zwischen Eheleuten gewesen war.

Die Männer verglichen nun ihre Verluste. Die Masse der Heuschrecken hatte sich auf den mittleren Höfen des Dorfes niedergelassen. Die Eigentümer dieser Höfe hatten nun auch die größten Verluste zu verzeichnen. Man verglich diesen Heuschreckenangriff mit früheren. Man verglich ihn mit den anderen Chacoplagen den Blattameisen, den Baumwollschädlingen, die oft schon mit dem importierten Samen mitkamen, den Raupen und Vögeln oder Pflanzenschmarotzern und dem Unkraut. Einige sprachen über Dürre, andere von Überschwemmungen. Natürlich blieb auch der berüchtigte Nordsturm nicht unerwähnt, der oftmals ganze schon bepflanzte Felder wie mit einem Besen kahl kehrte.

Ich hörte alles wie geistesabwesend, als ob jedermann eine Fremdsprache gebraucht hätte. In der Schule hatte ich mich zuweilen, wenn es gar zu langweilig wurde, einfach abgeschaltet. Aber, was wir jetzt erfahren hatten, war doch nicht etwas Unverbindliches; dieses ging mich ganz nahe an. So ist das Leben, ich bin eine Frau, eine Bäuerin, und was auf den Feldern geschieht, greift tief in mein Leben ein; ich darf mich nicht gleichgültig abschalten.

Aber die Versuchung dazu war groß. Was half uns unsere Mühe und Arbeit im Chaco? Ein ganzes Dorf war von Ameisen vertrieben worden. Eine Ernte konnte an einem Nachmittag von Heuschrecken vernichtet werden. Papageien und wilde Tauben konnten uns den Reingewinn unserer Ernte vor unseren Augen wegfressen. Wenn es nur eine Plage gewesen wäre; aber hier im Chaco waren sie alle auf einem Haufen! In wenigen Wochen würden wir die Brut des heutigen Schwarms bekämpfen müssen. Vielleicht würde es uns gelingen, vielleicht auch nicht. Aber wenn auch - sobald wir sagten "Endlich!", sobald wir etwas Hoffnung schöpften, würde die nächste Niederlage kommen.

Da berührte Mama meine Schulter. "Komm, Anna", sagte sie sanft. Ich schreckte auf. Die Leute gingen auseinander. Hatte Prediger Rahn ihnen ein Trostwort mitgeben können? Ich hatte wirklich nichts gehört.

Ganz fest hielt ich Jakobs Arm auf dem Heimwege. Ich bedurfte so sehr eines Halts in dieser düstern Stunde der inneren Zweifel.

"Das waren meine Lieblingsverse", sagte er.

"Es waren passende Worte", seufzte Mama.

"Welche Verse?" fragte ich.

"Die Prediger Rahn gelesen hat. Hast du sie nicht gehört?"

"Welche Verse?" wiederholte ich flüsternd.

"Ich kann sie auswendig", sagte Jakob. "Denn der Feigenbaum wird nicht grünen, und wird kein Gewächs sein an den Weinstöcken; die Arbeit am Ölbaum ist vergebens, und die Äcker bringen keine Nahrung; und die Schafe werden aus den Hürden gerissen, und werden keine Rinder in den Ställen sein…"

Leise fing ich an zu weinen. Jakob spürte mein lautloses Schluchzen und hörte auf.

"Bitte, weine nicht. Du hast dich zu sehr angestrengt."

"Das ist es nicht. Sage den Vers zu Ende." Mama merkte instinktiv, dass wir allein sein wollten, und ging schnell vorauf.

"Bitte sage den Vers zu Ende!" bat ich noch einmal.

"Anna, du bist übermüdet."

"Bitte, Jakob!"

"Gut, hier ist der Schluss des Habakuk Verses: Aber ich will mich freuen des Herrn und fröhlich sein in Gott, meinem Heil."

Wie stark ist er heute, musste ich mir sagen. Er ist wirklich ein Schild, der auch mir Schutz bieten kann.

Als wir bei Walde's vorbeigingen, stand Johann auf der Straße. Er war nicht bei Rahns gewesen; er war seit Papas Tod auch nicht mehr auf unserem Hof gewesen.

"Guten Abend, Nachbar!" rief Jakob ihm zu. "Wie geht es dir denn noch immer?"

Jakobs froher Gruß erschreckte sogar mich. Walde erwiderte den Gruß nicht. Er rieb sein Kinn, wie in tiefen Gedanken, und sagte schließlich: "Es geht uns allen nicht sehr gut, wie du ja siehst." Dann fügte er hinzu: "Stimmt das nicht, Anna?"

Ich erschrak. Hatte er meine Zweifel erraten? Spottete er über mich?

"Nein", antwortete Jakob, "äußerlich sind die Aussichten nicht gut; aber ich will mich freuen des Herrn!"

"Verdammt noch einmal! Du und der Prediger finden immer noch einen Bibelvers, der uns trösten oder ermahnen soll! Aber das ist doch ein verdammt billiger Trost!" Er machte kehrt und schritt davon.

Halb auf der Hofeinfahrt sah ich Lenis geschwollenen Leib. Sie erwartete ihr siebentes Kind.

"Das hättest du nicht sagen sollen", sagte ich missbilligend zu Jakob.

"Komm, Anna", sagte er, mir schweigend Recht gebend, "es ist Zeit für uns alle, ins Bette zu gehen."

19

"Der Waisenamtsvorsteher hat heute Morgen mit mir gesprochen", sagte Jakob um die Mittagsruhzeit.

Augenblicklich horchte ich auf und drehte mich zu Jakob.

"Von Rosita. Sie möchten gerne, dass wir sie zu uns nehmen."

Das Bild der kleinen, mageren sechsjährigen Rosita stand augenblicklich vor mir. Ich wusste um die Herkunft dieses armen Waisleins. Noch vor ihrer Geburt wurde ihr Vater, der Prediger in Russland gewesen war, verbannt, oder vielleicht gar hingerichtet. Seine letzten Worte an seine schwangere Frau waren ein Befehl, wenn eben möglich auszuwandern. So war sie zusammen mit ihrer verwitweten Stiefmutter, ihrem Sohn und seiner Familie, den Heinrich's, in den Chaco gekommen.

Rosita war eines der ersten Kinder, die in unserer Kolonie geboren wurden. Bald darauf starb ihre Mutter am Typhus. Die Stief-Großmutter hatte die Kleine mit Wasser von abgekochtem Reis und etwas Kuhmilch versucht zu ernähren. Sie blieb am Leben, und die Stief-Großmutter gewann sie lieb. Die beiden wohnten in einer kleinen Kate auf dem Löwen Hof, bis die alte Frau starb.

Die Löwen's hatten eine eigene große Familie und sie baten das Waisenamt, die Rosita anderswo unterzubringen. Sie wären ja keine Blutsverwandten, meinten sie.

Schon mehrere Male hatten die Dorfs-Nachbarn angedeutet, dass wir, als kinderloses Paar, uns der armen Rosita annehmen sollten, aber meine Antwort war bis jetzt immer ein glattes Nein gewesen. Trotzdem hatte ich sie auf Gemeindezusammenkünften unauffällig beobachtet. Meine Ablehnung wurde dadurch nur verstärkt. Die Rosita mit ihrem schmalen Gesicht und den großen, runden, teilnahmslos dreinblickenden Augen war mir nicht im Geringsten sympathisch.

"Sie ist ja älter als unsere Ehe", sagte ich zu Jakob, als ob das das letzte Wort in dieser Sache wäre.

"Das macht doch nichts aus. Jedermann weiß doch -"

"Aber ich weiß doch gar nichts über Kindererziehung. Ich muss mit einem Baby anfangen."

"Mama ist doch da; sie hat die Erfahrung."

"Mama wird auch nicht immer da sein."

"Aber bis dann - ach Anna, du schaffst es sicherlich. Ob du mit einem Säugling oder mit einer Sechsjährigen anfängst, macht doch nicht so viel aus. Andere Familien haben mehr Mäuler zu stopfen; mit den vermehrten Unkosten kommen wir schon fertig."

"Warum wollen Löwen's sie nicht behalten? Sie ist doch sozusagen auf ihrem Hof aufgewachsen."

"Sie haben das Haus ja schon voll."

"Ich glaube, sie wollen sie nicht."

"Mag sein. Ich weiß nicht." Jakobs Stimme verriet Ungeduld. "Ich kann deine Einstellung nicht verstehen. Die Rosita braucht ein Heim. Wir könnten's ihr geben. Wir haben keine Kinder und..." Das letztere hätte er nicht sagen sollen, aber er merkte das nicht einmal. "Ich habe schon Ja gesagt." Damit beendigte Jakob seine Argumente.

"Du hast Ja gesagt? Ohne mich überhaupt erst zu fragen? Ich kann es nicht, Jakob, ich kann's gar nicht. Ich habe sie mir beschaut; ich will sie nicht!"

Er antwortete nicht darauf, und so fuhr ich fort: "Ich will meine eigenen Kinder, und ich werde sie haben! Jedermann, sogar du, bemitleidet mich und will mir einen Ersatz mit einem fremden Kind bieten! Ich bin jung genug, um eigene Kinder zu haben. Einmal muss es doch klappen."

Jakob schwieg. Mich wurmte seine unausgesprochene Anklage. Innerlich ganz aufgewühlt, sagte ich schließlich. "Dann ist also alles abgemacht?"

"Wir können immer noch sagen, dass wir uns anders besonnen haben."

"Du verstehst mich doch, Jakob, nicht wahr?"

"Ehrlich gesagt, nein, ich verstehe dich nicht", gab er zur Antwort. "Als du am Abend des schrecklichen Heuschreckentages erschöpft und geschlagen zu Bett gingst, habe ich gebetet, dass du ein Kind bekommen könntest. Ich dachte eigentlich, Rosita wäre die Erhörung dieses Gebets."

"Ach Jakob", seufzte ich. Ich war gerührt, aber mein Seufzer sollte ihm doch sagen: "Ein Mann kann so etwas nicht verstehen!" Laut sagte ich nur: "Es wäre doch nicht dasselbe."

"Bitte versuch es doch!"

"Ich weiß wirklich nicht. Wenn -"

"Denke auch an das arme Kind."

"Wie kann ich sie lieben und ihr eine Mutter sein, wenn ich sie kaum kenne und sie mich auf keine Weise anspricht? Ich finde sie - Ach Jakob, ich will sympathischere Kinder!"

Wieder sein anklagendes Schweigen.

"Magst du sie denn?" fragte ich.

"Ich denke ja, obwohl ich, offen gestanden, darüber nicht nachgedacht habe. Aber, ja, ich mag sie. Ich will nur das Rechte an ihr tun. Ich weiß nicht, warum ich sie nicht leiden sollte."

"Ich kann keine Liebe für sie aufbringen."

"Du wirst es schon", antwortete er zuversichtlich. "Sie soll ein gehorsames, anstelliges Kind sein."

Gehorsam! Der Unterschied zwischen unseren Vorstellungen über Kinder könnte kaum größer sein. Ich war ganz hilflos.

"Ich kann's nicht!" stöhnte ich nur.

"Ach Anna, warum nicht? Ich möchte es so gerne. Ich glaube wir sollten. Ich glaube, dass es Gottes Wille ist."

So sah Jakob die Sache also an. "Ich hätte dich fragen sollen, aber ich habe nicht gedacht, dass du dich so sehr weigern würdest." Er stand auf und fing an, sich anzukleiden.

"Kennst du mich denn noch immer nicht, Jakob? Du weißt doch, wie ich immer Nein sagte, sobald Rositas Name in dieser Beziehung auch nur genannt wurde."

"Doch, Anna, ich kenne dich besser als du meinst!" Er sagte es mit einem warmen Lächeln, das seine innige Liebe verriet.

Da konnte ich nicht länger widerstehen. Eigentlich hatte ich während der ganzen Unterhaltung gewusst, dass Jakobs Gründe dafür stichhaltiger wären als meine dagegen.

"Wann soll die Rosita denn kommen?" fragte ich nun.

"Ich habe den nächsten Sonntag vorgeschlagen. Ich kann die Sache aber noch rückgängig machen, wenn du -"

"Nein, lass es schon sein." Das war mein Jawort.

Die Löwen's brachten das Mädchen am folgenden Sonntagnachmittag. Ihre ganzen Habseligkeiten - zwei Kleider und eine Decke - hatte sie in einen Beutel geschnürt. Ich hätte es am liebsten gesehen, wenn sie die Kleine nur dagelassen hätten und wieder zurückgefahren wären, aber Löwen's wollten daraus einen richtigen Sonntagsbesuch machen. Heinrich Löwen und Jakob machten die übliche Hof und Feldrunde, während Frau Löwen sich zu mir unter den Algarrobobaum setzte.

"Ich habe alles mit der Rosita besprochen", fing sie an. "Ich habe ihr gesagt, sie bekomme ganz junge, feine Eltern. Ich habe ihr auch gesagt, dass sie nun die Große sein wird, das einzige Kind in der Familie. Sie schien ganz froh zu sein. Bei uns sind so viele Kinder, dass ich ihr nicht das geben kann, was sie braucht. Zudem sind wir so arm, dass wir auch ohne die Rosita kaum genug haben, um alle zu sättigen und zu kleiden. Freilich vermisst sie ihre Oma sehr, obwohl sie nichts sagt. Ich habe ihr zugesprochen und ihr gesagt, dass sie hier bei euch glücklich sein wird. Ich glaube sie hat das verstanden. Sie ist sehr gefügig und wird euch keine Schwierigkeiten bereiten."

Ich konnte nur mit dem Kopf nicken und ein freundliches Gesicht machen. Mama hatte uns absichtlich allein gelassen und machte sich in der Küche mit dem Kaffee zu schaffen. Frau Löwen fuhr fort:

"Es wäre vielleicht besser gewesen, die Erziehung wäre nicht so ganz in den Händen meiner Schwiegermutter gewesen. Ich glaube, sie hat sie etwas verwöhnt. Aber sie hing so sehr an dem Kind, dass wir nicht dreinreden mochten. Rosita was ja alles, was ihr geblieben war."

Jetzt wandte sich Frau Löwen an Rosita: "Schau dir doch einmal diesen schönen Hof an. Hab' ich's dir nicht gesagt? Hier ist deine neue Mama, und du bekommst wieder eine Oma!" Sie wies mit ihrem schwieligen Zeigefinger nach Mama.

"Hier wirst du's gut haben. Und du wirst deiner neuen Mama immer helfen, so wie du Oma und mir geholfen hast, nicht wahr? Sei nur recht brav und weine nicht."

Nein, die Rosita weinte nicht. Gehorsam antwortete sie mit Ja oder mit Nein, zeigte aber keinerlei innere Beteiligung. Ohne dazu aufgefordert worden zu sein, nahm Frau Löwen die Rosita ins Haus.

"Hier wirst du nun wohnen", sagte sie.

Inzwischen hatten Jakob, Heinrich Löwen und Mama sich wieder eingefunden. Als Frau Löwen mit Rosita aus dem Haus kam, sagte sie: "So, und nun gib deiner neuen Mama einen Kuss."

Etwas steif ließ ich es gewähren. Ich wusste aber, dass ich scharf beobachtet wurde, und dass Frau Löwen meinen inneren Widerwillen gemerkt haben musste.

Jakob dagegen war völlig entspannt. Immer wieder schaute er nach Rosita, die Mama zu den Nachbarn geschickt hatte, um dort mit den anderen Kindern zu spielen. Irgendwie war Jakob freudig erregt und fürchtete keine kritischen Blicke der gesprächigen Frau Löwen.

Erst gegen Abend fuhren die Löwen's nach Hause. Aber ehe Frau Löwen auf den Wagen stieg, zog sie mich zur Seite, um mir noch etwas ganz privat zu sagen.

"Du musst noch wissen", sagte sie, "dass die Rosita ab und zu das Bett nässt. Ich lasse sie dann selber das Bettlaken waschen. Sie braucht keine Milch mehr, obwohl sie ihr sicherlich gut täte. Sie ist still und gefügig und ist nicht schwer zu hantieren."

Unschlüssig stand Frau Löwen da, als ob sie noch an etwas denken müsste. Plötzlich bückte sie sich nieder und umarmte und küsste die kleine Rosita. Ich sah Tränen in ihren Augen.

Als die Löwen's weg waren, sagte Jakob: "Ich werde mich der Rosita annehmen. Ihr Frauen könnt ja die Teller spülen. Komm Rosita, ich erzähle dir eine Geschichte." Sie musste sich auf ein kleines Stühlchen setzten, und Jakob fing an, ihr die Geschichte von dem verlorenen Sohn zu erzählen.

Auf einmal war ich erleichtert und bekam zum ersten Mal Mut zu meiner neuen Aufgabe. Nun sprach auch Mama mir Mut zu.

"Du magst nicht viel Erfahrung in Kindererziehung haben, Anna", fing sie an, "aber glaube mir, die arme Rosita wird es hier besser haben als bei Löwen's."

"Ich weiß nicht, Mama", sagte ich immer noch etwas beklommen. "Du hast doch gesehen, dass Frau Löwen beim Abschied geweint hat."

"Natürlich wird sie es gut bei uns haben."

Aufmerksam hörte ich zu, wie Jakob das Gleichnis vom verloren Sohn erzählte. Es war klar, dass er nicht viel Erfahrung mit Kindern und mit Geschichtenerzählen hatte. Nach einigen Minuten war er zu Ende. Er betete mit Rosita und sagte dann: "So, jetzt ist es Zeit zum Schlafengehen."

Ich brachte die Rosita nun in ihr Bett, das neben Mamas stand. "Hast du eine Puppe?" fragte ich sie.

Sie schüttelte den Kopf.

"Möchtest du eine haben?"

Sie nickte.

Ich holte nun die Puppe, die ich während der Woche aus Stoffresten gemacht hatte. "Sie ist nicht sehr schön", sagte ich, "aber ich habe mein Bestes versucht."

Ohne ein Wort nahm Rosita die Puppe.

"Gute Nacht", sagte ich.

"Gute Nacht."

Etwas später schaute ich auf unsere schlafende neue Tochter. Sie hielt die Stoffpuppe festumschlungen. Wie anders sah sie jetzt aus! So wie ein sechsjähriges Kind aussehen sollte: unschuldig, schön, liebenswürdig. Unwillkürlich beugte ich mich über sie und drückte einen Kuss auf ihre schmale weiße Stirn.

20

Eines Morgens im Februar, noch vor der Erntezeit, sagte Jakob am Frühstücktisch, er wolle an dem Vormittag in den Busch hinter unserem Hof gehen, um Bauholz für den Winter zu fällen. Er habe den Indianer, Jasch, gebeten ihm beim Fällen und Laden zu helfen.

Sogleich sagte ich: "Gut, ich komme auch."

Jakob warf einen Blick auf Mama. "Du musst nicht so schwer arbeiten, Anna", sagte sie.

"Vielleicht solltest du zu Hause bleiben", fügte Jakob hinzu.

"Warum? Ich hole etwas Brennholz zusammen."

"Nun gut", willigte er ein. "Vielleicht wird es für dich eine gute Abwechslung sein, und ich habe angenehme Gesellschaft."

Ich machte schnell den *Prips* fertig und wickelte etwas Brot und Käse ein zu einem kleinen Imbiss. Ich war freudig erregt, als ob wir uns auf einen Ausflug vorbereiteten.

"Wo ist der Wagen?" rief ich Jakob zu. Wir hatten immer noch nicht genug Wagen für alle Bauern. Diese mussten die vorhandenen Wagen der Reihe nach abwechselnd benutzen.

"Bei Waldes", antwortete Jakob, während er versuchte, die Ochsen ins Joch zu locken.

Sogleich befiel mich eine Sorge. "Hast du mit Johann darüber gesprochen?"

"Ich hab's ihm vorige Woche gesagt und gestern wieder."

"Und er hat eingewilligt?"

"Er hat gar nichts gesagt."

"Nun, wir sind jedenfalls längst an der Reihe mit dem Wagen! Immer haben er und Martens den Wagen zum Gebrauch. Manchmal steht der Wagen unbenutzt auf seinem Hof, auch wenn er gesagt hatte, er brauche ihn."

"Nun…"

"Du musst entschiedener auftreten, Jakob. Sage ihm, du musst ihn haben."

"Ich hab's ihm gesagt."

"Du musst ihn um Rat fragen, Jakob. Er mag das. Er spricht so gerne, wenn jemand ihm zuhört. Vielleicht gibt er dann etwas nach." Jakob gab darauf keine Antwort. Für mich bedeutete sein Schweigen aber Nein. Jakob weigerte sich, jemandem zu schmeicheln. Ich schaute nun zu, wie Jakob die nunmehr aufgeschirrten Ochsen zum Nachbarhof führte. Ich wusste genau, was geschehen würde und kochte innerlich vor Wut.

Wir bearbeiteten unseren Hof doch genau so, wie auch die anderen Bauern. Wir hatten dieselbe Sonne, dieselben Niederschläge und mussten mit denselben Schädlingen kämpfen, und doch war unser Erfolg kleiner als der einiger Nachbarn, kleiner als Waldes. Jakob war für alle Segnungen Gottes dankbar, immer fand er etwas, wofür er dankbar sein konnte; während Johann Walde ständig kritisierte. Dabei waren seine Erträge immer besser als die unseren. Wo lag die Ursache?

Jakob war nicht aggressiv genug, wollte ich mir immer einreden. Er zögerte zu oft, statt zu handeln. Sollte er heute mit der Aussaat beginnen oder morgen? Er wartete auf ein Zeichen, bis ich auf ihn einredete. Gewöhnlich nahm er die Sache dann in Angriff, aber ich machte mir darüber Sorge (die Landwirtschaft lag mir mehr als ihm). Wir waren vorsichtig und gewissenhaft, aber ich wusste, dass Jakob nicht das Zeug dazu hatte, gelegentlich auf ein Risiko einzugehen, und somit auch auf den etwaigen Gewinn verzichtete.

Entmutigt kehrte ich zurück ins Haus. Zehn Minuten später kam Jakob mit den Ochsen auf den Hof, aber ohne den Wagen.

"Johann sagte, er brauche den Wagen."

"Aber du hattest ihn doch bestellt!"

"Er sagte, etwas sei aufgekommen, das wichtiger als mein Holz sei."

"Was denn?"

"Das ist doch nicht meine Sache."

"Natürlich ist es deine Sache! Du hattest den Wagen bestellt. Wir sind doch längst schon an der Reihe. Immer steht der Wagen auf seinem Hof, immer, immer, immer! Du hast ihn bestellt, bestehe doch einmal auf deinem Recht!"

Sogar Mama war entrüstet. "Ich werde einmal ein Wort mit dem Nachbar sprechen," sagte sie, indem sie ihre Schürze auflöste.

"Mutter", sagte Jakob ruhig aber fest, "lass das lieber sein."

"Komm", sagte er dann zu mir. "Wir gehen eben ohne Wagen. Wir tragen Brennholz zusammen. Ich muss ohnehin zuerst passende Bäume zu Bauholz suchen und sie anzeichnen. Wir können sie später noch nach Hause fahren."

"Aber gerade dazu hast du doch heute den Indianer angestellt, nicht wahr? Jetzt wartet der auf uns, und wir kommen ohne Wagen."

"Er kann die Bäume fällen, und wir holen sie ein anderes Mal."

"Aber."

"Komm nur."

Dieser Zwischenfall verstimmte mich, und wir gingen schweigend nebeneinander. Bald aber legte sich mein Unmut. Ich konnte Jakob nie lange zürnen.

Dann ergriff Jakob das Wort. "Ich wünsche, du würdest nicht so schwer arbeiten. Vielleicht ist das der Grund, weshalb es bei uns mit den Kindern nicht klappen will."

"Wer hat das gesagt?"

"Deine Mutter. Und auch andere Frauen. Sie haben dich bei der Arbeit beobachtet. Frau Walde sagte zu Mutter-"

"Frau Walde! Die muss ja selber wie ein Pferd schuften und hat dabei jedes Jahr oder jedes zweite Jahr ein Kind."

"Nun, Frauen sind nicht alle gleich. Vielleicht bist du nicht stark genug."

"Ich bin doch nie krank. Ich bin genauso stark wie Leni Walde. Glaubst du wirklich, dass ich zu schwer arbeite, Jakob?"

"Ich weiß nicht. Ich kenne Frauenart nicht genug... Aber ich werde mehr Indianer für die Feldarbeit anstellen müssen."

"Ich glaube nicht, dass ich zu schwer arbeite. Im Chaco müssen Frauen eben Feldarbeit tun. So ist es nun einmal."

"Ich weiß."

"Und bitte, besprich solche Sachen nicht mit Mama!"

"Ach Annchen", lachte er nun (nur Jakob konnte gelegentlich ungestraft diesen Kosenamen gebrauchen), "du weißt immer genau, was du willst. Du bist so selbstsicher."

"Es gibt Sachen, Jakob, die du und ich besprechen müssen, nicht du und Mama hinter meinem Rücken."

"Deine Mutter ist doch eine kluge Frau."

"Aber ich bin deine Frau!"

"Das bist du, und ich liebe dich!" Er ließ seine Axt auf die Erde fallen und umarmte mich. "Ganz, Annchen, mit deiner Energie und auch deinem Eigensinn!"

Ich schmiegte meinen Kopf an seine Brust.

"So schlimm ist's ja nun doch nicht", neckte ich ihn. "Ich höre ja immer auf dich."

"Ich liebe dich", wiederholte er.

"Und ich liebe dich auch."

Langsam lösten wir uns aus der Umarmung. Ja, wir liebten uns, hatten einander die Treue versprochen, aber erst die harte Wirklichkeit des Lebens hatte uns gezeigt, wie viel Selbstverleugnung, so eine Liebe verlangte.

Jakob hob nun seine Axt wieder auf und wir gingen weiter. Der Himmel war stahlblau. Es war noch früh am Morgen, aber schon brennend heiß.

Jasch, der alte Indianer, wartete schon auf uns und strahlte vor Freude, als er Jakob erblickte. Jakob und er unterhielten sich eine Weile in dem komischen Plattdeutsch, das sich die Indianer bald angeeignet hatten, und dann ging der Jasch vergnügt in den Busch. Bald hörten wir das Klingen der Axt gegen die harten Baumstämme.

"Wir wollen etwas trinken", sagte Jakob.

Wir setzten uns in den Schatten und öffneten die „Prippsflasche". Jetzt bot sich endlich die Gelegenheit, eine Sache mit Jakob zu besprechen, die mich seit einiger Zeit bewegte.

"Man spricht wieder", so fing ich an, "von einer Umsiedlung nach Ostparagray."

"Ja, es wird viel davon gesprochen", antwortete er.

Ich erinnerte mich einer Unterhaltung, die meine Eltern vor einigen Jahren über diese Fragen hatten.

"Wie würde es dort sein?" hatte Mama gefragt.

"Dort ist der Boden ergiebiger", hatte Papa geantwortet. "Die Niederschläge sind dort reichlicher und es ist nicht so furchtbar heiß. Volle zehn Grad kühler soll es dort durchschnittlich sein. Zudem gedeihen Obstbäume dort besser. Es soll dort Weintrauben geben, und vielleicht kann man dort sogar Getreide anbauen."

Die Eltern waren darüber eingeschlafen, aber ich lag noch lange wach. Ich hatte mir damals einen schmucken Hof vorgestellt mit einem Ziegelhaus und einem Obstgarten voller Mandarinen, Bananen, Datteln, Trauben, Pflaumen und Birnen. Ich hatte mir vorgestellt, wie ich durch den Blumengarten auf die Dorfstraße ging, wo ein Gespann von gepflegten Pferden auf mich wartete. Alles machte den Eindruck des Friedens und des Wohlstandes.

Es fiel mir jetzt nicht schwer, meinen Jakob in diese Szene zu versetzen, zusammen mit Mutter und Rosita und noch anderen Kindern. Aber ehe ich sie Jakob ausmalen konnte, sagte er: "Man spricht von den äußeren Verhältnissen, aber den wahren Grund bilden sie nicht. Unsere Leute sind sich nicht einig. Ich gehe mit den Ansichten derer, die weg wollen, nicht mit, also".

"Aber schließlich ist ja die Frage, ob wir es hier im Chaco schaffen können."

"Wir haben es ja sechs Jahre lang geschafft!"

"Mit der größten Mühe können wir das nackte Leben fristen. Wir sind doch aber zu etwas besserem geschaffen... Vielleicht gibt es drüben etwas anderes als nur diese zermürbende Feldarbeit mit so wenig Erfolg. Gibt dir diese Arbeit auf dem Chacoboden Genugtuung?"

"Ich hab' mich dran gewöhnt. Es könnte weit schlimmer sein."

Ich hatte eine bittere Antwort auf der Zunge, verbiss sie mir aber. "Pionierarbeit ist sehr schwer", antwortete ich nur.

"Ja, sieh nur, die müssten wir in Ostparaguay auch machen. Und dort wären wir allein. Hier haben wir etwas Auslandshilfe."

"Ich glaube nicht, dass es dort ganz so schwer sein würde. Ich habe gehört-"

"Du stellst es dir zu rosig vor!" Jakob schaute nun in die Ferne. "Wir müssen hier zusammenarbeiten. Ich glaube, das ist bei vielen von uns der wunde Punkt."

"Ja, aber kann man nicht auch gar zu sehr zufrieden werden? Wir verlieren dabei die Initiative und den Willen zum Fortschritt."

"Da ist ein Unterschied zwischen stumpfer Ergebung in sein Schicksal und Ergebung in Gottes Willen", erwiderte Jakob ernst. "Wir wollten ja nicht in den Chaco. Deine Eltern und auch ich wollten doch nach Kanada. Aber wenn sich eine Tür schließt, kann man sie nicht einfach erstürmen. So wie ich die Sache sehe, hat Gott uns hierher gebracht. Er hat uns erwählt, wie er einst den Abraham erwählte. Als wir in Russland nicht aus noch ein wussten, hat er schon dieses Fleckchen Erde für uns ausgesucht. Ich bleibe hier und wenn alle anderen gehen!"

Ich seufzte nur. Wenn es bis zu diesem Punkt kam, war Jakob unbeweglich. Ich hatte ja auch einmal so gedacht und geglaubt.

"Dieses Land wird sich uns noch fügen, Anna", sagte er nun. "Wenn wir nur Geduld haben, wird es noch zu einem blühenden Garten Gottes werden."

Wenn Jakob so sprach, konnte ich ihm fast glauben. Aber im Augenblick schien mir Busch, Wind und Tropensonne ganz unüberwindbar zu sein. Könnte ein Träumer wie Jakob das zustande bringen?

"Ist's wirklich so schlimm, Anna?" fragte er auf einmal ganz zärtlich. "Mache ich dich unglücklich, weil ich hierbleiben will?"

Ich schüttelte nur den Kopf und vermied seinen Blick.

"Ich finde es oft recht schön hier im Chaco", fuhr er fort."Ich bin hier eigentlich ganz glücklich."

"Oft bin ich's auch", gestand ich ihm.

Wieder umarmte Jakob mich und zog mich an sich, fast leidenschaftlich.

"Ach, Jakob", zog ich mich zurück. " Nicht hier! Wir sind doch zur Arbeit hergekommen."

Wir erhoben uns. Jakob ging weiter in den Busch; ich suchte trockenes Holz zusammen. Allein dachte ich nun über alles nach. Unwillkürlich musste ich Jakob und Johann Walde vergleichen. Johann wusste immer besser; immer gelang es ihm, wo es uns schief ging. Und doch hatte ich eine Furcht vor ihm, als ob man ihm nie ganz trauen konnte. Irgendwie wusste ich, dass auf Gottes Waage Jakob immer den Vorzug vor Johann Walde haben würde.

Plötzlich überkam mich eine starke Müdigkeit. Ich wollte zurück zu dem Platz, wo wir die kurze Rast gemacht hatten. Nur eine kleine Pause wollte ich machen, bis dieser Schwächeanfall vorüber war.

Auf einmal hatte ich das Empfinden, als sei ich verirrt. Schwarzer, undurchdringlicher Busch umgab mich. Unbarmherzig brannte die Sonne hernieder. Ich fing an "Jakob!" zu rufen. Ich versuchte vorwärts zu gehen, dann auf allen Vieren zu kriechen. Der Dornbusch zerriss mein Kleid. Plötzlich fiel ich in eine große Kaktusstaude. Voller Spitzer Dornen, schrie ich immer wieder: "Jakob, Jakob, ich bin verirrt!"

Auf einmal saß ich mitten im Kamp. Jakob stand neben mir. Ich war eingeschlafen und ein Alptraum hatte mich aufgeweckt. Kleider und Haar waren schweißtriefend.

"Ich bin ja zu Hause", dachte ich erleichtert. Ich wiederholte es halblaut: "Ich bin zu Hause!"

Es war fast wie die Formel, mit der ich am Traualtar Jakob mein Jawort gegeben hatte: "In guten und in bösen Tagen bis der Tod uns scheidet". So wie ich zu Jakob und dann zu Rosita Ja gesagt hatte, so sagte ich nun zum Chaco Ja.

"Aber lieber Gott", so betete ich gleichzeitig, "darf ich dann wenigstens ein eigenes Kind haben?" Ich kniete auf der Erde; meine Stirn berührte den Boden. "Lieber Gott, versage mir nur diese eine Bitte nicht."

21

Ich saß unter dem Algarrobobaum, zu müde, meinen Stuhl von unter den Zweigen hervorzurücken, um den offenen Himmel zu bewundern, so wie Jakob es abends immer machte. Durch die Zweige konnte ich einige Sterne erblicken, ich hatte aber nicht die Kraft, den Stuhl weiter vorzurücken.

Ich war auch zu müde gewesen, zur Wochenschluß-Gebetstunde zu gehen. Jakob und Mama waren gegangen; er wollte auch mich mitnehmen, aber ich sagte nur:

"Jakob, ich kann nicht; heute Abend bringe ich einfach nicht die Kräfte dazu auf." Er ließ es dabei bewenden. Nun hörte ich den Gesang aus dem Schulhause wie ein süß melancholisches Weinen. Tränen traten in meine Augen. Es war mir, als ob Jesus zu mir kam, weil ich nicht genug Kraft gehabt hatte, zu ihm zu kommen.

So nimm denn meine Hände
Und führe mich
Bis an mein selig Ende
Und ewiglich.
Ich kann allein nicht gehen,
Nicht einen Schritt:
Wo du wirst geh'n und stehen,
Da nimm mich mit.

Und er kam zu mir unter den Baum den wunderschönen Algarrobobaum, der mir so lieb und teuer wie ein Freund geworden war. Als Papa unseren Hof von Gestrüpp gereinigt hatte, hätte er am liebsten auch diesen Baum unter die Axt befohlen. Mich schauderte, wenn ich nur daran dachte. Was wollten wir ohne diesen guten Baum mit seinem verwachsenen Stamm und seinen weit ausgebreiteten Ästen machen? Bei Tage lieferte er Schatten und schützte uns vor den unbarmherzig brennenden Sonnenstrahlen. Auch in Trockenperioden grünte er, seine Feuchtigkeit tief aus der Erde saugend. Jeden Morgen grüßte er uns mit seinen tausenden kleinen Blättern und anmutigen Zweigen.

Nur wenn der Baum im Sommer seine Schoten abwarf, war ich nicht zufrieden. Ich wollte doch einen reinen Hof haben, und da musste ich ihn immer wieder kehren. Jakob und Rosita mochten die Schoten zerkauen. "Aber sie müssen doch erst gewaschen werden", warnte ich immer wieder ohne Erfolg. "Ihr seid schlimmer als die Indianer!" schalt ich sie dann.

"Ja, wir verschmutzen hier bald", klagte Mama dann. "Schaut euch doch einmal einige unserer jungen Leute an, sie wachsen heran wie das liebe Vieh! Wir lassen uns hier in der Wildnis zu sehr gehen."

Aber ich wehrte mich mit allen Kräften dagegen. Ich hatte einen förmlichen Hass auf alles Schmutzige, Unschöne und Unordentliche. Wenn ich einmal in Versuchung war, ein Kleid einen Tag länger zu tragen, um Wäsche zu sparen, schalt ich mich und zog ein frisches an, auch wenn das mehr Arbeit verursachte. Ich kehrte das Haus jeden Tag und den Hof wenigstens einmal in der Woche. Regelmäßig reinigte ich auch Wände und Zimmerdecke von Spinngeweben.

Eine ganz besondere Abneigung hatte ich gegen alles Geschmeiß. Gegen besseres Wissen lief ich Grillen und Heuschrecken über dem Hof nach. Käfer zertrat ich grimmig mit meinen "Schlorren." Uns die Erde Untertan zu machen, bedeutete für mich ganz einfach, alle Schädlinge umzubringen.

Aber jetzt in dieser Abendstunde wollte ich doch an anderes denken. Ich saß unter dem Baum und ließ meine Müdigkeit langsam von mir abtraufen. Ich hatte geduscht und mein Haar gewaschen. Jetzt ließ ich es in der milden Abendluft trocknen. Der Tag war zu Ende, die Woche ebenfalls. Rosita schlief ruhig in ihrem Bettchen.

Sechs Jahre, dachte ich. Sechs Jahre sind wir nun schon in diesem Lande. Manchmal schien ein Tag unendlich lang zu sein, wie das ewige Kreisen der Geier am Chacohimmel. Aber wenn solche Tage dann vorüber waren, schienen sie im Rückblick wie im schnellen Flug verschwunden zu sein.

Sechs Jahre! In dieser Zeit war Papa gestorben; Mama lebte bei uns als Witwe; ich war Frau und Pflegemutter geworden. Rosita war jetzt ganz ein Teil unserer kleinen Familie. Bald nachdem sie zu uns kam, hatte Susi uns besucht und ihr ein Kleidchen gebracht.

"Ich wünsche, sie hätten mich gebeten, sie zu mir zu nehmen", sagte sie. "Sie scheint ein süßes Ding zu sein."

Nein, als *süß* konnte man die Rosita kaum beschreiben, aber sie war fleißig und gehorsam. Ich gewöhnte mich allmählich an sie, noch ehe ich sie besonders gern hatte. Es war aber eine Lust, sie mit Jakob zu beobachten. Nur Jakob konnte zunächst sie zum Frohsinn und Lachen gewinnen.

Wir hatten auch auf dem Hof und an dem Haus Fortschritte zu verzeichnen. Eine kleine Sommerküche hatten wir in L-Formation angebaut. Wir aßen aber immer noch draußen unter dem Schattendach; nur bei ganz schlimmem Wetter nahmen wir den Tisch ins Haus.

Sechs Jahre lang hatten wir versucht, im Schweiße unseres Angesichts unser Brot zu essen. Langsam konnten wir der Chacoerde unsere Existenz abringen. Das mochte ich. "Unter deinen Händen gedeiht alles", sagte Mama immer bewundernd. Gerne fügte sie sich dazu, die meiste Haus- und Küchenarbeit zu tun, während ich die Wäsche machte und auf dem Hof und im Garten arbeitete.

Ich hatte einen kleinen Hausgarten zwischen Haus und Dorfstraße angelegt, der die Erzeugnisse unserer Felder und größerer Gärten ergänzte. Das Wintergemüse gedieh gut, und ich freute mich zu allem, was der kleine Garten lieferte. Immer wieder musste ich Jakob oder Mama oder unseren Gästen diesen Hausgarten zeigen. Vor diesem Garten pflanzte ich einige Mandarinen- und Pampelmusen-Bäume und ich hatte Pläne, ihn zu vergrößern. Neben dem hölzernen Straßenzaun, den ich jährlich anweißte, hatte ich Blumen gepflanzt. Die Blumenreihen folgten dem schmalen Fußpfad von der Straßenpforte bis an das Haus. Jedes Jahr hob ich den Samen auf und sammelte den Samen anderer Blumenarten, wo immer sie erhältlich waren.

An diesem Tage hatte ich wieder Blumen gepflanzt. Recht stark verspürte ich die Müdigkeit vom vielen Bücken aber auch die Genugtuung, dass die Erde um unser Haus neues Leben in sich barg. Ich blickte wieder durch die Äste des Baumes in den Abendhimmel, der mit Sternen übersät war. Die Sterne erinnerten mich an die Blumenpracht, von der ich eben geträumt hatte.

Auf einmal konnte ich den Satz in der Bibel verstehen, dass Gott in der Kühle des Abends in den Garten kam, um mit seinen Geschöpfen zu lustwandeln. Ich verspürte die Gegenwart Jesu. In dieser Stunde schwanden die Zweifel, die mich beim Tode meines Töchterleins, bei der schrecklichen Heuschreckenplage, bei unserer drückenden Armut immer wieder anfochten. Auf wunderbare Weise war mir der dreieinige Gott, Vater, Sohn und Heiliger Geist fühlbar nahe, seine Hand, die meine haltend. Ich sah auf einmal ein, dass Gott uns in allem, was uns begegnet, nahe sein will. Ein Glaube, der Gott nur in den guten Erfahrungen des Lebens erkennen will, taugt nichts. Ich müsste daher bereit sein, Gott auch in schweren Erfahrungen zu begegnen; wenn ich das nicht wollte, würde ich ihn am Ende auch in den guten Erfahrungen vermissen. Gottes Gegenwart war in allem, was uns begegnete, zu erkennen: unserer Armut, unserer Ehe, Rosita, unserer Zukunft hier im Chaco!

Wieder erscholl der Gesang der Gebetsversammlung aus dem Schulhause zu mir herüber. Es war sicherlich das Schlusslied. Ob Mama oder Jakob für mich gebetet hatten? Könnte meine neue Einsicht eine Gebetserhörung gewesen sein?

Ungeduldig wartete ich auf ihre Heimkehr. Fast hätte ich wünschen können, dass die Blumen, die ich während des Tages so mühsam gepflanzt hatte, schon in voller Blüte dastünden. Unser Hof wäre der schönste des Dorfes gewesen. Etwa so war mir zumute. Und Jakob würde in seiner stillen Weise nur sagen: "Ganz wie meine Anna!" So sagte er immer, wenn er mir ein besonderes Lob erteilen wollte.

Dritter Teil
22

Es war noch finster, aber unser Hahn krähte schon ganz kräftig, als ich aufwachte. Ein kühler Luftzug schob die Fenstergardinen zur Seite, küsste meine Augen und kühlte mein Gesicht wie die Barmherzigkeit des Herrn, die jeden Morgen neu ist. Ich war aufgeregt, aber es dauerte einige Momente, bis ich wusste warum. Auf einmal war's mir klar. Eine Muskelkontraktion in meinem Unterleib hatte mich aufgeweckt. Da wusste ich diese Kontraktionen, leise aber regelmäßig, hatte ich schon im Schlaf verspürt. Es war der 25. November, der Tag, an dem ich die Geburt unseres Kindes erwartete.

Ja, Gott hatte mein Gebet erhört! Dieses Mal müsste alles gut ablaufen. "Danke, lieber Gott", flüsterte ich durch das offene Fenster der aufgehenden Sonne entgegen, himmelwärts. Ich wollte schon aufstehen, aber da erfassten mich wieder die Geburtswehen, so dass ich mich dankbar wieder hinlegte. Überwältigend und alle Furcht bannend war das Bewusstsein: Gott hat mein Gebet erhört.

Bei den ersten Anzeichen meiner Schwangerschaft war's wie der Frühling bei mir gewesen. Ich blühte auf wie ein Baum, der Knospen und Blüten erhält. Statt müde zu sein, hatte ich fast ein Übermaß von Energie und Kräften, so dass Mama mich zuweilen ermahnen musste.

"Kind", sagte sie dann, halb scheltend, "du musst dich schonen! Ich bin ja da; lass mich doch die Arbeit tun."

"Ich bin nicht müde, Mama", antwortete ich dann. "Du bedarfst doch selber der Ruhe." Ihre Beine waren oft angeschwollen und verursachten ihr zeitweilig einen akuten Schmerz.

"Aber du musst für zwei sorgen", sagte Mama dann. "Ich brauche ja nur an mich zu denken."

Ich wusste gar nicht, warum Mama so besorgt um mich war. "Sei dir nicht zu sicher, Anna", warnte sie mich einmal. "Ich möchte nicht, dass du noch einmal eine Enttäuschung erlebst. Kannst du dich noch an Tante Katja erinnern?"

Nein, das konnte ich nicht. Das letzte Mal, als ich sie sah, war ich nur ein kleines Baby gewesen. Jetzt erzählte mir Mama ihre Geschichte.

"Meine ältere Schwester Katja verlor sieben Kinder, vier davon lange vor der Zeit. Ich befürchte, dass sich so etwas vererben könnte."

"Bitte, Mama, nicht dieses Mal!" rief ich flehentlich, als ob sie über meine Schwangerschaft bestimmen könnte.

"Sieben Kinder verloren!" Immer wieder hörte ich Mamas Worte. Sieben die Zahl der Vollkommenheit. Und gar siebzigmal siebenmal die Zahl der Vergebung. Waren meiner Verfehlungen so viele, dass nur ein siebenfacher Tod sie sühnen könnte?

Ich versuchte nun wirklich, mich etwas zu schonen, die Sache ernster zu nehmen, mich nicht vorzeitig zu sehr zu freuen. Aber ich konnte die Freude doch nicht ganz unterdrücken. Wenn Gott mir ein Kind schenken wollte -aus lauter Gnade- durfte ich mich dazu nicht freuen? Immer wieder hatte ich das selige Empfinden, dass Gott ein Wunder an mir vollzog. Jede Bewegung des werdenden Kindes unter meinem Herzen verstärkte dieses Gefühl.

Ich las Hannas Dankgebet aus dem Alten Testament. Auch da kam die Zahl sieben vor, aber in einem ganz anderen, wunderbar tröstlichen Zusammenhang: "Die unfruchtbare hat sieben geboren!" Gott sei Lob und Dank. Mein unwürdiger Leib barg die Gabe Gottes. Wie sollte ich da nicht singen?

> *Ihn, ihn lass tun und walten!*
> *Er ist ein weiser Fürst*
> *und wird sich so verhalten,*
> *dass du dich wundern wirst,*
> *wenn er, wie's ihm gebührt,*
> *mit wunderbarem Rat*
> *das Werk hinausgeführt,*
> *das dich bekümmert hat.*

Auch Jakob stand mir bei, obwohl er die Sache etwas nüchterner sah als ich. "Ich freue mich ja genauso wie du auf das Kind," sagte er eines Abends zu mir, "aber wir müssen immer beten: 'Dein Wille geschehe'."

Natürlich musste ich ihm Recht geben. Aber wenn Gott uns nicht ein Kind geben wollte, wozu würde er dann zuerst unsere Hoffnung hoch heben, nur um sie nachher zu zerschlagen? So grausam könnte er ja nicht sein. Hatte er mir nicht selber das Mutterverlangen geschenkt, diese süße Hoffnung und diese Freude? Sollte mein tiefes Verlangen sich wirklich nicht mit Gottes Willen decken? Mein Trost war, dass ich mich in meiner Freude und auch in meiner Furcht immer wieder an Gott wenden durfte.

Die letzten Wochen meiner Schwangerschaft waren Wochen der Furcht und Freude. Alles war so weit in Ordnung. Anders als bei meiner ersten Schwangerschaft spürte ich jeden Tag die Bewegungen des Kindes unter meinem Herzen. Das Ende des Novembermonats, das Ende meiner Schwangerschaft rückte näher. Da bat ich Gott ganz heimlich um ein Zeichen: "Lass das Kind am 25. November geboren werden." Dieser Tag war uns allen ins Gedächtnis eingraviert. Es war am 25. November 1929 gewesen, als wir die Ausreisegenehmigung in Moskau erhielten. Jedes Jahr hatten wir diesen Tag als besonderen Danksagungstag gefeiert.

War das eine törichte Bitte? Ob töricht oder nicht—Gott in seiner großen Gnade hatte sich doch dazu bekannt. Es war nun der 25. November, und ganz unmissverständlich meldeten sich bei mir die ersten Geburtswehen. Ich wandte mich an Jakob, der neben mir auf dem Feldbett schlief. Noch war's nicht Zeit, ihn zu wecken. Sein Schlaf war immer am Morgen am tiefsten. Ich konnte das nicht verstehen. Statt während der heißen Mittagsstunden zu schlafen, las oder schrieb er, um dann morgens die Nacht anzulängen. Aber trotz unserer verschiedenen Veranlagung liebte ich ihn immer mehr.

Im Osten rötete sich der Himmel. Der Tropensonnenaufgang ist ein schneller, wie das Strauchfeuer, das eine Hausfrau im Sparherd anzündet, dass es lichterloh brennt, ehe Mann und Kinder aufwachen. Ich versuchte noch etwas Schlaf zu bekommen, denn ich wusste aus Erfahrung, dass ein schwerer Tag vor mir war. Freilich würde ich die Dankfeier versäumen müssen, wie auch Mama und die Hebamme, aber was dort gesagt wurde, konnte ich ja längst auswendig. In diesem Jahr sollte Prediger Rahn seine Flucht- und Ausreiseerfahrungen erzählen. Dieser Bericht enthielt für mich nichts Neues. Wir hatten mit ihm und seiner Familie die Datsche in Moskau geteilt, waren in einem Zugabteil ausgereist und wohnten in demselben Dorf.

In einigen Jahren würde ich, will's Gott, diese Geschichte meinem eigenen Kinde erzählen. "Dein Geburtstag ist am 25. November", würde ich ihm sagen. "Das wird immer ein ganz besonderer Tag für uns sein. An dem Tage im Jahre 1929 waren wir noch alle in Russland, weit, weit weg. Aber dann hörten wir die frohe Kunde, dass wir alle ausreisen dürften. Sieh 'mal, viele Russen waren unter dem Kommunismus zu rohen, gefühllosen Menschen geworden, die andere Menschen in die Verbannung und in den Tod trieben. Auch vielen unserer Leute widerfuhr dieses Schicksal."

Auf einmal merkte ich, dass diese Erfahrung nicht mehr nur die meinige war; ich musste sie an meine Kinder weitergeben. Meine Erinnerungen sollten ihre Geschichte sein. Wie sollte ich meinem Kinde nun die verhängnisvolle Nacht des 25. November mitteilen?

"Jetzt pass gut auf. Auf einmal klopfte jemand an unsere Tür. 'Sie sind da', flüsterte Papa. Sein Flüstern klang fast wie ein lauter Schrei in unserem totenstillen Zimmer. Noch zweimal klopfte es; es war aber kein ungeduldiges Poltern. Schließlich ging Papa zur Tür. Da stand ein Offizier. 'Ihr seid frei; ihr dürft ausreisen!' war alles, was er sagte. Kein Lächeln begleitete seine Worte, aber irgendwie hatten wir alle das Empfinden, dass diese Kunde auch ihm eine Genugtuung und eine Freude war. Deutschland würde uns zunächst alle aufnehmen, sagte er noch, ehe er sich verabschiedete. Uns war zumute wie den Kindern Israel, denen die Ägypter zum Abschied ihre Schmucksachen mitgaben."

"Als wir durch das Rote Tor in Riga einfuhren, standen wir auf der Stationsplattform und sangen 'Nun danket alle Gott'. Wir standen und weinten, ich und Mama und Papa." Alles dieses und mehr würde ich meinem Kinde erzählen, was Gott Großes an uns getan hatte.

Aber nun war's Zeit, Jakob zu wecken. Meine Wehen kamen und gingen regelmäßig in immer kleineren Abständen.

"Bitte, Jakob", flüsterte ich ihm halblaut zu. "Rufe Tante Klassen so schnell wie möglich her."

Die Stunde der Geburt war nun doch noch fast zu schnell gekommen. Mama lief geschäftig hin und her, und jetzt ließ ich mir gerne jeden Dienst gefallen. Aber nichts konnte den scharfen Schmerz lindern. Ich stöhnte vor Weh, jeder Seufzer ein Gebet. Mit freundlicher aber fester Stimme beruhigte mich die Hebamme. Auch Mama sprach tröstende Worte. "Es ist dieses Mal lange nicht so schlimm wie das letzte Mal!"

Alles war in Ordnung. Nach zwei Stunden war das Kind da. Schon um die Mittagszeit konnten Jakob und Rosita ins Zimmer kommen, um mich zu sehen und ihr rotbäckiges Brüderchen und Söhnchen zu begrüßen. Auf seinen Namen hatten wir uns schon längst geeinigt. Er hieß David.

23

"Eigentlich sollte ich das nicht sagen, aber fast ist's mir schade, dass Walde nicht auch weggezogen ist", sagte Jakob, als er sich neben mich unter das Schattendach setzte, wo ich unseren kleinen David stillte.

"So? Was ist denn jetzt passiert?"

"Eigentlich nichts Besonderes, aber..."

"Aber Waldes Hühner sind in unserem Garten, ihr Vieh auf unseren Feldern, ihre Kinder im ganzen Dorf, als ob jeder Hof ihnen gehöre, und alles ist immer unsere Schuld..." ereiferte ich mich.

"Nein, das gerade nicht..."

"Eines Tages wird eines ihrer Hühner in unserer Hühnersuppe sein", lachte ich. "Aber dann werden sie die fertige Suppe und noch ein Ersatzhuhn dazu verlangen!"

"Nein, das ist es nicht," sagte Jakob, in Gedanken versunken, seufzend. "Eigentlich sollte ich froh sein, dass er bei uns geblieben ist. Du weißt doch, wie stark ich gegen die Abwanderung nach Ostparaguay war. Aber Johann Walde hätte ich nicht nachgetrauert."

"Ja, manches wäre für uns dann freilich leichter", gab ich lächelnd zu. Aber meine Aufmerksamkeit gehörte gerade jetzt dem kleinen David, der sich an meiner Brust gütlich tat.

"Kuck dir doch einmal deinen Jungen an, Jakob. Der kann schon 'was vertilgen. Ein kleiner Nimmersatt ist er!" Liebkosend legte ich meine Wange an sein rosiges Gesicht: "Da, trinke nur! Da ist mehr als genug für dich!"

Lachend blickte ich auf meinen Mann. "So zufrieden und ohne Sorgen wie unser Kleiner sollten wir doch alle sein. Er hat alles, was er braucht." Ja, das hatte er. Ich war gesund und stark und hatte Milch die Fülle.

Aber Jakob blieb bei seinen trüben Gedanken. "Freilich ist jetzt mehr Einigkeit in der Kolonie, auch wenn Walde und einige seinesgleichen nicht mitgezogen sind. Es gibt nun weniger Spannungen."

Im Obstgarten waren Mama und Rosita mit dem Pflücken der Pampelmusen beschäftigt. Ich konnte ihre Unterhaltung vernehmen. Eine Kuh brüllte im Korral. Ruhig und im Frieden lag unser Dorf. Auch ich war zufrieden, meine Füße berührten den hartgetretenen Boden, David ruhte auf meinem Schoß, satt und zufrieden. Alles schien so zu sein, wie es sein sollte. Aber Jakob konnte sich von seinen schweren Gedanken nicht lösen. Die Kolonie hatte sich getrennt. Ein Drittel der Siedler, hundertundvierzig Familien, waren nach Ostparaguay umgesiedelt. Da war es nicht ohne Zwist und Bitterkeit abgegangen.

Die Trennung hatte auch die verbleibenden zweihundertundachtzig Familien in Unsicherheit versetzt. Wie wenn die Abziehenden recht gehabt hätten, dass der Chaco keine landwirtschaftliche Siedlung tragen könne? Aber andererseits gab die Abwanderung des einen Drittels den Verbliebenen eine neue Chance. Man hatte nämlich die ursprünglichen Höfe mit je vier bis acht Hektar zu klein geplant. Nun konnten die Höfe der Abgewanderten unter die anderen verteilt werden. Diese neue Einteilung war realistischer und rentabler.

Und doch war für Jakob die Spannung mit unseren Nachbarn, den Waldes, geblieben. Auch mich griff sie an. Zwar war Johann immer ausgesucht freundlich und höflich, wenn wir uns in der Kirche oder bei anderen Gelegenheiten begegneten, aber zwischen mir und Leni Walde wollte sich kein herzliches Verhältnis bilden. Nach einer Reihe von Mädchen, hatten Waldes bald nach Davids Geburt auch einen Jungen gehabt, aber auch diese gemeinsame Erfahrung brachte uns nicht näher zusammen. Leni behandelte mich immer noch herablassend, wie man ein junges Mädchen behandelt. Natürlich wurmte mich das.

Aber Jakobs Bedenken gingen tiefer. Friedlich wie er gesonnen war, hatte die Trennung ihn bis ins Innerste getroffen. Auch ich sehnte den Frieden herbei. Wie gerne hätte ich die Verhältnisse der Kolonie so geordnet, wie ich meine Blumenbeete ordnete; aber Menschen sind nun einmal nicht willenlose Pflanzen. Wenn wir Frauen doch die Spannungen auslöschen könnten, wie wir die Gesichter unserer Kleinen mit etwas Speichel auf unseren Fingern beim Kirchgang bereinigten. Wenn ich doch ein gutes Verhältnis zwischen Jakob und Johann Walde schaffen könnte!

"Die Baumwollernte war dieses Jahr gut. Sie werden es noch bereuen, dass sie weggezogen sind," sagte Jakob sich wieder schmerzlich an die Trennung erinnernd.

"Wir könnten es ja auch bereuen, dass wir blieben."

"Es war töricht von ihnen. Nun Geschehenes kann nicht ungeschehen gemacht werden. Wir werden uns aber jetzt einiger sein und mehr schaffen können-"

Ungeduldig unterbrach ich ihn: "Ist das Einigkeit, wenn jede Gruppe auf das Versagen der anderen wartet?"

"Das habe ich nicht-"

"Ihr Männer werdet schon andere Sachen finden, über die ihr euch streiten könnt", unterbrach ich wieder, "anders seid ihr ja nicht zufrieden." Zärtlich wischte ich den Schweiß von Jakobs Stirn.

"Ach Anna!"

Jakob erhob sich. "Ich gehe 'besorgen'!" Mit langen Schritten ging er auf das Korral zu.

Ich hatte wieder einmal zu viel gesagt. Aber war's nicht die Wahrheit? So sind Männer eben, unfähig sich in der Mitte zu begegnen. Das Wort *Kompromiss* steht nicht in ihrem Wörterbuch. Vielleicht würden wir Frauen auch so sein, wenn wir die Zeit hätten, unendlich lange Sitzungen abzuhalten, auf denen wir uns doch nie einigen könnten. Aber das war ja unmöglich.

Mittlerweile war der kleine David satt geworden. Er hatte seine Augen geschlossen. Sanft entzog ich ihm die Brust und betrachtete ihn zärtlich. Alle sagten, er sei mein Ebenbild, aber ich konnte an seiner schmalen Stirn und seinen etwas tief liegenden Augen seinen Vater erkennen. Einen Denker.

Da kam Rosita mit der Schürze voller Obst. Ich nickte ihr freundlich zu und deutete auf den Korb neben der Tür. Rolf schmiegte sich an ihr Bein. Nachdem sie ihre

Schürze entleert hatte, kam sie zu mir und berührte liebkosend Davids Wange. "Er schläft" sagte sie, "soll ich ihn ins Bettchen tragen?"

Sie nahm das Brüderchen auf ihre Arme und trug es ins Haus. Ich machte mich auf den Weg zu Jakob. Vielleicht könnte ich ihm sagen, dass ich es mit meiner Bemerkung über das Streiten der Männer nicht so schlimm gemeint hätte.

Ich hatte aber keine Ahnung, wie bald sie sich als wahr erweisen sollte. Wir Mennoniten müssen uns scheinbar immer über etwas entzweien.

24

Plötzlich schien die Sonne durch die Wolken. Der Nieselregen hörte auf, und die Wäsche, die bis jetzt bewegungslos hing und Wasser triefte, fing an, sich in dem leisen Wind zu bewegen.

"Das Wetter klärt sich!" rief ich freudig. Auch die hohen Palmblätter bewegten sich leise im Winde. Mein Trübsinn fing an, sich zu heben.

Fünf lange Wochen hatte dieses nasskalte Wetter angedauert. Dorf- und Landstraßen waren schier bodenlos. Fast unmöglich war es, die Kälte des Abends wegzutreiben. Wir hatten nicht genug warme Kleidung, und auch der kleine Herd, um den wir abends kauerten, konnte uns nicht so richtig erwärmen.

Meine größte Sorge war das Trocknen der Wäsche. Ich hing sie zwar hinaus, um sie zu lüften, musste sie aber immer abends, triefend vor Nässe, ins Haus nehmen, wo sie dann die ohnehin kleine Küche ganz in Anspruch nahm. Jeder Haken und jede Stuhllehne musste als Wäscheleine hinhalten. Es kam so weit, dass wir bald alle schmutzige Kleider tragen mussten. Wir konnten einfach nicht immer warten, bis die Wäsche trocken war.

Im Jahr vorher hatten wir eine lange Dürreperiode gehabt. Wie hatten wir damals auf Regen gewartet. Und nun warteten wir schon über einen Monat lang auf trockenes Wetter. Nie schien die Sonne lange genug, um etwas zu trocknen. Unsere Kisten wurden feucht, unser Salz und Zucker verwandelte sich in feuchte Klumpen, das Mehl verschimmelte und unsere einzige Ledertasche verfilzte langsam.

Ich sorgte mich auch um die Kinder. David war jetzt vier Jahre alt. Unsere kleine Tina, die im Kriegsjahr 1939 geboren wurde, schlief bei uns im Bett. David kam auch nur zu gerne zu uns ins Bett, denn der Fußboden, auf dem seine Matratze liegen musste, war feucht und kalt. Am Tage versuchte ich die Kinder in Bewegung zu halten und am Abend nahe beim Herd. Sie sollten mir nur nicht krank werden.

Aber nun schien die Sonne endlich. Ich beschaute mir den Himmel und meinte mehr als nur etwas Momentanes zu beobachten. Die Wolken hatten sich wie Vorhänge zerteilt und große Teile des Himmels strahlten in hellem Blau. Mit Freuden beobachtete ich die tanzenden Wäschestücke auf der Leine. Endlich trocknete es.

Mit leichten Schritten kam ich ins Haus. Mama bückte sich eben über dem Ofen, mehr Holz auflegend.

"Die Sonne scheint!" rief ich ihr zu. "Dieses Mal werden die Kleider ordentlich trocknen."

Mühsam erhob Mama sich, ohne sich umzuwenden. "Das freut mich", sagte sie. Sie hob den Deckel eines Kochtopfes auf und legte ihn langsam wieder auf.

"Anna," sagte sie, immer noch ohne sich umzuwenden, "Du weißt doch… das heißt, Maria sagt immer, sie bedarf meiner Hilfe mehr als du; ich müsste auch einmal bei ihr wohnen. Sie hat ja so viele Kinder. Ich glaube, ich sollte bei Maria einziehen."

So schnell er gekommen war, so schnell entfloh mein Frohsinn nun wieder.

"Was sagst du da, Mama?" Behutsam stellte ich die Waschschüssel, die ich eben in der Hand hatte, auf den Tisch. Ich konnte meinen Ohren nicht trauen. "Du willst bei Maria einziehen?"

Jetzt wandte Mama sich um, und, wie verlegen, hielt sie eine Ecke ihrer Schürze in der Hand. "Maria bedarf meiner Hilfe; du hast nur drei Kinder. Es ist nur recht von mir, wenn ich bei ihr einziehe." Sie sprach hastig, als ob sie diese Sätze auswendig gelernt hätte.

"Du willst bei Maria wohnen?"

Freilich hatte Maria schon früher davon gesprochen. Aber Mama hatte immer geantwortet: "Mein Heim ist hier. Ich gehöre hierher." Jetzt sagte sie: "Weißt du, Anna, Maria hat ihre Hände übervoll. Es ist doch nicht recht, dass ich hier bei dir wohne."

"Aber Mama, Marias Haus ist ja übervoll. Da ist ja gar kein Platz für dich!"

"Maria sagt, sie werden es schon schaffen."

Mama wollte uns also verlassen. Ich konnte es nicht glauben. Freilich hatte ich manchmal vorübergehend den Wunsch gehabt, mit Mann und Kindern allein zu wohnen und mich gefragt, warum denn Mama nicht auch einmal zeitweilig bei Maria wohnen könnte. Das war aber nur ausnahmsweise der Fall gewesen. Im Großen und Ganzen verstanden Mama und ich uns sehr gut, viel besser als Mama und Maria, und ich hatte auch immer das Gefühl gehabt, dass Mama gerne bei uns war, dass sie uns liebte und dass sie glücklich bei uns war. Warum wollte sie jetzt wegziehen?

Allerlei Gedanken flogen jetzt durch meinen Sinn, keine davon besonders wohlwollende Maria gegenüber. Freilich hatte Maria zehn Kinder; aber nicht alle waren klein. Die älteste war schon sechszehn Jahr alt und konnte der Mutter wie eine Erwachsene zur Hand gehen. Meine Kinder waren klein und ein weiteres unterwegs. Beneidete Maria mich um meinen gepflegteren Hof und Garten und meinte sie etwa, ich ließe Mama alle Arbeit machen? Sicher war ich mir, dass auch mit Mutters Hilfe sich wenig auf ihrem Hof ändern würde, während ich auch ohne Mamas Hilfe fähig wäre, mein Anwesen und meine Kinder immer noch in besserer Ordnung zu halten, als es bei ihr der Fall war.

Ich sagte aber nichts und kämpfte um Selbstbeherrschung. "Ich muss aber zuerst mit Jakob darüber sprechen," war alles, was ich sagte.

Auch Mama blieb äußerlich ruhig und gefasst. Sie schaute mich aber nicht an und bewies auf diese Weise ihre eigene Unsicherheit.

Da überkam mich ein tiefes Mitleid. Ich sah auf einmal, dass Mama alt geworden war. Hier stand sie vor mir, eine Frau von über siebzig Jahren, und meine Schwester und ich stritten uns, wem sie sozusagen als Haus Magd dienen sollte.

"Ich habe schon mit Jakob gesprochen", sagte sie tonlos. "Er meint, ich sei vollkommen frei, zu handeln, wie ich es für recht ansehe."

"Aber, Mama, dies ist doch dein Hof. Papas Hof."

"Meiner? Nein, er gehört euch. Jakob und ich haben alles besprochen."

"Aber hier ist doch dein Zuhause!"

"Das spielt doch gar keine Rolle." Diese Worte begleitete Mama mit dem ihr eigenen Seufzer.

Auf einmal wusste ich den wahren Grund ihrer Handlung. Mama fühlte sich aus einem anderen Grunde zu Ernst und Maria hingezogen. Jakob und sie hatten scharfe Meinungsverschiedenheiten über ihre Zukunft im Chaco geäußert.

"Ist es wegen der Deutschlandangelegenheit, Mama?"

Jetzt schaute Mama mich an, noch unsicherer als vorher.

"Was weiß eine alte Frau über solche Sachen?" sagte sie nur.

"Du hast dich schon gelegentlich darüber ausgesprochen, Mama, und du und Jakob stimmen in dieser Sache nicht. Willst du deshalb ausziehen?"

Mama antwortete nicht. Sie nahm nur die schon vorbereiteten Mandioka's und schüttete sie in die siedende Suppe auf dem Herd. Wieder durchfuhr mich ein Gefühl des Mitleids. Über zehn Jahre lang hatte Mama unter diesen primitiven Verhältnissen gelebt. Nur eine Vergangenheit in Russland, aber keine Zukunft in diesem Lande hatte sie, während ich kaum von einer besseren Vergangenheit wusste und die Zukunft vor mir lag. Sollte es mich da wundern, dass sie in dieser Lage nach dem Strohhalm der sogenannten "völkischen Bewegung" griff, der ihr scheinbar noch einige bessere Jahre versprach?

"Ist es das, Mama?" fragte ich noch einmal.

"Maria bedarf meiner Hilfe. Darf eine Mutter nicht so handeln, wie sie es für recht befindet?"

Wie hatte diese ganze Sache der völkischen Bewegung angefangen? Nun, wir hatten mehrere Personen in unserer Kolonie, die kürzlich in Deutschland studiert hatten und dort von dem Geist des Dritten Reiches angesteckt worden waren. Diese betonten nun unsere deutsche Vergangenheit in Schule und Gemeinde und förderten die völkische Bewegung. Ein Deutscher Bund wurde organisiert, der die wesentliche Einheit aller Deutschen stark und bewusst förderte. Auch wir im Chaco müssten uns als Teil dieses deutschen Volkes betrachten. Wir müssten unser Kulturerbe wahren und pflegen und uns vorbereiten, eines Tages heim ins Reich zurückzukehren.

Leider brachte uns diese völkische Bewegung nicht Einigkeit sondern Zwist, einen Zwist der sich quer durch Gemeinde und Familien zog und erst nach Jahren beigelegt werden konnte. Anfangs schien die Sache einigermaßen harmlos zu sein. Gewiss waren wir alle für das Erhalten unseres Deutschtums; wir waren alle (außer den Harbiner Flüchtlingen) durch Deutschland gekommen und waren diesem Lande zu Dank verpflichtet. Auch Jakob, obwohl er nicht in Deutschland gewesen war, teilte anfänglich manche der Ansichten der "Bewegung". Er schloss sich sogar dem Bund an, bis er überzeugt war, dass wir einem Irrlicht folgten. So gab es bald in unserer Kolonie eine pro-deutsche und eine anti-nationalistische Partei. Bittere Feindschaften sollten das jahrelange Resultat sein.

"Gewiss sind wir Deutsche," sagte Jakob bald nach dem Anfang der Bewegung, als Mutter und er und ich darüber sprachen, "aber mich beunruhigt diese Bewegung. Wenn wir zurück nach Deutschland gehen, müssen wir unsere jahrhundertelang gepflegte Wehrlosigkeit fallen lassen. Und warum? Damit wir dort ein gemütlicheres Leben führen können? Wir sollen doch zuerst nach dem Reiche Gottes trachten, nicht nach einem Großdeutschen Reich. Irgendetwas ist fundamental unchristlich in dieser Bewegung. Sie führt uns in die Irre." Jakob sprach weder laut noch leidenschaftlich aber mit fester Überzeugung.

Aber Mama wurde bei dieser Unterhaltung leidenschaftlich. "Sollen wir denn hier zufrieden sein, so wie die Indianer? Wollen wir denn 'weiße Indianer' werden? Wir dürfen doch nicht vergessen, wer wir sind."

"Wir wohnen aber in Paraguay."

"Wir sind aber nicht Paraguayer und wir wollen keine werden. Damit versündigten wir uns an uns selber."

Eine eisige Furcht beschlich mich. "Bitte sprich nicht mehr mit Mama darüber", bat ich Jakob später, als wir allein waren.

"Wie du willst", antwortete er. "Aber dir möchte ich meinen Standpunkt doch klar machen. Wir Mennoniten stehen in Gefahr, unsere Gelassenheit, unser Gottvertrauen zu verlieren. Wir müssen uns ganz in den Händen unseres Gottes wissen und unsere Sicherheit allein in ihm suchen und finden."

Noch lange sprach er mit mir und legte mir die Gründe klar, weshalb sich die völkische Bewegung nicht mit der Lehre und der Lebensweise der Taufgesinnten vertrage. Wenn er so sprach, leuchteten mir seine Gründe ebenfalls ein, und doch tat er mir leid. Auch er stand in Gefahr, diese Gelassenheit zu verlieren. Er hatte in der Kolonie viele sehr scharfen Gegner.

Keiner sollte von dieser unseligen Kontroverse verschont bleiben. Auch in unsere Familie hatte sie sich eingenistet. Mama mochte die energischen jungen Kräfte aus Deutschland. Sie brachten Schneid, Disziplin und Ordnung unter unsere jungen Leute. Ihr Kampf um das deutsche Kulturerbe war ihr wie aus dem Herzen gesprochen. Glaube, Sprache und Kultur bildeten bei ihr eine unzertrennliche Einheit. Ich war wie zerrissen zwischen den Ansichten meiner Mutter und meines Mannes. Aber ich war seine Frau; sein Glaube war auch mein Glaube.

Und nun stand Mama am Herd, rührte die Suppe und betonte, dass sie nur deshalb umziehe, weil Maria ihrer benötigte.

Ich glaubte ihr nicht.

Als ich mich umwandte, sah ich, dass der Himmel sich wieder umwölkt hatte. "Es regnet schon wieder!" schrie ich hinaus.

25

Es war dunkel und spät, aber warm wie am Tage. Sanft fiel der Schein des Mondes auf die Erde, sie geheimnisvoll und etwas wehmütig berührend. Ich lag halb wach, halb schlafend auf meinem Feldbett.

Da hörte ich von ferne Ochsenschritte, das Knarren eines Wagens und Stimmen. Die Männer unseres Dorfes kamen von einer Beratung im Koloniezentrum zurück. Jetzt war ich hell wach, wie immer, wenn ich Jakob in Bälde erwartete.

"Du könntest kaum Witwe sein", hatte Mama einmal im Scherz gesagt, als ich ihr gestand, dass ich Jakob schon nach einer Stunde Abwesenheit vermisste.

"Alles scheint erträglicher zu sein, wenn er da ist", hatte ich nur geantwortet.

Bei uns war alles in Ordnung. Ich konnte Davids leises Schnarchen aus dem Nebenzimmer vernehmen, und aus ihren Bettchen am meinem Bettende schliefen unsere jüngsten zwei Töchter, ihr Atem regelmäßig hörbar. Die Kinder waren gesund, alles war in Ordnung.

Weil die stille Nachtluft den Schall weit trug, dauerte es länger als erwartet, bis die Männer zu Hause waren. Unwillkürlich dachte ich an all die Frauen, die genau so gespannt wie ich auf jeden Laut durch das offene Fenster hörten. Wahrscheinlich aber haben die heimkehrenden Männer an andere Sachen gedacht als an Haus und Herd und die daheim wartende Familie.

Ich stand nun auf, zündete die Lampe in der Küche an und setzte Brot und kalte Bohnen auf den Tisch, im Falle Jakob Hunger hätte. Dann legte ich mich wieder ins Bett.

Endlich kam der Wagen ins Dorf und stand bald vor unserem Hof. Ich hörte Jakob und Wilhelm Fröse, unseren Nachbar von über der Straße, mit einem "Gute Nacht" absteigen. Ihr Gruß wurde aber nicht erwidert. Nur eine beängstigende Stille und ein nervöses Hüsteln war die Antwort auf Jakobs "Gute Nacht."

Leise näherte ich mich dem Fenster und schaute hinaus. Es fiel mir ein, dass Jakob nicht in guter Stimmung zu dieser Beratung gefahren war. Er hatte kurz mit den Kindern verfahren und auch auf meine Fragen nur kurz und ausweichend geantwortet. Die Spannung in unserem Dorf, ja in der ganzen Kolonie, erreichte allmählich einen Höhepunkt.

Langsam näherte sich Jakobs hohe Gestalt unserem Hause. Er hatte aber nur zehn Schritte gemacht, da rief Johann Walde ihm vom Wagen aus zu: "Ein Heuchler bist du, Jakob, das musst du wissen!"

Jakob blieb stehen.

"Ja, als wir ihrer Hilfe bedurften, dann warst du ein Deutscher, wie alle anderen! Auch heute nimmst du noch gern ihre Hilfe in Anspruch. Du hast doch auch das Deutschlandlied gesungen und du warst mit dabei, als wir dem Führer 1933 ein Glückwunschtelegramm sandten. Ein Heuchler bist du, sage ich dir!"

Jakob wandte sich um und ging auf den Wagen zu. "Ich weiß das alles, Johann", sagte er. "Ich habe aber meinen Fehler eingesehen. Ich denke heute nicht mehr so wie damals."

Aber Walde war nicht zu besänftigen. "Wer bist du eigentlich?" schrie er Jakob ins Gesicht. "Sollen deine Töchter denn Paraguayer heiraten? Willst du mit deinen Enkeln spanisch sprechen?"

"Das habe ich doch nicht-"

Eine andere Stimme, die ich nicht erkennen konnte, unterbrach ihn. "Du würdest also ruhig zusehen wollen, wie die Kommunisten die ganze Welt erobern? Die Deutschen kämpfen gegen Russland, Jakob! Daran musst du auch denken!"

Da hörte ich wieder Waldes Stimme: "Du versteckst dich hinter deiner Frömmigkeit, aber du bist ein Heuchler. Und obendrein bist du ein fauler Landwirt. Schließ dich doch den Lenguas in ihren Hütten an."

Ich wich vom Fenster zurück, als ob jemand mir einen Schlag versetzt hätte.

Jakobs Antwort war eine ganz stille. Ich hörte nur das eine Wort: "Wehrlosigkeit."

Als die völkische Bewegung begann, unterstützte Jakob tatsächlich zuerst den Deutschen Bund, weil er sich für die erzieherischen Bestrebungen desselben interessierte. Aber sehr bald zog er sich von dem Bund und seinen eigentlichen Zielen ganz zurück. Er weigerte sich auch, die angebotene deutsche Staatsangehörigkeit anzunehmen, die es ihnen angeblich ermöglichen sollte, nach dem Sieg der deutschen Waffen zurück in die Ukraine zu ziehen. Johann Walde aber, zusammen mit vielen anderen, war anderer Gesinnung. Sie unterstützten die völkische Bewegung voll und ganz.

Den Wendepunkt in Jakobs Gesinnung hatte die Frage der Wehrlosigkeit ausgelöst. Die pro-deutsche Gruppe wäre, nach Jakobs Meinung, bereit gewesen, das alte Prinzip der Wehrlosigkeit aufzugeben. Aus Ostparaguay wäre schon einige mennonitische Jünglinge nach Deutschland ausgewandert, um sich dort der Wehrmacht anzuschließen. Jakob konnte sich unter keinen Umständen dazu bereit erklären, diese wichtige Lehre unseres Herrn dranzugeben.

Aber nun trieb Johann Walde seine Ochsen zur Weiterfahrt an. Spöttisch rief er noch zurück: "Bleibe nur im Chaco, du Dummkopf! Nach dem Krieg bin ich wieder in der Ukraine!" Wie eine Rauchschwade hingen diese höhnischen Abschiedsworte in der stillen Nachtluft.

Ich lag schon wieder im Bett; wartend hörte ich Jakobs Schritte. Nach einer Weile kam er ins Schlafzimmer.

"Schön, dass du da bist", flüsterte ich.

"Es ist spät; schläfst du noch nicht?"

"Nein. Hast du das Essen auf dem Tisch gesehen?"

"Ja."

Langsam entkleidete Jakob sich. Er streckte sich langsam auf das schmale Bett. Dann die Decke anstierend: "Hast du gehört, was sie sagten, Anna?"

"Ja."

"Man ist mir gram. Ich habe auf der Beratung gegen die Bewegung gesprochen... Ich konnte nicht anders."

"Was?"

"Einige benahmen sich pöbelhaft", fuhr Jakob bitter fort. "Sie sprechen wie Heiden. Vom Krieg! Von Teilnehmen an den Kämpfen! Unsere alte Stellungnahme bedeutet ihnen nichts mehr."

"Aber doch nicht alle, Jakob; so sind doch nicht alle."

"Nein. Aber auch einige Prediger haben in dem Sinne gesprochen. Ich wurde böse. Ich sagte ihnen meine Meinung; andere erörterten ihren Standpunkt. Wir haben uns ereifert und scharfe Worte zueinander gesprochen."

"Wer waren die anderen?"

"Walde, natürlich; er kann sehr überzeugend sprechen. Auch Ernst."

"Ernst Hein? Unser Schwager?"

'Ja, er hat sehr aufgeregt gesprochen. Gerade ihm habe ich widersprechen müssen."

"Was hast du denn gesagt?"

Jakob wandte sich mir zu, schaute aber mich nicht an, sondern hinaus in die mondhelle Nacht.

"Eigentlich nichts Neues. Sie sprachen von deutscher Treue; wie Deutschland uns geholfen hat; wie Deutschland gegen den Kommunismus kämpft; dass wir als Deutsche zu einem Volk gehören; dass wir uns hier nicht als Deutsche behaupten können, u.s.w. Ich betonte unseren christlichen Glauben. Ich sagte, wir müssten Gott ehren, nicht ein Volk. Sie sitzen fast Tag und Nacht bei ihren Kurzwellenempfängern und verfolgen den Krieg wie neugierige Schuljungen."

Jakobs Worte brachten mich zum Nachdenken. Hatte ich mich nicht auch zu jeder Nachricht des Sieges der deutschen Waffen gefreut? Solche Nachrichten verbreiteten sich von Hof zu Hof, von Dorf zu Dorf, wie ein milder regenspendender Wind. Auch ich wünschte im geheimen, dass Deutschland die Welt vom Bolschewismus befreien würde. Aber Jakob sprach weiter.

"Wie weit sollte sich die Kirche in Staatsangelegenheiten mischen? Ich habe die Überzeugung, dass wir schon zu weit gegangen sind. Wir sollen die Welt meiden, friedfertig sein. Wir dürfen die Grundlage der biblischen Lehre nicht verlassen."

Genau so sprach auch Prediger Rahn, der der völkischen Bewegung auch kompromisslos widerstand. Immer wieder hatte er gemahnt, uns nicht auf's Glatteis verlocken zu lassen. Unsere Heimat sei nun der Chaco; wir sollten alle versucherischen Pläne, wieder in die Ukraine zu ziehen, drangeben. Aber die Leute spotteten über ihn. "Er betet den Chaco an", sagten sie.

"Es war wie auf einer Zeugnisstunde", fuhr Jakob fort. "Jeder hatte etwas über die Wohltaten Deutschlands und die Gräuel des Kommunismus zu berichten."

"Das ist ja auch nur die Wahrheit", warf ich ein. "Der Kommunismus ist..."

"Das weiß ich alles, Anna. Aber wollen wir uns denn rächen? Wollen wir gegen das Wort Jesu dem Bösen widerstreben?"

"Ach..." stöhnte Jakob weiter, "wäre ich doch nie dem Bund beigetreten. Man hasst mich jetzt mehr, als wenn ich mich von Anfang an geweigert hätte, mitzugehen."

"Ich habe dich damals dazu ermutigt."

"Nein, es ist nicht deine Schuld. Die meisten von uns haben sich von Zeit zu Zeit mit dem Gedanken herumgetragen, den Chaco zu verlassen."

"Auch du, Jakob?"

"Ja leider; auch ich."

"Man hasst mich, Anna", fuhr er nach einer Pause fort. Und ich konnte ihn nicht mit leeren Worten trösten: "Jakob, du übertreibst. So schlimm kann es ja nicht sein!" Ich hatte doch eben gehört, wie wahr seine Worte waren.

"Warum konnte ich nicht schweigen? Warum musste ich widersprechen? Vergebens..."

Was war nur auf der Beratung geschehen? Seit wann bereute Jakob es denn, die Wahrheit gesagt zu haben? Seit wann kümmerte er sich um die Meinungen anderer? Den Hass anderer?

"Ich wäre dem Walde am liebsten zu Leibe gegangen. Aber ich sah das Licht in der Küche und wusste, dass du wach sein würdest. So habe ich geschwiegen und meine Fäuste gezähmt."

So hatte Jakob wirklich noch nie gesprochen. "Ich liebe dich", sagte ich nur, und streichelte seinen aufgeregten und angespannten Körper.

Einige Wochen später sah ich eines Morgens Jakob und Johann nebeneinander am Grenzzaun stehen, jeder an seiner Seite der Grenze. Schon seit langem waren sie nicht auf so eine nachbarliche Art zusammen gewesen. Ängstlich beobachtete ich sie und merkte auch sehr bald, dass es sich keineswegs um eine freundschaftliche oder auch belanglose Unterhaltung handelte. Während ich die Schweine fütterte, konnte ich Waldes Gestikulationen beobachten und Abrisse ihrer lebhaften Unterhaltung vernehmen. Dann sprach Jakob und begleitete seine Worte ebenfalls mit ungeduldigen Gesten.

Dann stillte ich unser Gretchen und legte es ins Bettchen. Ich wollte die Teller spülen und Süßkartoffeln ausgraben und nach dem Quark auf dem Ofen schauen. Und immer noch sprachen die Männer.

Ich wollte mich nicht einmischen, wurde aber immer unruhiger über den Verlauf des Gesprächs. Schließlich konnte ich es nicht mehr aushalten. Ich wusch meine Hände, glättete mein Haar, nahm die Schürze ab und ging zu den beiden streitenden Gegnern.

Sie merkten mein Kommen nicht. Die Unterhaltung schien sich einem Höhepunkt zu nähern. Die Worte fielen wie Schläge: "Deutschland... Wehrlosigkeit... Bolschewiken... der Bund... Kultur... Paraguay... Narren... Fortschritt."

Ich wollte unterbrechen: "Jetzt ist's aber auch genug, ihr beiden. Es ist Zeit an die Arbeit zu gehen!" Aber ich war zu spät gekommen.

Jakobs Faustfuhr über den Zaun und traf Waldes Kinn mit voller Wucht. Ich erschrak, als ich ihn zu Boden fallen sah. Als er aufstand, zeigte ein kleiner roter Fleck die Stelle, wo Jakobs Faust ihn getroffen hatte. Als Walde mich sah, war er einen Augenblick lang unschlüssig; dann aber schaute er uns gefasst und selbstsicher an.

Und Jakob? Seine Arme hingen schlaff herunter, seine Schultern waren zusammengezogen, als ob er eine Niederlage erlitten hatte. Er nahm kaum Notiz von mir.

Nachdem Jakob gegangen war, blieb ich noch etwas stehen. Furchtlos schauten Johann und ich uns an. Mein Blick sollte ihm sagen, dass ich ihn nicht mehr als Papas ehemaligen Freund betrachtete, sondern als den Gegner meines Mannes; dass ich ihn nicht respektieren konnte, auch wenn er der Dorfschulze wäre.

"Johann Walde", sagte ich nur, "bitte lass meinen Jakob zufrieden. Du!"

"Und ich, meine liebe Frau Rempel", unterbrach er mich sarkastisch, "bitte dich, mir keine Befehle zu erteilen. Schone deine Ermahnungen für deinen Mann." Er wollte schon gehen, aber dann fiel ihm noch etwas ein: "Ehe ich gehe, muss ich noch etwas sagen. Erinnere Jakob auch daran. Laut Nachrichten sollen tausende von deutschen Zivilisten, Frauen und Kinder, unter den Luftangriffen auf deutsche Städte elend umkommen. Auch mennonitische Flieger aus den Vereinigten Staaten nehmen an diesen Luftangriffen teil. Denkt daran, wenn dein Mann und Prediger Rahn sich mit den amerikanischen Missionaren unterhalten, die uns hier etwas über Neutralität vorsagen wollen."

"Nur einmal, nur eine Stunde lang haben sie miteinander gesprochen. Prediger Rahn sagt-"

"Ja, und noch eines", unterbrach er mich. "Jakob ist sicher auch nicht so wehrlos, wie er immer vorgibt. Du hast ja selber gesehen."

Und dann schritt er davon wie ein Sieger, der das Feld behalten hat. In dem Augenblick war auch ich nicht wehrlos gesinnt. Ich hätte ihn zerreißen mögen.

Drinnen wartete Jakob auf mich. Zum ersten Mal in unserer Ehe war er mir gegenüber gereizt. "Das hättest du nicht tun sollen, Anna", sagte er. "Du hast mich an den Pranger gestellt."

"Wie meinst du das?" wollte ich nun, auch gereizt, wissen. "Hast du ihn deshalb geschlagen, weil ich zwischen euch treten wollte?"

"Du hättest dich nicht einmischen sollen."

"Ich bin doch auf deiner Seite, Jakob."

"Du hast zu schweigen; das ist Pflicht und Aufgabe der Frau."

Er ließ mich in der Küche stehen und begab sich ins Schlafzimmer. Meine Hände zitterten, als ich mir die Schürze vorband. Ich schaute nach unserer Kleinsten und suchte dann Tina. Sie vergnügte sich im Garten. Mechanisch machte ich ihr Spiel mit. Ich sollte ihr Gast bei einer Abendmahlzeit sein. Dann eilte ich wieder in die Küche, um unsere Mittagsmahlzeit vorzubereiten.

Als Rosita und David von der Schule nach Hause kamen, konnte ich schon so tun, als ob nichts geschehen sei. Ich tat alles, was von einer Hausfrau erwartet wurde. Jakob blieb bis zur Mittagsmahlzeit im Schlafzimmer.

Innerlich aber war ich aufgewühlt. Ich kam mir vor wie eine Maus in der Falle. Am liebsten hätte ich Haus und Dorf und alles verlassen, aber ich wusste nur zu gut, dass das unmöglich wäre. Warum hatte ich es überhaupt versucht, wie Deborah, Richterin zu sein? Nun wurde ich von beiden Seiten gedemütigt und verachtet. Am liebsten wäre ich gestorben.

Aber ich rief Jakob und die Kinder an den Tisch und wir hatten unser Mittag wie immer. Niemand hätte gemerkt, dass etwas vorgefallen war. Erst als ich nach der Mahlzeit das weinende Gretchen auf den Arm nahm und ihr weiches Gesichtchen an meines presste, fand ich im Lauf meiner Tränen etwas Erleichterung. Aber meine Tränen galten nicht nur meiner Machtlosigkeit und Verzagtheit; sie galten auch meinen Töchtern und ihrem zukünftigen Frauenlos.

26

Die Zerwürfnisse in der Kolonie über die völkische Bewegung verschlimmerten sich, als scharfe Meinungsverschiedenheiten sich innerhalb der pro-deutschen Partei bildeten. Die Spannung erreichte am 11. März 1944 ihren Höhepunkt. Eine Gruppe Männer stürmte ins Stadtzentrum und griff ihre Gegner tätlich an. Nordamerikanische Mennoniten, die zu der Zeit in der Kolonie arbeiteten, riefen das paraguayische Militär herein, um die Ordnung wiederherzustellen.

Noch Jahre nachher, wenn wir in unserem Abreißkalender bis zum 11. März kamen, war dieses Blatt uns ein leiser Mahner an jene bewegte Zeit, in der mennonitische Männer sich so weit vergaßen, dass sie gewalttätig wurden; in der der Staat Ordnung schaffen musste. Freilich ließen sich nur wenige so weit verleiten, aber dieses Ereignis berührte uns alle und verursachte noch viele Jahre lang ein schamvolles Erröten bei uns allen.

Im Mai mussten Oberschulze und Zentralschulleiter als angebliche Leiter der völkischen Bewegung die Kolonie verlassen.

"Wie Sündenböcke müssen sie die Sünder aller aus dem Lager tragen!" So sagte erbittert ein Befürworter der völkischen Bewegung.

"Wer Wind sät, wird Sturm ernten!" So sagte ein Gegner der Bewegung.

Zu mir sagte Jakob ganz einfach: "Der Sauerteig muss aus unser aller Herzen entfernt werden."

Die Gemeinde tat Buße. Ihr Bekenntnis war Daniel 9,5: "Wir haben gesündigt, Unrecht getan, sind gottlos gewesen und abtrünnig geworden; wir sind von deinen Geboten und Rechten abgewichen..." Wir bekannten uns wieder öffentlich und absichtlich zur Wehrlosigkeit. Nach und nach wurde wieder Einigkeit in der Gemeinde hergestellt.

Auch Jakob ging zu Johann Walde, um ihn um Vergebung zu bitten.

"Ich sollte mitgehen", sagte ich schuldbewusst. "Oder willst du auch mich in deine Bitte einschließen?"

"Ich werde für dich sprechen", sagte er.

Mit dem Zusammenbruch des Dritten Reiches im Mai 1945 musste auch der Rest der völkischen Bewegung in sich zusammenbrechen. Die Schlange, die wir im Gras verfolgt hatten, lag jetzt in ihrem eigenen Blut, tot, auf dem Sand. Tief enttäuscht begruben diejenigen ihre Hoffnungen, die von einem "Heim ins Reich" geträumt hatten.

Aber auch die, die gegen die völkische Bewegung protestiert hatte, fanden keine Genugtuung. Niemand konnte hier von einem Sieg sprechen. Gewiss hatte Jakob recht behalten, aber auch wir gingen aus dieser Prüfung gedemütigt hervor und zusammen mit der ganzen Kolonie trugen wir die Narben jener bitteren Jahre noch lange zur

Schau. Trotz aller öffentlichen Bußerklärungen und persönlichen Versöhnungen erfolgte nicht völlige Wiederherstellung. Vielleicht war das auch ganz unmöglich.

Das zeigte sich vor allem darin, dass wir uns schämten über diese Sache zu sprechen. Wir wollten vergessen und konnten es doch nicht. Und so versuchten wir die Sache einfach totzuschweigen. Vielleicht war das unter den Umständen auch das Beste. Auch der König David hat außer in seinem 51. Bußpsalm nicht mehr von seiner Sünde gesprochen. Vielleicht hätte er bei wiederholtem Erzählen die alte Lust wieder erstehen lassen. Auch wir schwiegen.

Die Scham, die ich bei der ganzen Sache empfand, hatte ich noch nie gekannt. Sie war weder die Erinnerung an jugendliche Naivität, noch das natürliche Herauswachsen aus der kindlichen Unschuld, sondern vielmehr das Wahrnehmen des Bösen in den verborgendsten Falten meines Herzens. Ich wusste, dass ich zum Hass und zur Gewalttat fähig war. Wie oft hatte ich in meinen Gedanken zornige Worte mit Mutter, Schwester, Schwager und Nachbar, ja sogar mit meinem Mann gewechselt. Nur langsam lernte ich, die Gefühle und die feindliche Einstellung zu verkraften. Nur die langsam dahinfließenden Tage und Jahre nahmen ihnen die Schärfe, nicht etwa irgendwelche heilige Regungen in mir.

Aber dieser Blick in mein eigenes Herz war auch irgendwie heilsam. Ich war nicht mehr so voreilig in meinem Urteil, so selbstsicher in meinen Entscheidungen. Auch ich war gewogen worden, und wäre ohne Gottes Gnade ohne weiteres als zu leicht erfunden worden.

27

Die Jahre, in denen die Kinder klein waren (und Mama auf einmal nicht mehr da) kann ich mir nicht mehr in der richtigen Reihenfolge ins Gedächtnis rufen. Freilich sind die Geburtstage der Kinder ganz klar geblieben. Auch das Aufwachsen der Kinder vollzog sich mehr oder weniger normal; aber die einzelnen Begebenheiten dieser Jahre laufen in- und durcheinander. Im Rückblick auf diese Jahre will es mir so scheinen, als ob ich immer müde war.

Natürlich fehlte mir Mama sehr, als sie zu meiner Schwester zog. Erst als sie nicht mehr da war, merkte ich, wie viel Arbeit sie mir abgenommen hatte. Ich lernte aber auch, ohne sie auszukommen. Ich fuhr sogar fort, meine Blumen zu pflegen, obwohl ich dabei oft die letzten meiner Kräfte hergeben musste.

Gretel, nach meiner Mutter genannt (wir riefen sie übrigens immer Gretchen), so wie Tina nach Jakobs Mutter genannt worden war, war nur ein Jahr jünger als ihre

Schwester. Hatte ich vor einigen Jahren um wenigstens ein Kind gerungen, so hatte ich jetzt drei kurz nacheinander. (Immer war ich die Unberechenbare!) Nach zehn Monaten, noch ehe ich von der letzten Schwangerschaft zu vollen Kräften gekommen war, erfolgte eine Fehlgeburt.

Dann ergriff uns beide, Jakob und mich, das Malariafieber. Das war eine schwere Zeit, denn meine Hausfrauen- und Mutterpflichten zwangen mich, früher als für mich gut war, das Bett zu verlassen. Die Kinder mussten versorgt werden; Haus und Hof mussten in Ordnung gehalten werden und auch bei der Feldarbeit bedurfte Jakob meiner Hilfe. Da hieß es dann, den ganzen Tag zu laufen, bis die Kinder im Bett waren. Dann gab es einen Haufen Näh- und Flickarbeit zu verrichten, bis mir die Augen vor Müdigkeit zufielen.

An einem Abend nach so einem Tag, lag ich auf meinem Feldbett und fing an, leise zu schluchzen. Gleich war Jakob neben mir und legte seine Hand auf meinen Arm.

"Was ist los?" fragte er besorgt und teilnahmsvoll.

"Ich bin völlig erschöpft; das ist alles."

"Aber was fehlt dir sonst?"

"Gar nichts; ich bin nur so müde."

"Bist du wieder krank?"

"Nein, müde."

Er ließ mich weinen.

"Ich wünsche, ich wäre ein kleines Mädchen wie Tina oder Gretchen", sagte ich, noch immer in Tränen aufgelöst. "Dann könnte ich auf Mamas Schoß sicher und geborgen sein. Ich würde nicht merken, dass sie keine Zeit hätte, dass sie viel Arbeit hätte. Ich würde ihren Schoß und ihre Liebe ganz einfach als selbstverständlich hinnehmen, so wie meine Kinder es mit mir machen. Dann wäre ich geborgen."

"Komm, ich werde dich halten", sagte Jakob.

"Ich weiß", antwortete ich. Aber gerade jetzt wollte ich nicht als Frau von meinem Mann umarmt werden. Ich wollte nur ein Kind sein, sorglos und ohne Verantwortung; ohne die Pflicht für Mann und Kinder zu sorgen; ohne die Möglichkeit wieder schwanger zu werden. Wieder fingen meine Tränen an zu fließen.

"Was ist's denn, Anna?" wollte Jakob, ganz verwirrt, wissen.

Es war wirklich weiter nichts als Erschöpfung meinerseits. Da er das aber nicht gelten ließ, sprach ich von anderen Sachen, die unser Leben erschwerten.

"Wir sind so arm! Und wir machen wirtschaftlich keine Fortschritte. Heute habe ich den Garten gejätet. Ich konnte fast nicht mehr gerade stehen, aber ich beendigte die Arbeit. Aber hat das etwas geholfen? Die Schädlinge sind noch immer da, so auch die Dürre. Und in einigen Tagen ist auch das Unkraut wieder da. Stundenlang habe ich Nudeln gemacht. In zwanzig Minuten haben wir sie alle verzehrt. Heute habe ich Gurken eingemacht. Wie lange halten sie vor? Nur wenige Tage!"

"Aber Anna, wie haben die Nudeln uns geschmeckt! Was du machst, erfreut und nährt uns. Das ist gewiss nicht von kleiner Wichtigkeit. Gibt dir das nicht Freude und Genugtuung, wenn der Garten sauber und deine Familie ordentlich gekleidet und gut genährt ist?"

"Nicht wenn ich dauernd müde bin."

"Aber sonst?"

Seine Stimme war sanft und bittend, so dass ich trotz meiner Müdigkeit erweichte.

"Doch", antwortete ich. "Ja, es gibt mir Befriedigung, wenn ich eine Arbeit beendige. Ich mag nichts Halbes; und ich kann nun einmal nicht schlampig sein."

Nun ging auch Jakob ins Bett.

"Alles wäre ja leichter, wenn einem eine Sache etwas gleichgültiger sein könnte."

Jetzt musste Jakob lachen. "Ach Anna", sagte er, "du bist eine gute Frau und eine gute Mutter. Dir kann ja gar nichts gleichgültig sein."

Ich schwieg und dachte darüber nach. Eigentlich war ich gar nicht eine so gute Mutter. Ich war oft zu ungeduldig. Oft hatte ich nicht genug Zeit für die Kinder. Und ich wollte reich sein. Ich betete nicht genug. Ich war nicht demütig genug. Mein Temperament ging oft mit mir durch...

Da unterbrach Jakob mein Sinnen: "Ich liebe dich, Anna."

"Ich weiß es; ich liebe dich auch."

"Ist jetzt wieder alles gut?"

"Ja, Gute Nacht!"

Jakob kniete nieder und betete. Aber ehe er zu Ende war, war ich schon eingeschlafen.

Etwas später wachte ich auf, als ich Jakob zur Tür hereinkommen hörte. Draußen schien der Mond und Jakob trug die schneeweiße Blüte der 'Königen der Nacht', die wunderbare Kaktusblume, die sich nur bei sanftem Dämmerschein oder unter den weichen Strahlen des Mondes öffnet.

"Wo bist du gewesen?"

"Ich konnte nicht schlafen."

Ich war nun auch hell wach und bewunderte die Blume: "Sie ist wunderschön; herrlich, einfach herrlich!" Sogar in dem dunklen Zimmer, nur vom Mondlicht erhellt, glänzten die zarten Blumenblätter in hellstem Weiß.

"Ich fand sie fast wie zufällig hart am Zaun. Ich war nicht sehr vorsichtig beim Pflücken und habe mir eine kleine Kratzwunde geholt."

Da streckte ich meine Arme nach ihm aus zu einer intimen Umarmung.

Bald lebte ich wieder in Erwartung.

Aber auch diese Schwangerschaft sollte in einer Fehlgeburt enden. Es wäre unser zweiter Sohn gewesen.

Eine andere Erinnerung drängt sich mir auf.

Es war an einem Sonntagabend. Ich weiß schon nicht mehr, ob Gretchen damals klein war order unsere Jüngste, die Liese. Wir fuhren an einem Sonntagabend von einem Besuch in der Harbiner Ecke nach Hause. Jakob und ich saßen vorne auf dem Wagensitz, während die Kinder unter der Decke auf dem Wagenboden kauern mussten. Es war schwül und heiß, und die Kinder wollten nicht unter der Decke bleiben. Es sei doch nicht kalt, protestierte David.

"Ihr bleibt unter der Decke!" sagte ich streng. "Sonst seid ihr morgen voller Mückenstiche. Seht euch einmal die Schwärme an!"

Immer wieder musste ich die Mahnung wiederholen. Es war heiß und stickig unter der Decke. Ich hatte die Hände voll mit dem Säugling an meiner Brust. Rosita half mir nach Kräften mit den beiden Größeren, aber sie fingen an zu weinen.

Da stieg Jakob vom Wagen und holte von dem nahen Strauch zwei dünne Äste. Diese nahem Rosita und ich und versuchten damit die lästigen Mücken abzuscheuchen. Dabei fing ich an zu singen, obwohl die Mücken trotz aller Abwehr erbärmlich stachen:

Wenn sanft sich lagern Abendschatten
Über Wiese, Feld und Matten,
Vergeß ich meinen Kummer dann,
Vergeß ich meinen Kummer dann.

Ich mochte die einfache Weise mit der Oktave Schleife am Ende der dritten Zeile und sang weiter:

Wie die Stunden rasch entrinnen,
Geh'n Sorgen, Tränen, Gram von hinnen,
Und ein ew'ger Tag bricht an,
Und ein ew'ger Tag bricht an!

"Ich weiß nicht, ob ich das möchte", unterbrach Jakob meinen Gesang. "Ein ew'ger Tag? Ich würde den Abend und die Nacht vermissen."

"Bei dem Tag, von dem das Lied spricht, nicht!"

Bald schliefen die Kinder ein. Ich setzte mich wieder neben Jakob. Ein kühler Wind vertrieb das Ungeziefer und ein majestätischer Vollmond ging zu unserer Linken auf. Er schien so nahe zu sein, dass ich meinte, ihn berühren zu können. Ich schaute nun in das Gesicht meiner Kleinsten und sah den Mond in ihren weit geöffneten Augen sich widerspiegeln.

"Schau doch Jakob", flüsterte ich, "auch sie sieht den Mond. Für sie ist's das erste Mal und sie denkt wahrscheinlich in ihrem kleinen Gehirn: Was in aller Welt ist denn das?"

Ich brach in ein glückliches Lachen aus. "Das ist der Mond, mein Liebling", sagte ich. Leise fing ich an zu singen:

Guter Mond, du gehst so stille,
durch die Abendwolken hin;
deines Schöpfers weiser Wille
hieß auf deiner Bahn dich zieh'n!

Unter diesem Gesang schlief die Kleine bald wieder ein.

Jakob und ich unterhielten uns auf der ganzen Fahrt unter dem Schein des Mondes. Worüber? Wahrscheinlich über Saat und Ernte, über Rinder und Kinder; das was uns als Bauernpioniere am nächsten lag. Und doch gab uns so eine Unterhaltung Mut für den nächsten Tag. So ist's von eh und je gewesen.

Ich erinnere mich auch eines Sonntags im Frühling. Morgens auf dem Kirchgang merkte ich auf einmal, dass meine Müdigkeit von mir gewichen war. Abends holte ich die Kühe zum Melken. Es hatte geregnet, der süße Duft der "gelben Kätzchen" verbreitete sich. Die "Witwenholz" Büsche blühten ebenfalls und verschönerten die sonst graue Chacolandschaft.

Gretchen war damals zwei Jahre alt. Es war ein halbes Jahr nach dem Verlust des fehlgeborenen Jungen. Ich hatte den Winter überstanden. Mein Körper hatte sich erholt und ich war ganz gesund. Ich lief wie ein Kind hinter den Kühen her.

28

Fünfundzwanzig Jahre waren wir nun schon im Chaco gewesen. Jetzt wollten wir eine kleine Pause einlegen und das Silberjubiläum der Kolonie festlich begehen. Es war ein kalter überwölkter Tag. Ich saß in der überfüllten Kirche zwischen unserer jüngsten

Tochter, der siebenjährigen Liese, und meiner fünfundachtzigjährigen Mutter. (Obwohl sie selten in den Gottesdienst kam, war ihre Anwesenheit auf dieser Feier als eine der ältesten Pionierinnen eine Ehrensache.) Ich war etwas bedrückt. Ich versuchte dem Programm zu folgen, mich der vergangenen Jahre zu erinnern und darüber nachzudenken. Aber etwas war geschehen. Ich konnte mich nicht auf das Gesprochene konzentrieren, wie ich gerne mochte.

Was war's denn? An der anderen Seite unserer Quecksilberliese saß meine langjährige Freundin, Susi Fröse. Da unsere Ehrengäste, die Regierungsvertreter aus Asuncion, noch nicht gekommen waren, wurde unser Programm etwas verschoben. In dieser entstehenden Pause neigten Susi und ich unsere Köpfe zusammen und unterhielten uns flüsternd.

"Kornelius spricht davon, nach Kanada auszuwandern", flüsterte Susi.

Sie brauchte nichts mehr zu sagen. Susi und ihr verwitweter Vater, Wilhelm Fröse, wohnten noch immer auf ihrer ersten Hofstelle. Der jüngste Sohn, Abram, noch unverheiratet, verrichtete alle Arbeit. Kornelius, verheiratet, mit sieben Kindern, wohnte auf dem Nachbarhof; er war eigentlich der Wirt beider Höfe. Wenn er von Auswandern sprach, sprach die ganze Familie auch davon; das war klar. Wenn er auswanderte, würden sie alle auswandern.

"Ist's dein Ernst?" Ich war erschrocken.

"Trotz aller Verbesserungen und Fortschritte hier, bleiben immer noch der Nordsturm und die Hitze. Dagegen ist kein Kraut gewachsen."

Nur einen Augenblick lang musste ich daran denken, dass die Susi einmal um mich für ihren Kornelius geworben hatte; dann warf ich den Gedanken zur Seite. Aber die Susi war im Fahrwasser.

"Weißt du, was man allgemein sagt?" fuhr sie unbeirrt fort. "Man sagt, nur die Armen und die Dummen bleiben hier."

Sie sprach, als ob sie mir ein Geheimnis anvertraute, in der Meinung, ich müsste diese ganze Mitteilung als anvertrautes Gut schätzen; sie hatte aber keine Ahnung, wie tief sie mich mit dieser gedankenlosen Bemerkung verwundete. Ich fühlte mich in dem Augenblick verlassen und verstoßen. Inwendig zitterte ich wie ein verlassenes, verwaistes Kind.

Ich konnte aber nicht weiter auf ihr Geplauder eingehen, denn nun fing man doch mit dem Gottesdienst an, auch ohne die erwarteten Ehrengäste. Die Versammlung erhob sich; Leute räusperten sich und dann stimmten die Vorsänger den herrlichen Choral an:

Großer Gott, wir loben dich.

Herr, wir preisen deine Stärke!
Vor dir neigt die Erde sich
Und bewundert deine Werke.
Wie du warst vor aller Zeit,
So bleibst du in Ewigkeit.

Von ganzem Herzen sang ich mit. Aber als ich mich wieder auf die harte Kirchenbank setzte, empfand ich auf einmal Müdigkeit. Den ganzen vorherigen Tag hatte ich zusammen mit den anderen Frauen gearbeitet, das heutige Festessen vorzubereiten, und ich hatte nicht sehr gut geschlafen. Und nichts konnte man gegen den Nordsturm machen, und nur die Dummen und die Armen konnten das nicht begreifen!

Ich zwang mich zur Aufmerksamkeit, denn heute war doch ein wichtiger Tag. Fest legte ich meine Hand auf die kleine unruhige Liese, mit einem Blick, den sie verstand: "Ruhig, oder sonst!" schaute ich sie an. Ich ließ meine Hand fest auf ihrem Schenkel ruhen, während der Redner von fünfundzwanzigjährigen Veränderungen sprach. Ja, diese kleine blonde Siebenjährige war gewissermaßen das Symbol unserer mühsam gemachten Fortschritte.

Denn Liese war nicht zu Hause geboren worden, wie unsere anderen Kinder; auch nicht in dem ersten ärmlichen Krankenhaus der Kolonie - einer Patzenhütte mit Schilfdach, scheibenlosen Fenstern, Erdfußboden, primitiver Ausrüstung, ohne Sterilisationsanlage, ohne einen Arzt im Notfall. Nein, die Liese war in dem schönen, neuen Ziegelgebäude mit fünf Zisternen, elektrischem Licht, moderner Sterilisationsanlage, einer Zahnklinik, einer Apotheke und einem Laboratorium, zur Welt gekommen!

Das war am Ende einer großen Dürre gewesen. Darauf war ein langer achtmonatiger trockener Winter gefolgt. Damals, und später, 1950, hatten wir wieder einen furchtbaren Kampf mit den Heuschrecken gehabt. Aber dann hatte es schon wirksames Schädlingsgift gegeben, gegen die Heuschrecken und auch gegen andere Insektenplagen. Ein Agronom aus Nordamerika hatte eine Gras Art eingeführt, die wie geschaffen für unseren Chacoboden war. Wie würde das die Viehwirtschaft heben! Obwohl das Leben im Chaco immer noch ein harter Kampf war, könnte ich mir schon einen Landwirt als zukünftigen Mann für die Liese wünschen. Sie würde es schon viel leichter haben, als wir es in den letzten fünfundzwanzig Jahren gehabt hatten.

Und was wusste die Liese von Ochsen? Kaum noch ein Bauer in der ganzen Kolonie besaß ein Ochsengespann. Man brauchte nun schon Pferde. Man hatte eine Pferderasse entwickelt, die dem Chaco angepasst war. Und die Kolonie war auch in dem Besitz mehrerer Lastkraftwagen, mit denen man unsere Produkte schneller und sicherer zum Markt bringen konnte. Die Landstraßen wurden ständig verbessert; man sprach von einer Transchaco Ruta, die uns direkt mit Asuncion verbinden würde. Die Kolonie hatte eine moderne Baumwollentkernungsanlage; unser Oberschulze war in Nordamerika gewesen, um einen größeren Kredit für uns auszuwirken. Jawohl, wir hatten Fortschritte zu verzeichnen!

Aber die Dummen und die Armen und der Wind und die Sonne... Susis gedankenlose Worte waren wie Hammerschläge gewesen. Jede Familie, die den Chaco verließ, verursachte eine Art Krise. Als einmal eine Familie enttäuscht aus Kanada zurückkehrte, feierten Chaco-Patrioten einen kleinen Triumph. So nannte man die, die wie Jakob, nichts Schlechtes im Chaco sehen wollten. Aber andere waren doch wieder weggezogen nach Kanada, nach Brasilien, nach Deutschland, Argentinien oder nach Ostparaguay. Unaufhörlich, demoralisierend war dieser langsame Exodus. "Wer sind die nächsten?" war unsere ständige, ängstliche Frage. "Können wir unseren Nachbarn trauen, oder sind sie morgen auch auf und davon?"

Niemandem konnten wir trauen, wenn Susi, die stille geduldige Susi, nun auch vom Auswanderungsfieber angesteckt war.

Der Prediger erinnerte uns nun an unsere Ankunft in diese unwirtliche Gegend vor fünfundzwanzig Jahren. Einige Frauen hätten sich damals entmutigt hingesetzt und geweint, sagte er. Ich erinnerte mich meiner jugendlichen Begeisterung. Der Mut der Törichten hatte mich damals beseelt, dachte ich inngrimmig. Ja, die Frauen hatten damals geweint, aber nicht wir Backfische.

Während der Redner sprach, schaute ich auf meine eingebrannten Beine. Ich trug schwere Lederschuhe, die ich nur sonntags zur Kirche brauchte. Sie drückten die Füße, die sonst fast nur mit einfachen "Schlorren" den Chacoboden betraten. Wie weich und schön waren damals vor fünfundzwanzig Jahren meine Füße und Knöchel gewesen. Wie stolz war ich damals auf sie gewesen!

Wie viele hundert oder gar tausend Kilometer hatten diese Füße auf der Chacoerde zurückgelegt? Und doch war ich in fünfundzwanzig Jahren nie außerhalb der Koloniegrenzen gewesen. Vor meinem sechzehnten Lebensjahr hatte ich die halbe Welt umkreist; in den folgenden fünfundzwanzig Jahren hatte ich keinen Ort größer als unser Koloniezentrum gesehen.

Da lehnte Mama sich schwer gegen meine Schulter. Ihre Augen waren geschlossen. "Lass sie ruhig schlafen!" dachte ich bei mir selber.

"Und was hat uns durch die ersten schweren Jahre geholfen?" fragte der Redner rhetorisch im Kanzelton. "Unser Gottvertrauen", antwortete er, "das Mennonitische Hilfswerk; das Gefühl der persönlichen Freiheit, der freundliche Empfang des paraguayischen Volkes, das Wissen um das schreckliche Schicksal, dem wir entronnen waren."

"Und der Umstand, dass es keinen Ausweg gab!" fügte ich im Stillen hinzu; "und auch die Liebe." Ich war damals in dem Alter, in dem man anfängt, von Liebe zu träumen. Junge Männer fingen an, mich zu interessieren. Die Hoffnung auf die große Liebe beseelte mich damals. Gewiss gab es Enttäuschungen. Hier starb einer am Typhus; dort ging ein anderer in die Hauptstadt und kam nicht mehr zurück. Aber als Jakob in mein Leben kam, hörte die Sehnsucht auf. Sein stilles Wesen, sein unerschütterliches Gottvertrauen beruhigten mich. Seinetwillen war auch ich gern im Chaco. Freilich brauchte er auch meinen Humor und meine Energie. Wir ergänzten uns prächtig.

Jetzt sprach ein anderer Redner über unsere Errettung aus Moskau, von den verschiedenen Gruppen, die hier ansiedelten - Jakobs Gruppe war die letzte gewesen - von dem großen Sterben, von den Heuschreckenplagen und der Dürre. Ja, Gott war immer mit uns gewesen, wie damals mit seinem Volk Israel in der Wüste in der Wolken- und der Feuersäule.

In meinem Kopf summte spontan eine andere Weise:
Wir weilen bei dem Lebenswasser,
Weilen bei dem Lebenswasser,
Weilen bei dem Lebenswasser,
Weilen bei dem Lebensborn.

Ja, Gottes Gnade war Lebenswasser für trockenes, ausgedörrtes Land gewesen; sanfter Regen für Risse, Spannungen, Teilungen und den Verlust lieber Freunde, die wir im Laufe eines Vierteljahrhunderts erfahren hatten. Natürlich sprach man darüber nicht auf einer öffentlichen Feier, besonders, wenn noch Gäste von auswärts anwesend waren. Auch wenn Susi uns verlassen würde, Gott verlässt uns nicht! Gott ist überall.

Ich fing an, mein inneres Gleichgewicht wieder zu erlangen. Aber nun musste ich die quengelige Liese wieder fest anfassen. Sie konnte ihre Beinchen nicht still halten. Sie tat, als ob die Bank vor ihr ein Fußball wäre.

Endlich, kurz vor zwölf Uhr kamen die Gäste aus der Hauptstadt an. Das dadurch entstehende Geräusch weckte Mama auf. Sanft schob ich sie von mir ab, so dass sie wieder gerade saß.

Da sang der Männerchor ein russisches Lied, "Wir preisen dich!" Da sah ich, wie langsam Tränen über Mamas runzeliges Gesicht liefen. Da fingen auch meine Lippen an zu zittern, und ich musste mir die Augen wischen. Ich weinte, weil Mama Heimwehtränen vergoss, aber auch, weil ich auch die Worte verstand und sie das Bild der fernen Kindheitsheimat vor meinem Geistesauge erstehen ließen.

Susi und ich verließen zusammen die Kirche, Mama stützend. Als ob der lange Gottesdienst nur eine momentane Unterbrechung unserer Flüsterunterhaltung gewesen war, sagte sie: "Kornelius spricht noch nur davon. Es ist noch lange nicht sicher, ob wir auswandern."

"Nun, ich bleibe", sagte ich leichtfertig; "dann bleiben eben nicht nur die Dummen und die Armen hier!"

Einen Augenblick lang war die Susi ganz verblüfft. Dann errötete sie. "Aber dich habe ich doch nicht gemeint!" sagte sie etwas schuldbewusst.

Und dann geschah etwas ganz Komisches. Ich sah auf einmal eine Frau in den mittleren Jahren, irgendwie bekannt aussehend, mir entgegenkommen. Ihr blondes Haar fing an zu ergrauen, und doch lächelte sie und sah irgendwie jung und glücklich aus. Und dann merkte ich, dass ich in den kleinen Spiegel im Kircheneingang schaute. Das war für mich eine Offenbarung. Ich war trotz meiner einundvierzig Jahre, fünfundzwanzig davon im heißen Chaco verlebt, noch immer eine junge, schöne Frau, besonders wenn ich mich mit Mama oder Susi verglich. In zwei Jahren sollte es noch ein Silberjubiläum geben, unsere Silberhochzeit, meine und Jakobs, und ich war noch immer dieselbe Anna, die er als Achtzehnjährige geheiratet hatte -etwas korpulenter freilich- aber Jakob erwähnte das nie.

"Jakob!" rief ich ihm später in meinem alten Übermut zu. "Wir haben's geschafft!" Ich erzählte ihm von meiner Erfahrung mit dem Spiegel. Auch er lachte darüber. Natürlich freute auch er sich zu meiner Überraschung. Immer wieder musste ich lachen, wenn ich daran dachte. Nur unsere Kinder konnten nicht verstehen, was uns dabei so freute.

29

David wurde Lehrer, und zwar ein guter. Das hat mich nicht überrascht, denn schon als Knabe interessierte er sich für alles, was ihn umgab. Er fing Gürteltiere, Schildkröten, Schlangen und Eidechsen. Dann drehte er sie um und studierte sie. Er kletterte auf Bäume, nahm Zikaden zwischen seine Finger und fing Spinnen, um sie zu untersuchen. Er war ein leidenschaftlicher Leser, obwohl wir nur wenige Bücher hatten. Er war aber auch ernst veranlagt und absolut ehrlich, genauso wie sein Vater. So war's denn kein Wunder, dass er später auch Prediger wurde.

Die Einzelheiten seiner frühen Kindheit habe ich schon vergessen; seine ersten Schritte, die Kinderkrankheiten und seine ersten Schulerfahrungen, aber sein kindlich reines Gemüt und seine intensive Wissensbegierde sind unauslöschlich in meinem Gedächtnis geblieben.

An einem Abend beim Hereinbrechen der Dunkelheit -der westliche Himmel war noch rot gefärbt von den Strahlen der untergehenden Sonne, und ein heller Halbmond mit dem Abendstern standen am Himmel- durchsuchten Jakob und ich mit unserem damals zwölfjährigen David unsere Felder und das Gebüsch nach einer Kuh, die kalben sollte. Wir fanden sie bald, zusammen mit dem Kalb, und machten uns zufrieden auf den Heimweg. Zuerst aber setzten wir uns, um etwas auszuruhen.

Wir hörten auf den Wind, wie er die Blätter der Paratado- und der gelben Quebrachobäume in der Nähe bewegte, wie auch die des Urundeybaumes, unter dem wir saßen. Leise flüsterte er, und sein Säuseln schien dieselbe geheimnisvolle und melancholische Sprache zu reden, wie die, die Jakob und ich in anderen Weltteilen gehört hatten - die des unaufhörlichen Plätschern der Wellen in einer Meeresbucht oder des Rauschens eines Stromes auf seinem Weg ins Meer. Aber David kannte nur diese Stimmen im Chaco. Noch nie hatte er einen Zug gesehen, noch eine majestätische Bergspitze, oder einen Fluss, einen Tannenwald oder ein Schiff. Aber er schien das alles nicht zu vermissen. Er träumte von Welten jenseits der unsrigen und hatte eine Unmenge von Fragen.

"Papa", fragte er jetzt, "wie kann das Leben immer weitergehen ohne Ende; auch nach unserem Tode? Ich kann das nicht verstehen, kannst du?"

"Nicht alles."

"Und wie kann der liebe Gott immer da gewesen sein? Ich möchte wissen, wie er auf einmal da war."

"Das ist schwer zu verstehen", antwortete Jakob, "wir können's nicht."

"Ich versuche in meinem Sinn bis zum allerersten Anfang zurückzugehen."

"Du musst nur glauben, dass Gott immer da gewesen ist."

Freilich waren dies typische Kinderfragen, aber David saß noch lange in tiefen Gedanken versunken.

"Aber Gott hat doch alles wunderbar geschaffen und geordnet, nicht wahr, David?"

"Ja."

Dann wandte er sich einem anderen Gebiet zu.

"Bitte erzähle mir wieder etwas von Russland, Papa."

Und dann erzählte Jakob ihm von der Molotschna und Chortitza, von Moskau und dem Amur, von Harbin und Riga, von allen unseren Gärten Eden, Ägypten und den Roten Meeren unserer Vergangenheit; von unseren verriegelten Paradiesen, unseren Stationen des Heils. Ich schwieg und hörte mir Davids Fragen an. Was ging wohl durch seinen Sinn beim Anhören der Erzählungen und Schilderungen ferner Ortschaften und vergangener Zeiten? Konnte er sie sich wirklich so vorstellen, wie wir sie erfahren hatten?

Der Schrei einer Nachteule erschreckte uns momentan; dann aber mussten wir darüber lachen. Wieder hörten wir den nächtlichen Schrei zittern, als ob die Eule einen Stein auf ihrer Zunge hatte.

Beim Gang nach Hause sagte David: "Wie ist doch der Chaco so wunderbar und so still."

Ja, er war ganz seines Vaters Sohn. Beide fanden die Chacolandschaft schön.

Davids bester Freund war Theo Walde, der einzige Sohn von Leni und Johann Walde. Die beiden Jungen hielten den schmalen Fußpfad zwischen unseren Höfen glatt und frei von Unkraut.

"Immer scheint etwas zwischen uns und Waldes zu sein", bemerkte ich eines Tages zu Jakob, nachdem Johann uns gemeldet hatte, dass er eines unserer Rinder in seinem Kafir Feld gesehen hatte, "und doch sind unsere Jungen unzertrennlich."

"Ja, es beschämt uns, dass die nächste Generation nicht die Sünden der Eltern verewigen will", antwortete Jakob darauf.

Theo war ganz wie sein Vater, gesprächig, um nicht zu sagen geschwätzig, ein unverbesserlicher Besserwisser, immer selbstbewusst im Auftreten wie im Sprechen. Wenn die Dorfjungen zusammen waren, merkte ich, wie David seinen Freund geschickt herausforderte und dieser dann mit einem Witz antwortete, der immer große Heiterkeit hervorrief. Auch David kannte schon die schwachen und die starken Seiten seines Freundes.

Eines Tages -es muss im Jahre 1957 gewesen sein, dem Jahr, in dem David anfing Lehrer zu sein- sagte er zu mir: "Theo geht nach Kanada, Mama." Um ihn lagen Bücher, und ich hatte ihm eben geraten, eine kleine Pause beim Studieren einzulegen und hatte ihm ein Glass Pampelmusensaft gebracht.

"So? Und…"

"Ein reicher Vetter seines Vaters wohnt dort; er wird ihm das Reisegeld vorstrecken. Es heißt, er mache eine Besuchsreise, aber er hat mir gesagt, dass er drüben sogleich um seine Einwanderungspapiere wirken wird. Er bittet mich, mitzukommen."

"Und?"

"Ich habe ihm gesagt, dass wir nicht genug Geld zu einer Kanadareise haben. Aber du hast doch einen Bruder in Kanada, Mama?"

"Ja, aber er ist nicht wohlhabend. Er hat Oma gebeten hinzukommen. Einmal hat er auch angedeutet, dass er uns helfen würde, wenn wir hinüberwollten, aber…"

"Theo hat mir angeboten, mir die Reise vorzustrecken, sobald er sich etwas emporgearbeitet hat."

"O!" Der Theo ist mit seinen Angeboten immer noch großzügig gewesen, musste ich für mich feststellen. Genau so freigiebig wie ein Hof-Hahn mit seinem Krähen.

"Theo sagt, wir im Chaco sind wie kleine Fröschlein in einem trockenen Brunnen, die nur hinauf starren können. Er sagt, es gäbe hier keine Zukunft für uns."

"Fröschlein?" wiederholte ich, halb belustigt, halb irritiert. Was für ein blöder Ausdruck! Ich versuchte meinen Ärger aber zu verbergen. Nur selten war David mir gegenüber so offen. Ich wollte gerne noch mehr von ihm hören.

"Theo sagt, Kanada sei das Land der unbegrenzten Möglichkeiten. Er meint, alle Klugen werden Paraguay verlassen."

Wo hatte ich den Ausdruck schon einmal früher gehört? Ein leiser Seufzer entfuhr mir. "Willst du denn auch nach Kanada?"

David zögerte etwas mit der Antwort, langsam den letzten Saft schlürfend. "Nein", sagte er dann bedacht, "nein, mein Platz ist hier im Chaco. Ich stehe vor meiner Lehrerprüfung; das ist keine Zeit ans Auswandern zu denken. Bis auf weiteres bleibe ich hier."

Drei Monate später standen David und ich auf dem Flughafen der Kolonie. Ich wollte von Theo Abschied nehmen, da er doch so oft in unserem Hause mit David verkehrt hatte. Ich wollte aber auch in dieser Stunde mit David sein.

Theo trug einen Hut und eine neue Bluse. Er winkte in seiner selbstsicheren Art seinen Freunden zu, umarmte seine Eltern etwas nachlässig und verschwand dann in dem Rumpf der DC-3-Maschine. Noch ein letztes Winken, und das Flugzeug hob sich, um in wenigen Minuten hinter den Wolken zu verschwinden. David und ich gingen nun nach Hause. Wir wohnten jetzt in dem Koloniezentrum.

David sagte nicht viel, aber ich konnte seine Gedanken erraten. Theo war ihm und ihren gemeinsamen Plänen gewissermaßen untreu geworden. Freilich waren ihre Pläne nach Kinderart übertrieben gewesen, aber Theo hatte nicht einmal den verborgenen Kern dieser Pläne ernst genommen.

Ohne Zweifel beneidete David auch seinen Freund. Dieser würde nun reisen, fremde Länder sehen, viel Geld verdienen, während unser Sohn in der beschränkten Welt des Chaco blieb, wo nur die Sterne an eine andere Welt als die des paraguayischen Hinterlandes erinnerten. Theo flog leichten Herzens davon, während David mit seinem Verantwortungsbewusstsein, seiner Hingabe und seiner Loyalität bleiben musste. Jakobs Hingabe an den Chaco war auch ihm in Fleisch und Blut übergegangen. Daran konnte ich nichts ändern.

"Wirst du ihn vermissen?" fragte ich vorsichtig.

"Ich weiß nicht."

"Wird er dir schreiben?"

"Er sagte, er würde, aber mir ist das eigentlich egal."

Griff mich Theos Auswanderung am Ende tiefer an als ihn?

Und dann verliebte sich David mit Käthe Walde. Wann würden wir endlich einmal von den Walde's loskommen? Unsere Beziehungen zueinander waren seit dem Bruch in den 1940er Jahren zwar korrekt und höflich, aber keineswegs herzlich gewesen, denn ganz konnte die bittere Erfahrung nicht ausgelöscht werden. Es war leichter, sich in getrennten Kreisen zu bewegen, als vergebens versuchen, das alte Verhältnis wiederherzustellen. Aber wie konnten wir uns fern bleiben, wenn unsere Kinder uns immer wieder zusammenbrachten?

Aber ich machte mir auch Sorgen über das Glück unseres Jungen. Was sah er nur in dieser jüngsten Tochter Johanns und Lenis? Von klein auf war sie ein richtiger Wildfang gewesen. Ihr braunes Haar trug sie nachlässig im Nacken zusammengeknotet, kaum gepflegt, wie andere Mädchen ihres Alters es machten. An ihrer ganzen Erscheinung war nichts, das sie mir anziehend machte.

Freilich war sie intelligent und lernte leicht. Sie war ein Jahr jünger als David und war seine Mitschülerin im Lehrerseminar. Als ich merkte, dass David sich für sie interessierte, fielen mir frühere Ausdrücke ein: "Die Käthe scheint schüchtern zu sein, aber wenn sie in der Klasse vorträgt, ist sie wie verwandelt. Sie wird noch einmal eine ausgezeichnete Lehrerin werden." Ein anderes Mal sagte er bewundernd: "Sie weiß beinahe so viel über die Flora und Fauna des Chaco wie ich."

Das konnte ich schon glauben. Schon als Kind lief sie den Hühnern nach, spielte mit dem Hund in Feld und Gebüsch, kletterte auf die Bäume, wo man sie kaum finden konnte. Ein richtiger Wildfang war sie; nie blieben ihre Zöpfe geflochten. Und am liebsten spielte sie allein, nur selten mit unserer Tina oder den anderen Dorfmädchen.

Ich befolgte Jakobs Rat, sie gewähren zu lassen, und wenn Käthe zu uns kam, versuchte ich einen Gefallen an ihr zu finden. Beim ersten Besuch, machte es sich so, dass wir zwei einige Minuten lang allein in der Küche waren. Ich war etwas befangen. Dann sagte Käthe auf einmal: "Ich verstehe eigentlich gar nichts von Kochen und Backen."

Das wollte ich schon glauben. Mit so vielen älteren Töchtern hatte Leni Walde die Jüngste, die Käthe, ganz vernachlässigt. Nun war sie hilflos in der Küche.

Aber ich ließ sie meine Missbilligung nicht merken. Ich sagte nur lächelnd: "Wenn der David später allzu mager wird, darf ich ihm dann einmal ab und zu etwas zum Essen bringen?"

Kichernd antwortete sie: "Aber natürlich!"

Eine kleine Annäherung hatte stattgefunden.

Leider machte Käthe sich aber keine Mühe, sich uns zu nähern. Sie blieb still und schüchtern an Davids Seite, interessierte sich nur für ihn. Wir anderen gingen sie scheinbar gar nichts an. Dieses Gefühls konnte ich mich nicht erwehren.

Als David wissen wollte, was für einen Eindruck Käthe auf uns gemacht hätte, sagte ich nur: "Du wirst vieles mit ihr durchsprechen können, weil ihr ja denselben Beruf habt."

Und so verliebten sich die beiden und rechneten mit Verlobung. Sie besuchten sich sehr oft und wechselten jeden Tag Briefe. Ich fand das überspannt, aber Jakob, der in anderen Sachen so streng sein konnte, blieb in diesem Fall überraschend tolerant.

"Lass sie machen!" sagte er nur.

Drei Wochen vor der geplanten Hochzeit saß David eines Tages an seinem Schreibtisch und schrieb seinen täglichen Brief an seine Braut. Ich war gerade beim Backen, wozu ich etwas Zucker bedurfte. Er bot sich an, ihn zu holen. Nachdem er aus dem Hause war, hatte ich auf einmal ein unwiderstehliches Verlangen, den nicht beendeten Brief zu lesen. Ich war allein im Hause und konnte der Versuchung nicht widerstehen. Ich merkte mir die genaue Lage des Briefbogens, den er nur etwas unter ein Buch geschoben hatte, hob ihn auf und fing an zu lesen. Die Handschrift war uneben, als ob er sehr schnell geschrieben worden war.

Meine liebe Käthe!

Wieder schreibe ich Dir, um Dir zu sagen, wie sehr ich mich nach Dir sehne, wie gerne ich mit Dir sprechen möchte. Die Tage sind so lang und leer, wenn ich keine Aussicht habe, abends Dich zu sehen. Ich fürchte mich schon vor der nächsten Woche, wenn ich allein im Dorf sein werde, und Dich nicht einmal zu sehen bekommen werde. Aber ich werde unser Haus vorbereiten und dabei nur an Dich denken. Nun sind es schon nur drei

Wochen, bis zu der Zeit, in der wir immer zusammen sein dürfen. Nie wollen wir uns trennen. Immer wieder muss ich daran denken, wie schön Du bist, wie zart Deine Haut ist. Dann möchte ich nicht nur an Dich denken, sondern Dich ganz, Deine ganze Person um mich haben. Aber wir müssen warten. Bald darf ich Dich in meinen Armen halten und wissen, dass Du ganz mein bist, vor Gottes und vor Menschen Augen.

Wir wollen in allen Dingen zusammenarbeiten, nicht wahr, auch nachdem wir Kinder haben. Ich helfe Dir mit den Kindern, im Haushalt und auf dem Hof, und Du hilfst mir bei meiner Schularbeit. Du kannst mir Rat geben und mir Vorschläge machen. Herrlich wird es sein, meine Pläne und meine Ziele in dem Bildungswesen unserer Kolonie mit jemandem, der mich versteht, zu teilen. Zusammen wollen wir unserem Volk nach bestem Wissen und Können dienen. Immer habe ich mir so einen Partner gewünscht, und doch war ich so angenehm überrascht, als ich Dich richtig kennen und lieben lernte. In der Klasse bist Du immer die erste, die ein Konzept begreift und Verständnis für eine Sache zeigt. Nur musst Du nicht so schüchtern sein.

Ich wusste, dass ich nicht weiter lesen sollte, aber ich konnte nicht aufhören.

Alle diese Jahre sind wir zusammen in dieselbe Schule gegangen und waren uns vollkommen gleichgültig. Weißt Du, was ich am klarsten von Dir aus jener Zeit behalten habe? Ich war bei Euch, wahrscheinlich mit Theo, und da sah ich Dich mit einer Schildkröte auf deinem Schoß. Du hast das Tierchen gestreichelt und zu ihm gesprochen. 'Ach lass sie doch,' sagte Theo damals. 'Sie ist ein bisschen doof - spricht zu Tieren, als ob's Menschen wären!' Ach Käthe, heute muss ich darüber lächeln. Genauso lieb und zart und kindlich bist Du heute noch. Auch heute sprichst Du noch von Tieren, die Du auf unserem Hof halten willst. Bei Dir wechseln Gedanken und Stimmungen wie Wolken an einem Sommertag. Wie liebe ich Dich, meine Käthe!

Aber eines hat mir seit Sonnabend einige Sorgen gemacht. Du sagtest, dass Dein Vater mich nicht gerne hat, dass er sich nicht zu unserer Verlobung gefreut hat. Das macht mir Bedenken, Käthe, nicht weil das unser Glück beeinträchtigen könnte, aber weil es Dich so niedergeschlagen hat. Bitte, mache Dir doch keine Sorgen darüber. (Es ist ja nichts anders, als wenn Du meinst, dass Mama Dich nicht möge. Du nimmst ja ihr auch den einzigen Sohn; das fällt ihr schwer, aber Mama wird sich schon darein fügen; sie kann so etwas gut verkraften.) Du musst nur daran denken, dass wir bald nur einander gehören werden. Was kann's uns dann schaden, was andere über uns denken? Ich kann unseren Hochzeitstag fast nicht abwarten. Dann können wir alles durchsprechen, uns ganz und gar kennenlernen und brauchen uns um kein Gerede anderer zu kümmern.

Jedes Mal wenn ich von Dir Abschied nehme, habe ich das Gefühl, dass wir damit noch nicht einmal begonnen haben. Du bist mir ein süßes Geheimnis und ein ständiges Wunder. Aber bald bist Du mein, und du brauchst dich dann nicht mehr aus meiner Umarmung zu lösen und auf den Baum in der Allee zu klettern. Hast Du das wirklich schon zweihundertmal getan? Ja, ich will's Dir glauben, so etwas zählst du ganz genau. Ach Käthe, Du bist manchmal noch ein richtiges Kind, dass ich einfach lachen muss. Dann aber möchte ich Dir nach auf den Baum; ich möchte Dich nie mehr vom Baum steigen lassen, bis Du ganz mein bist und…"

Hier hörte das Schreiben auf. Ich war schuldbewusst und von der Aufregung ganz mit Schweiß bedeckt. Obwohl ich sehr schnell las, hatte ich das Gefühl dass diese Zeilen unauslöschlich in mein Gedächtnis gebrannt waren. Vorsichtig legte ich den Briefbogen an Ort und Stelle. Meine Neugierde war gestillt; ich konnte ihm nicht zürnen, denn ich hatte ja kein Recht, mich auf diese Weise in eine vertrauliche Sache einzumischen. Zu Recht oder zu Unrecht; ich hatte verdient, was ich jetzt fühlte.

Gleichzeitig bangte ich um meinen Jungen. Dunkel ahnte ich die Leiden, die diese Ehe ihm verursachen müsste. Irgendwie hatte ich das Gefühl, dass er zu jung für die dunklen Geheimnisse geschlechtlicher Leidenschaften sei. Und doch konnte ich ihn an Hand dieses Briefes nicht warnen; ich war dort eingetreten, wo niemand, auch nicht die Mutter ein Recht hat einzutreten. Und so konnte ich ihm auch als Mutter das Herzeleid, das ich dunkel bei dieser Ehe ahnte, nicht sparen. Oder waren meine Sorgen ohne Grund? Ich hatte einmal mit achtzehn Jahren fast unwissend geheiratet. Konnte ich denn meinem Sohn nicht dasselbe Vertrauen schenken, das meine Eltern mir damals gaben?

Trotz allem hätte ich alles drangegeben, um dem furchtbar tragischen Ende ihres Liebesverhältnisses vorzubeugen. Zehn Tage vor der geplanten Hochzeit ertrank Käthe.

Ich war gerade beim Schlafengehen, als ich Davids Stimme auf dem Hof vernahm. Draußen quakten die Frösche in den von dem vielen Regen der letzten Woche gefüllten Pfützen und Gräben. Inmitten dieser Frühlingsmelodie hatte ich nicht besonders auf seine Stimme geachtet. Eigentlich erwartete ich ihn noch nicht zu Hause. Er wollte seine Braut im Dorf besuchen und später zu Fuß nach Hause kommen. Dann kam Jakob herein und sagte, dass Käthe ertrunken sei. Prediger Rahn habe David mit dem Wagen nach Hause gebracht.

Ich wollte sogleich zu meinem Jungen.

"Lass ihn, Anna", sagte Jakob, "ich habe schon mit ihm gesprochen."

Aber ich hörte nicht auf ihn. "Keine Sorge, Jakob", antwortete ich. "Du glaubst doch nicht, dass ich Blödsinn schwatzen werde!"

Bei Davids Zimmertür war kein Spalt Licht zu sehen.

"David, bist du schon im Bett?"

"Ja."

"David?"

"Ich bin gefasst, Mama. Wir sprechen morgen darüber."

"Gute Nacht, David."

Ich ging zurück in unser Schlafzimmer. "Ich musste ihn doch wissen lassen, dass ich's weiß!"

"Man hat sie in dem Teich gefunden, hinter dem Streifen Gebüsch, der den Waldes gehört. Vielleicht ist sie einem Tier nachgelaufen. Sie hat kürzlich von Reihern gesprochen, die sich in dem Teich aufhalten. Schwimmen kann sie nicht sehr gut. Sie hatte alle ihre Kleider an."

"Wer weiß das alles? Wer hat sie aufgefunden?"

"Johann."

Hastig wandte ich mich um und stand vor Jakob beim Fenster. Mir fiel auf einmal etwas ein. "Jakob", flüsterte ich ängstlich. "Sollte Johann das getan haben?"

"Anna, was sagst du da?" flüsterte er erschreckt zurück. Aber er rührte keinen Muskel. Seine Augen waren starr auf den mondbeleuchteten Garten gerichtet. Dann:

"Gerüchte werden schon wie Federflaum verbreitet werden. Wir wollen unseren Teil nicht dazu beitragen... Anna?"

"Ja?"

"Versprich mir, dass Du zu niemandem so etwas wiederholst."

"Ich werd's nicht tun!" versprach ich ihm.

"Armer, armer David", stöhnte ich in mein Kissen.

"Es ist furchtbar für ihn", sagte Jakob.

"Und nun gibt's ein Begräbnis statt einer Hochzeit?"

"Morgen um zehn Uhr."

*

David war in einem der entfernteren Dörfer Lehrer und konnte nicht sehr oft nach Hause kommen, aber jeder Besuch erinnerte uns daran, dass er noch immer trauerte; er war blass, still und tief unglücklich.

"Warum musste gerade ihn so etwas treffen?" war meine gequälte Frage an Jakob.

Da zeigte mir Jakob einige Verse, die er in den Klageliedern Jeremias gefunden hatte: "Es ist ein köstlich Ding einem Mann, dass er das Joch in seiner Jugend trage, dass ein Verlassener geduldig sei, wenn ihn etwas überfällt... Denn der Herr verstößt nicht ewiglich; sondern er betrübt wohl, und erbarmt sich wieder nach seiner großen Güte."

"Soll ich sie ihm zeigen?" fragte er.

"Ja, sie enthalten gute Ratschläge", antwortete ich.

Aber ich nahm mir vor, mit meiner Freundin Susi zu sprechen (sie war mit ihrer Familie doch nicht ausgewandert); vielleicht hätte sie einen Rat für uns und unseren tief betroffenen Sohn. Als sie mir bald darauf half, unser Haus von innen mit weißer Tünche anzustreichen, hatte ich dazu Gelegenheit. Sie hatte nicht geheiratet und verdiente sich auf solche Weise etwas Geld.

Nachdem wir über alle möglichen Sachen gesprochen hatten, nahm ich mir ein Herz und fragte ganz direkt:

"Susi, wie bist du damals -als junges Mädchen- mit der schrecklichen Vergewaltigung in Russland fertig geworden?"

Vorsichtig tauchte Susi ihren Tünch-Pinsel in den fast leeren Eimer und schaute mich etwas ängstlich an. "Du weißt... du weißt das also?"

"Ja, ich war dabei, als dein Vater uns den Vorfall erzählte."

"Das hat er getan?"

Also war Susi unter dem Eindruck, dass niemand darum wusste?

"Ach, Susi", sagte ich. "Wie leid tust du mir! Ich hätte nicht davon sprechen sollen."

"Ach, lass schon gut sein. Es tut ja nichts zur Sache. Ich selber denke kaum noch daran. Es ist ja schon so lange her." Sie strich mit ihrer schwieligen Hand über ihre Stirn. "Ich habe aber wirklich nicht geahnt, dass du um die Sache gewusst hast."

"Meine liebe Susi, wie leid tust du mir!" Ich ging hinaus um mehr Tünche zusammen zu rühren. Sie kam mit mir.

"Höre, Anna, es macht mir wirklich nichts. Ich denke nicht mehr dran. Ich war nur überrascht, dass du davon wusstest."

"Ich denke aber oft daran; jedes Mal, wenn ich dich sehe."

"Warum?"

"Mir kommt die Sache so schrecklich vor; und wie musst du gelitten haben! Ich staune nur immer wieder, wie du so ausgeglichen und so sanft und freundlich sein kannst. Wie konntest du jemandem vergeben, der dir so namenloses Leid zugefügt hat?"

"Ich weiß nicht", antwortete Susi mit tonloser Stimme. "Ich brachte das Opfer für meine Mutter; nur so konnte ich das Furchtbare ertragen."

"Für deine Mutter?"

"Ja, die Bestien überfielen ja jede Frau, ob jung oder alt. Meine Mutter hätte das nicht überlebt. Ich war froh, dass ich da war, ihr das zu ersparen."

"Aber für dich…war's nicht schrecklich?"

"Natürlich, aber ich war jung. Ich konnte mich davon erholen. Es ist ja schon so lange her. Ich war noch biegsam und geschmeidig." Hier schaute sie mich scharf an, dass ich das letztere nicht irgendwie missverstehen sollte. "Mutter war alt -schien mir damals wenigstens alt zu sein- und ich dachte, ich müsste alles in meinen Kräften tun, um ihr das Furchtbare zu ersparen. Es war schon schrecklich genug, dass sie alles von hinter der Tür mit anhören musste. Gott gab mir die Kraft, das Opfer zu bringen. Er hat mich eben so geschaffen…"

Nach einer Pause sagte sie: "Aber Mutter hat viel geweint. Über alles, wollte es mir scheinen."

Wir gingen wieder an die Arbeit.

"Wie kann ich unserem David helfen?" fragte ich nun.

Susi seufzte. "Ich weiß es nicht." Langsam führte sie den Pinsel mit gemessenen Bewegungen. Die Tünche schien zuerst die Wand nur anzufeuchten. Aber wenn die Feuchtigkeit verschwand, blieb das scharfe reine Weiß zurück.

"Erinnerst du dich noch an den Herrn Kroeker, der hier ein Studium über die Mennoniten im Chaco machte. Später soll er wohl noch ein Buch geschrieben haben."

"Ja", murmelte Susi.

"Als er in der Schule war, befreundete er sich mit unserem David. Aus Neugierde hat David ihm viele Fragen gestellt, und da hat Herr Kroeker ihm vieles erzählt. Einmal kam er zu uns -weißt du's noch?- ich war so befangen. Er hat aber nur den ganzen Hof mit David und Jakob besichtigt und konnte schon nicht zum Essen bleiben, nach all den Vorbereitungen, die ich getroffen hatte!"

Susi schwieg. Ich fuhr fort: "David hat ihm damals gesagt, dass er noch nie einen Stein gesehen habe. Dann ging Herr Kroeker nach Ostparaguay, kam aber auf einen Besuch zurück. Als wir an einem Sonntag zur Kirche kamen, sah David sein Auto. Er wurde ganz aufgeregt, und als wir ihn fragten, was los sei, sagte er: 'Herr Kroeker hat mir versprochen, mir einen Stein mitzubringen. Er sagte, es sei nicht recht, dass ein Junge ohne Steine aufwachse. Ein Stein sei scheinbar ein totes Wesen, aber wenn man ihn aufmerksam betrachte, sei doch Leben drin.' Alles dieses sagte David, während wir noch auf dem Wagen saßen. Sobald wir angekommen waren, ging er zu Herrn Kroeker, reichte ihm die Hand und fragte: 'Haben Sie mir einen Stein mitgebracht?' Ich wusste kaum, wie ich meine Verlegenheit verbergen sollte. Erwartete er denn, dass Herr Kroeker einen Stein in der Tasche seines Sonntagsrocks tragen würde?"

Susi schwieg noch immer. Ich erzählte weiter. "Natürlich hatte Herr Kroeker ganz davon vergessen. Aber das Folgende hätte er sich ersparen können. Mit lauter Stimme sagte er zu den Umstehenden: 'Dieser Junge hat noch nie einen Steine gesehen, und da hab ich ihm versprochen, einen mitzubringen. Mein Junge, ich hab' ganz davon vergessen!' Gutmütig klopfte er ihm auf die Schulter. 'Ich habe eben an so viele andere Sachen zu denken!' Alle mussten lachen. Niemand meinte es bös, aber David ist so sensibel. Er wurde über und über rot. Dann sagte Kroeker noch zum Überfluss: 'Nun, mein Junge, du wirst eben ohne Steine aufwachsen müssen.' Natürlich war es nicht unfreundlich gemeint, aber Davids Enttäuschung und sein Schmerz hätte ihm nicht entgehen sollen. Obwohl unser Junge versuchte, sich nichts anmerken zu lassen, wusste ich nur zu gut, was bei ihm innerlich vorging."

"Herr Kroeker soll sehr viel Gutes über uns und den Chaco geschrieben haben", sagte Susi nun.

"Ja, das habe ich auch gehört… aber weißt du Susi, den Blick der inneren Wehmut, den ich damals bei David merkte, sehe ich jetzt wieder. Wenn ich nur etwas tun könnte! Wenn ich ihm doch helfen könnte!"

"Das kannst du nicht", sagte Susi nun. "Du kannst nur für ihn beten."

"Das tu ich doch jeden Tag."

"Das ist zunächst alles, was du tun kannst. Das Übrige muss er selber wollen und schaffen."

"Es fällt ihm so schwer", protestierte ich.

"Ja, natürlich. Er tut uns allen leid. Aber die Zeit der Trauer wird vorübergehen."

"Ich kann's fast nicht aushalten", rief ich. "Wenn ich ihn so leiden sehe, werde ich selber krank. Wenn ich doch etwas tun könnte." Susi setzte sich, nahm ihre Brille ab und legte ihre Hände über ihre Augen. "Vielleicht hat meine Mutter genauso gelitten wie ich. Vielleicht habe ich ihr gar nichts erspart."

Dann fuhr sie nachdenklich fort: "Aber du bist stark, Anna. Auch David ist stark. Er ist erwachsen."

Ich bereitete nun einen kleinen Imbiss. Wir tranken kalten Kaffee. Dann fuhr ich vertraulich fort -ich hatte ja schon so intim mit Susi gesprochen- indem ich sagte: "Ich habe auch einen inneren Kampf zu führen. Ich war eigentlich immer gegen diese Verbindung. Ich hatte irgendwie das Gefühl, dass ich Käthe und David nicht glücklich miteinander sein würden. Jetzt ist sie tot; und irgendwie bin ich froh, dass die Ehe nicht zustande kam, aber sein Herz ist gebrochen. Jetzt ist er ohne sie todunglücklich. Ach, könnte ich doch verstehen, warum es so kommen musste, warum er sich überhaupt in sie verliebte. Das quält mich. Ach Susi, ich wünsche ich könnte alles Leid für ihn tragen. Es wäre leichter, als ihn so furchtbar leiden zu sehen."

"Was wissen wir darüber?" sagte Susi ganz sanft. "Jeder Mensch hat seine Last zu tragen, und wer kann sagen, wessen die schwerste ist?"

"Ich weiß nicht…"

"Trage dich nicht mit unnötigen Sorgen herum, Anna. Ihr seid beide noch jung und stark genug, diesen Schmerz zu überwinden."

"Ach Susi, du bist ein Engel!" sagte ich.

Dann erzählte Susi mir, dass sie einmal einen sehr guten Heiratsantrag abgelehnt hätte (sie sagte mir aber nicht von wem), weil sie gemeint habe, sie dürfe ihren verwitweten Vater nicht allein lassen. Ich wusste aber - der Dorfs-Leumund wollte es wenigstens wissen - dass Wilhelm Fröse gerne wiedergeheiratet hätte, wenn seine Kinder ihre Einwilligung gegeben hätten. Da ging mir ein Licht auf: Sogar ein Engel opfert manchmal mehr als nötig. Ohne dass sie es wusste, hatte Susi mir eine Antwort auf meine Frage gegeben: Ich musste David innerlich loslassen und ihn seinen eigenen Schmerz tragen lassen.

30

Vorsichtig schob Jakob den Stecker in die Steckdose an der Wand, während die Mädchen und ich erwartungsvoll zuschauten. Beim Summen des Motors klatschte Liese in die Hände.

"Jetzt werden wir wie Könige leben!" rief ich.

Ja, das würden wir. Der neue Eisschrank auf dem Ecktischchen war unser neuestes Wunder der Technik. Jetzt könnten wir mitten im Sommer Eis machen, Milch, Suppe und Fleisch frisch erhalten und den Morgenkaffee wirklich kalt zum Abend haben. Fast unglaublich war's. Elektrische Eisschränke waren immer noch ein Luxus in unserer Kolonie. In der ersten Zeit öffneten wir ihn viel zu oft, nur um die blanken Regale und unsere kaltgestellten Speisen zu sehen.

Wir kauften den Eisschrank, nachdem mein Bruder Peter in Kanada ganz plötzlich an einem Herzanfall gestorben war. Er hatte Mama etwas Geld hinterlassen, das sie ohne weiteres an Maria und mich weitergab. ("Ich brauche gar nichts mehr," sagte sie). Es war freilich keine große Summe in Dollar gerechnet, aber für unsere Verhältnisse doch ein ansehnliches Geschenk. Es ermöglichte uns unser erstes modernes elektrisches Gerät. Der kleine Kühlschrank war sozusagen das Symbol eines neuen und leichteren Lebensabschnitts für uns.

1956 hatte Jakob ein Arbeitsangebot in der neuen Butter- und Käserei in unserem Koloniezentrum bekommen, das er nach kurzem Nachdenken angenommen hatte. Wir verkauften unseren Hof mit dem dazugehörigen Land an Isaak Pauls, den Tina später heiratete, und kauften das Anwesen eines Kornelius Hiebert in der Stadt (Hiebert's zogen nach Brasilien). Das ermöglichte David und den Mädchen den Besuch der höheren Schulen der Kolonie, während sie zu Hause wohnten.

Gleichzeitig kauften wir auch etwas Weideland, auf dem wir eine kleine Viehherde hatten und unsere Einnahmen etwas vergrößern konnten. Unser Hof in der Stadt war groß genug, dass wir eine Kuh, etwas Geflügel und einen Garten unterhalten konnten. Ab und zu konnte ich bei Nordamerikanern, die in der Kolonie wohnten, etwas Geld mit Wäsche- oder Hausarbeit verdienen, so dass sich unser Leben etwas leichter gestaltete. Unser Haus in der Stadt war größer als das im Dorfe und auch passender gebaut.

Unsere Jahre in der Stadt waren gute Jahre. Die Kinder waren nicht mehr klein, wir hatten eine geregelte und gesicherte Einnahme, die neue Arbeit sagte Jakob zu und wir erfreuten uns einer guten Gesundheit. Natürlich gab es genug zu tun -an Arbeit fehlte es uns nie- und auch genug zu sorgen: David's Kummer und meine Bedenken über unsere Jüngste, die Liese, begleiteten mich jahrelang. Aber trotz allem waren es schöne Jahre. Ich vermisste das Dorf nicht so sehr, wie ich befürchtet hatte; es war uns fast so, als hätten wir eine neue Welt betreten und einen aufregenden Neuanfang gemacht, obwohl das Dorf nur einige Kilometer von dem Koloniezentrum entfernt war. Am meisten fehlte mir der Algarrobobaum, obwohl wir einen wunderschönen Lapachobaum vor dem Hause hatten, dessen Purpurblüten den Frühling verschönerten und der uns allen mit unseren Rasenstühlen genügend Schatten bot.

Sehr bald erhielt unser Leben in der Stadt einen ganz bestimmten und angenehmen Rhythmus. Jeden Morgen um sechs Uhr ertönte die Sirene beim Industriewerk. Ich war dann schon immer beim Melken (erst in 1970 gab ich das Melken auf; dann brachte Jakob die Milch zum Haushalt von der Käserei mit). Um Viertel vor sieben erinnerte die Sirene Arbeiter und Schüler, sich auf den Weg zu begeben, und um sieben, dass sie nunmehr am Ziel sein müssten. Für mich war sie das Signal, für jedes Familienglied ein kurzes Gebet für den Tag zu sprechen. So wurde auch die Mittagsstunde angekündigt. Dann kamen alle nach Hause zur Hauptmahlzeit des Tages. Der Beginn der Nachmittagsarbeitsstunden um zwei Uhr wurde auch durch Sirenenton gemeldet, wie auch der Feierabend um sechs Uhr. Dann kam Jakob nach Hause, trank etwas kalten Kaffee, und dann arbeiteten wir alle auf dem Hof oder im Hause bis zum Abendbrot um halb acht Uhr. So wechselte für mich Arbeit und Muße, Alleinsein und Familienfürsorge in angenehmer Weise ab.

Als wir in die Stadt zogen, kam Mama wieder zu uns. Dieser Umzug war aber nicht mehr ihre Entscheidung; die hatten wir, Maria und ich, für sie gemacht. Sie fügte sich ohne weiteres. Sie wäre alt geworden sagte sie, sie wünsche zu sterben. Sie, die früher immer einen so starken Willen offenbart hatte, war schwach und willenlos geworden.

"Für dich wird es schöner in der Stadt sein", hatte Maria ihr gesagt. "Da bist du näher zum Arzt und so weiter." Zu uns sagte sie: "Sie ist jetzt vierzehn Jahre bei mir gewesen." Wir verstanden den Wink und boten Mama gerne ein Zimmer in unserem neuen Hause an.

Vor vierzehn Jahren, als Mama uns verließ, hatte ich zu Jakob gesagt: "Jetzt sind wir allein, so wie wir's waren, wenn unsere Eltern uns bei deinen Besuchen als Freier alleine ließen." Es war natürlich doch nicht ganz so gewesen, aber wir hatten doch vierzehn schöne Jahre gehabt. Abends saßen wir immer zusammen unter dem Algarrobobaum, nicht wie ungestüme Verliebte, sondern als Familie mit alltäglichen Unterhaltungen, die zu uns passten, wie lang getragene Kleider.

Und nun kam Mama wieder zu uns; nicht mehr als solche, die uns im Haushalt aushelfen würde, sondern fast wie ein Kind, das der Pflege und Fürsorge bedurfte. Als wir sie mit ihren wenigen Sachen in ihr neues Zimmer brachten, schaute sie uns ernst an. "Jetzt müsst ihr alles für mich machen, was ich immer getan habe. Und du, Maria, bist selber schon Großmutter!"

Ja, Maria war Großmutter; Nikolaus war Vater geworden. Der kleine Kolja, für den ich öfters absichtlich etwas Milch in die Untertasse laufen ließ, weil er sie doch so nötig brauchte, der immer mein besonderer Liebling gewesen war, war nun selber Vater und hatte mich so gut wie vergessen. Je größer er wurde, desto weniger konnte er es leiden, wenn ich bei Familienfeste einmal neben ihm sitzen und ihm etwas aus seiner Kindheit erzählen wollte.

"Ich kann's ja selber kaum glauben, dass der Junge schon Vater ist", lachte Maria.

Ja, so war es. Kinder flogen aus und gründeten ihre eigenen Familien, und Mama kam zurück zu uns, alt und gebrechlich und völlig von uns abhängig. Unsere Rollen hatten sich völlig gewechselt. Ich sollte nun Mutterstelle an ihr vertreten. Aber ich war geduldig mit ihr, viel geduldiger, als ich erwartet hatte. Ganz zum Unterschied von einigen Alten, die ich kannte, war Mama gefügig und willenlos. Manchmal hätte ich lieber etwas von ihrer früheren Willensstärke verspürt; wenn ich zuweilen meinte, dass sie fast zu abhängig geworden war, konnte ich einen vorübergehenden Unmut leicht verbergen. Sie war eben meine Mutter und sollte es bleiben. Niemand ist doch eine bessere Zuhörerin als eine Mutter! Stundenlang konnte ich bei ihr mit einer Handarbeit sitzen und mich mit ihr unterhalten. Ich konnte ihr alles erzählen, die Neuigkeiten aus der Kolonie, die Erfahrungen der Kinder in der Schule, meine mütterlichen Sorgen, und sogar mit ihr zusammen weinen. Sie vernahm alles, sagte wenig und schenkte mir ihre Liebe und ihr Verständnis.

Mit viel Nachsicht und Geduld konnte ich nun auch auf sie hören. Ich wollte nun vieles über Russland und Papa hören, was ich früher nicht so richtig verstehen konnte. Eine Art kindliche Schüchternheit hatte mich früher von solchen Fragen abgehalten. Nun stand nichts mehr zwischen uns. Ich war eine gereifte Frau mit Lebenserfahrung und konnte nun auch die dunkleren Seiten der Vergangenheit meiner Eltern mit tiefem Verständnis erfahren. Meine Hochachtung vor ihnen stieg.

Als Mama 90 Jahre alt war, brach sie ihre Hüfte. Eine Entzündung setzte ein, der ihr geschwächter Körper nicht mehr widerstehen konnte. Ihr Zustand verschlechterte sich rapide. "Es geht dem Ende zu", warnte uns der Arzt.

Ich wachte lange Stunden an ihrem Hospitalbett, und konnte sie nicht loslassen. Jedes Mal, wenn ich, völlig erschöpft, zu Hause etwas Schlaf suchte, fürchtete ich, dass sie in meiner Abwesenheit sterben würde. Einerseits gönnte ich ihr die ersehnte Erlösung von allen Schmerzen, andererseits war ich nicht willens, auf einmal mutterlos zu sein. Ich war ja ihre Jüngste, und ich meinte, ich wäre noch zu jung, ohne eine Mutter zu sein.

Der Arzt versuchte mich mit Bibelworten zu trösten, dass wir doch alle sterben müssen. Ja, aber was war das für ein Trost? Nicht nur Mama müsste sterben; nein, nach ihrem Tod kämen Maria und ich an die Reihe!

Mama hatte wenig Interesse mehr am Leben. Sie hörte kaum, was ich von den Kindern erzählte; die prachtvollen Rosen, die ich ihr brachte, merkte sie kaum. Nur einmal flüsterte sie kaum hörbar: "Es war doch nicht recht von mir, dich damals zu den Typhuskranken zu schicken."

"Mama, das war ganz in Ordnung."

"Ich setzte dich der furchtbaren Gefahr aus... dauernd habe ich für dich gebetet... ich hätte mir's nie verzeihen können, wenn dir etwas zugestoßen wäre..."

"Mama, mir ist nichts geschehen. Klaus starb doch auf unserem Hof. Wenn es hätte sein sollen, hätte ich die Krankheit auch zu Hause bekommen können!"

Wenn Mama nachts aufwachte, bat sie flüsternd: "Singen!" Dann sang ich immer ihr Lieblingslied, das ich von ihr gelernt hatte:

> *Keiner wird zuschanden,*
> *welcher Gottes harrt.*

Sollt' ich sein der erste,
der zuschanden ward?

Ich konnte alle Strophen auswendig; ich sang sie langsam, die wunderbare Melodie immer wieder genießend:
All mein heimlich Grämen,
alles, was mich quält,
dir ans Herz zu legen,
der die Tränen zählt.

Wie ein Kolibri über einer Blume schwebt, so schwebte meine Stimme, ruhig und gefasst in dem mondhellen Zimmer. Nur bei der letzten Strophe fing sie an zu zittern und Tränen befeuchteten meine Wangen:
Auch in finstern Nächten
und durch's Todestal
mir hinüber leuchtet
zu des Lammes Mahl.

Bei der Morgendämmerung murmelte Mama die Namen ihrer Söhne, David, Gerhard und Ruben. Papa erwähnte sie nicht, auch nicht uns, ihre Töchter. Auch von Peter und Abram, der noch in Russland lebte, sprach sie nicht mehr. Abends ging sie friedlich heim. Maria und ich und unsere Ehemänner standen um ihr Bett.

Unsere Kinder kamen nach Hause, um mit uns zu trauern.

"Sie war alt und müde", versuchte Tina mich zu trösten. "Sie ist nun zur ewigen Ruhe eingegangen. Dürfen wir uns nicht mit ihr freuen?"

"Was weißt du schon?" weinte ich. "Du hast ja immer noch deinen Vater und deine Mutter!"

Das hätte ich nicht sagen sollen. Meine erwachsenen Kinder gingen leise hinaus in das warme Dunkel der Nacht. Nur David zögerte einen Augenblick, während ich am Tisch saß und weinend meinen Kopf auf dem Küchentisch mit meinen Händen stützte. Nur Jakob blieb bei mir, seinen Arm um meinen zitternden gebeugten Rücken haltend.

*

Wenn ich Steppdecken nähte, hatte ich selten Zeit, ein Muster im Voraus zu planen. Ich nähte die Stoffreste zusammen und versuchte dabei, das Aussehen so schön wie möglich zu gestalten. Gewöhnlich war ich dann am Ende überrascht, wie angenehm das Resultat war. Später spielte mein Auge mit den Farben und Formen, und ich war von ihnen gefesselt.

Etwa so ging es mir auch mit meinen Kindern. Auch bei ihrer Erziehung hatte ich kein fertiges Muster gehabt. Als sie dann größer wurden, verfolgte ich ihre Lebenswege mit großem Interesse, niemals genau wissend, in welche Richtung ihre verschiedenen Wege führen würden. Endlos faszinierend waren meine –unsere- fünf prächtigen Kinder.

Da war zuerst unsere Älteste, die Rosita. Sie war die einzige, die Schwierigkeiten mit dem Lernen hatte. Zahlen waren ihr böhmische Wälder, das Schreiben eine Qual. Jeden Tag half ich ihr mit ihrer Schularbeit, die sie trotz ernster und fleißiger Versuche allein nicht meistern konnte. Es war für sie und für mich eine Erlösung, als sie nicht mehr in die Schule musste. Sie hatte aber eine geduldige, sanfte Natur und war immer eine fleißige Arbeiterin.

Als sie sechzehn Jahre alt war, übernahm sie die Arbeit als Köchin in unserem Krankenhaus. Die Arbeit sagte ihr zu, und sie gab fast ihren ganzen Verdienst nach Hause. Erst als sie mit 28 Jahre heiratete, merkte ich, dass Jakob genau davon Rechnung gehalten hatte. Er zahlte ihr das nun im vollen Wert mit Vieh zurück.

Rosita heiratete einen Isaak Giesbrecht. Ich hatte manchmal den Eindruck, dass die Ehe nicht eine sehr glückliche war, weniger freilich ihres Mannes als ihrer verwitweten Schwiegermutter wegen, die bei ihnen wohnen musste. Sie war eine herrschsüchtige Frau, die wenig Achtung vor ihrer Schwiegertochter hatte. Sogar die Nachbarn sprachen davon, wie schamlos die alte Frau ihre Schwiegertochter und später ihre Großkinder ausnützte.

Aber Rosita besuchte uns am pünktlichsten. Oft habe ich sie meinen anderen Kindern als Beispiel vorgehalten: "Die Rosita besucht mich jedes Mal, wenn sie Geschäfte in der Stadt hat, und sie läuft auch nicht gleich davon." Freilich war ihr Isaak nicht der eiligsten einer, so dass Rosita immer einen freien halben Tag hatte, wenn Isaak in der Stadt zu tun hatte.

An einem Augusttag stürmte sie ins Haus mit einem Brief aus Russland. Ihr Vater lebte und hatte ihren Verbleib ausfindig machen können. Jakob musste ihr den Brief vorlesen. Der Vater berichtete, dass er seine Haft abgesessen habe, dass er seinen Glauben behalten hätte und bat um Briefe von seiner wiedergefundenen Tochter. Noch nie hatte ich Rosita so aufgeregt gesehen; die Tränen flossen ohne Ende über ihre Wangen. Es waren lauter Freudentränen. Selber tief gerührt und erfreut, küsste Jakob ihre nassen Wangen.

Rosita bewahrte diesen Brief - wie auch die drei darauf folgenden - unter unseren Papieren auf. Der letzte Brief kam von einem entfernten Verwandten, der ihr den Tod ihres Vaters berichtete. Des Öfteren schlich sie sich später bei ihren Besuchen ins Zimmer und las diese Briefe immer wieder mit stiller Dankbarkeit.

Tina heiratete in demselben Jahr wie Rosita. Sie war erst neunzehn Jahre alt. Auch ihr Mann hieß Isaak. Er war derselbe Isaak Pauls, der unsere ehemalige Hofstelle gekauft hatte. Irgendwie fand ich es passend, dass unsere Tochter, die mir am ähnlichsten war (so sagten die Leute jedenfalls), meine Nachfolgerin auf dem Hof werden sollte. Hier arbeitete sie, und hier erzog sie nun ihre Kinder. Des Öfteren lief sie über die Straße zu der Susi, wie ich es unzählige Male getan hatte, um eine Kleinigkeit zu borgen und etwas mit ihr zu plaudern.

"Sie ist genauso wie du", sagte Susi mir immer wieder. "Sie ist eben eine jüngere Anna."

War ich wirklich so flink, so eilfertig, so akkurat gewesen, wie meine Tina es jetzt war?

"Aber wir haben doch stundenlang zusammen gesessen und uns unterhalten!" protestierte ich. "Tina hat ja dazu keine Zeit. Ich werde nur vom Zuschauen müde."

"Wir haben ja nur meistens beim Vorbeigehen ein paar Sätze wechseln können", lachte Susi zurück. "Du musstest ja immer gleich weiter laufen." Ich schüttelte nur den Kopf. So hatte ich's nicht in Erinnerung.

Ja, unsere Tina, das blonde, kräftige Baby, schien zum Laufen und zum Kommandieren geboren zu sein. Rosita und David mussten sich ihr stets fügen. Vielleicht auch wir Eltern. Wir konnten nur ihre Energie und ihren Willen bewundern.

Sie war aber nie ungehorsam und rebellisch. Sie lernte mit Leichtigkeit, beendigte aber nicht die Zentralschule, als Jakob ihr sagte, sie dürfe aufhören, wann immer sie wolle. Vier Wochen lang nahm sie bei einer Frau Niebuhr einen Nähkursus, den sie mit Leichtigkeit meisterte. Sie konnte alles nähen und auch ihre eigenen Muster schneiden. Gerade hier lernte sie den Isaak, einen Neffen vom Frau Niebuhr, kennen. Er war ein stiller junger Mann und ein ausgezeichneter Bauer.

Nach ihrer Heirat fing Tina an, für andere zu nähen, und sie verkaufte nebenbei auch Produkte aus Garten und Stall. Isaak lieferte sie nicht gern ab; es lohne sich ja kaum, meinte er; aber im Stillen bewunderte er seine fleißige und sparsame Frau. Er kümmerte sich um das Vieh und die Äcker, aber beim Einkaufen befolgte er genau die Vorschriften seiner Frau.

Isaak und Tina ging es gut, und ich habe mir nie Sorgen um sie gemacht. Wahrscheinlich habe ich sogar weniger für sie gebetet als für unsere anderen Kinder. Tina war gesund, konnte sich mehr als das Nötigste leisten und erzog sieben Kinder. Sie war eine gute Frau und Mutter.

Gretchen war ganz anders geartet. Wie ein scheues Buschküken versteckte sie sich vor den anderen. Mit ihrem schmalen Gesichtchen und ihren tiefblauen Augen schien sie weniger für's Leben ausgerüstet zu sein als Tina. Oft saß sie allein in tiefen Gedanken versunken. Ihre Sachen waren selten in Ordnung; nur ihr persönliches Aussehen war tadellos. Ihr Haar kämmte sie mir fast zu oft, und sie war imstande, auch mit ihren gebrauchten Kleidern Staat zu machen.

Ich versuchte sie zu schützen. Die Kinder durften sie nicht necken. Oft sagte ich: "Tina, hilf doch dem Gretchen!" wenn sie mit ihrer Schul- oder Hausarbeit nicht von der Stelle kam. Ich wusste, dass es nicht ganz recht war, von Rosita und Tina mehr zu verlangen als von Gretchen, aber irgendwie fühlte ich, dass ich es ihr schuldig war. Ich traute es ihr nicht zu, die Wäsche zu besorgen oder eine Mahlzeit zu kochen. Sie war schon intelligent, aber scheinbar lernte sie nur, was ihr Spaß machte.

Gretchen war erst dreizehn Jahre alt, als ich merkte, dass die Jungen sich für sie interessierten. Ihre scheinbare Hilflosigkeit machte sie nur noch attraktiver. Mir tat jetzt schon der Junge aufrichtig leid, der später würde feststellen müssen, wie wenig sie vom Haushalt verstand.

Aber sie war klug genug, den Besten auszuwählen.

Ewald Janzen wurde später einer der wichtigsten Personen in der Kolonie, der Gehilfe des Oberschulzen, und Gretchen war seine Frau! Und sie schaffte es! Freilich hatte sie immer eine Hilfe im Haushalt, aber sie konnten sie sich ja auch leisten. Und sie hatte vier wunderschöne und äußerst begabte Kinder.

Meine jüngste Tochter Liese hat mich zuweilen getadelt: "Du meinst, das ist alles des Ewalds wegen. Da irrst du dich. Kuck dir doch einmal das Gretchen an; sie versucht nicht, das Leben ihrer Kinder bis ins Kleinste hinein zu kontrollieren. Sie lässt sie eben gewähren; und weißt du, das ist unter Umständen das ganz Beste. Sie ist tolerant, geduldig und hat Zeit zuzuhören, was die Kinder sagen. Sie hört wirklich, was sie sagen und lässt sich durch nichts schockieren."

Sollte ich das wirklich glauben? Liese hatte ja selber keine Erfahrung in solchen Sachen. Aber sie hatte recht. Alle meine Sorgen um Gretchen waren vergebens gewesen. Aus ihr war eine stille aber völlig selbstsichere Frau und Mutter geworden.

Ewald war und blieb in sie verliebt. Sie hatte eine glückliche Ehe und allerliebste Kinder. Freilich lobte ich sie zu oft und zu sehr vor meinen anderen Kindern.

"Sie war eben ganz und gar unwiderstehlich", sagte ich einmal zu Jakob. "Ich weiß, ich habe sie zu lange verwöhnt, aber wer konnte ihrem Lächeln widerstehen?"

Jakob stimmte mir bei. Nein, das Gretchen war keineswegs ein hilfloses Geschöpf. Sie hatte es geschafft, genauso wie alle unsere anderen Kinder.

31

Vom Flugzeug sah der Chaco so aus, wie ich es erwartet hatte: Unendliches Gebüsch in großen grünen Wellen, dicht und undurchsichtig wie ein Nebel, die Landstraßen wie Linealrisse ihn kreuz und quer durchschneidend, die Dörfer klein und geordnet inmitten des chaotischen Dorngebüsches.

Ich war auf einem Flug nach Asuncion.

Seit wir unseren eigenen kleinen Flughafen hatten, konnte die Hauptstadt in Stunden statt Wochen erreicht werden.

"Ich habe ja immer wissen wollen, was ein Vogel von oben sieht!" hatte ich gesagt, ehe ich das Flugzeug betrat.

Davids Kinder (er hatte zwei Jahre nach Käthes Tod eine Irene Peters geheiratet; sie hatten vier Söhne und eine Tochter), die mit ihren Eltern mich zum Flughafen gebracht hatten, schauten mich verwundert an.

"Ihr habt sicher nicht gedacht, dass Omas noch solche Gedanken haben", sagte ich belustigt.

"Hast du keine Angst, Oma?" fragte der zehnjährige Jakob mich ganz ernsthaft.

"Gar keine."

Ja, sann ich während des Fluges nach, wir Alten sollen wohl Weisheit haben, aber es fällt den Jungen schwer zu glauben, dass wir auch einmal Freude und Genuss gekannt haben; Lust und Abenteuer. Sie meinen immer, wir haben schon gar keine Phantasie. Warum sehen sie es denn nicht ein, dass unsere vermeintliche Weisheit gerade aus diesen inneren Erfahrungen kam, aus den Gefühlen und Erfahrungen, den Freuden und Leiden des Lebens?

Würde Liese das von mir annehmen, was ich ihr zu sagen hatte? Oder würde sie nur sagen: "Was weiß denn die Mama schon?"

Ja, unsere Annaliese, die wir kurz Liese nannten, war unser Sorgenkind. Immer war sie die Eigensinnige gewesen, niemals ein Kind, das sich auf dem Schoß der

Mutter wohl fühlte oder unter den Worten der Mutter warm wurde. Sie hatte ihre eigenen Gedanken.

Weil sie musikalisch veranlagt war, hatten wir ihr ein Hand-Harmonium gekauft. Sehr schnell lernte sie das Harmoniumspielen und sie spielte sehr gut. Nach einigen Versuchen gelang es ihr, jedes Lied nach dem Gehör mit voller Harmonie zu spielen. An einem Abend, als der Himmel voller Sterne stand, fing sie an, das Kinderlied zu spielen:

Weißt du wieviel Sternlein stehen
an dem blauen Himmelszelt?

Die liebliche Melodie lockte mich hinaus. Ich fing an zu ihrem Spiel zu singen:

Gott, der Herr, hat sie gezählet,
daß ihm auch nicht eines fehlet,
an der ganzen großen Zahl...

Da hörte das Spiel auf. Sie weigerte sich zu spielen wenn ich sang.
"Warum?" fragte ich sie, "warum darf ich nicht singen?"
"Ich kann's nicht haben, dass du singst, wenn ich spiele."
Auch wenn ich nur leise summte, und sie es merkte, hörte sie mitten im Liede auf. Sie war schon sechzehn Jahre alt, und so wollte ich sie nicht zwingen.

Einige Monate lang nahm sie Stunden; dann war's ihr über und sie rührte das Instrument nicht mehr an. Schließlich, nachdem sie ein Jahr lang das Harmonium nicht mehr zur Hand genommen hatte, verkauften wir es.

Jakob hörte Liese geduldig zu, wenn sie mit ihm argumentieren wollte, aber versuchte nie, sie umzustimmen. Wenn ich ihm sagte, er dürfe die Liese doch nicht ohne Gegenrede auf ihrer Meinung bestehen lassen, sagte er nur: "Die Erziehung der Mädchen ist deine Sache."

"Sie ist mir um vieles zu klug", klagte ich dann. "Wozu brauchen Mädchen das? Sie wird es später nur schwerer dadurch haben."

Jakob lächelte. "Nun, Anna, von wem glaubst du, hat sie es wohl geerbt?"
"Nicht von mir", entgegnete ich. Aber Jakob lachte nur.

Zu einem bildschönen Fräulein entwickelte sich die Liese. Sie hatte meine feingeschnittenen Züge und Jakobs schlanke Gestalt. Nur hatte sie rotes Haar -rotes Haar und helle Haut- und das war nichts für den Chaco.

"Warum rotes Haar?" klagte sie immer wieder.

"Du darfst eben nicht ohne Hut in die Chacosonne", mahnte ich sie immer wieder. "Dadurch wird dein Haar nur röter und deine Sommersprossen dunkler."

Über alles hatte sie ihre Meinung. "Ich bin am paraguayischen Heldengedenktag geboren", sagte sie zuweilen. "Das ist für Paraguay etwas ganz besonders. Mein Geburtstag gefällt mir besser als Davids am 25. November. Ich bin eben Paraguayerin!"

Schon als kleines Mädchen stand sie einmal unter unserem Wandspruch mit dem Berglandschaftsbild. "Warum in aller Welt habt ihr einen solchen Spruch hier im Chaco: Ich hebe meine Augen auf zu den Bergen? Es gibt doch keine Berge im Chaco!"

War ich schon so müde von der Kindererziehung geworden, dass ich sie so sprechen ließ? Ich ließ sie gewähren, auch wenn sie mir des Öfteren widersprach.

Manchmal kam sie mit einem Zorn von der Schule nach Hause, der wie ein Grasfeuer loderte. "Ich hörte Frau Friesen eine Indianerin ausschreien, weil sie um eine Gabe bettelte. Sie drohte ihr sogar mit dem Besen! Und sie ist meine Sonntagsschullehrerin! Sogar unsere Hunde verabscheuen den Geruch der Indianer. Wir haben sie so dressiert. Warum nennen wir die Indianer nur die 'Braunen'? Sie haben doch auch Namen. Die deutschen Kinder lachen über sie, speien sie an und werfen Steine nach ihnen. 'Sie stinken!' sagen sie. Und wisst ihr was? Unser Lehrer sagt, die Paraguayer seien stumpfsinnig; sie seien lauter Halbblütige Menschen, die alles Negative der europäischen wie auch der Indianerkultur im Blut trügen. So etwas darf man doch nicht sagen. Ich, jedenfalls glaube das nicht!" Ganz außer Atem war sie geworden.

Als sie etwas älter war, erfuhr sie, dass einige Männer sich mit Indianerfrauen abgaben.

"Sie kaufen sie mit einer Wassermelone! Oder mit einem Kilo Reis!" rief sie entrüstet aus.

"Ja, das ist ein schweres Vergehen", gab Jakob ohne weiteres zu.

"Warum wird das niemals in der Predigt erwähnt, dass wir die Indianer wie Schweine behandeln?"

"Du weißt nicht, was auf dem Gebiet schon getan wird", antwortete Jakob geduldig. "Jeder Fall, von dem wir Genaueres erfahren, wird untersucht und behandelt. Du weißt nicht, wie viel im Kämmerlein geweint und gebetet wird. Es gibt viele..."

"Im Kämmerlein! Geheim! Natürlich. Warum wird nicht etwas getan? Solche Männer müssten doch an den Pranger gestellt werden!"

"Kind, du weißt auch nicht alles. Du hast solche einfachen Lösungen für äußerst komplizierte Fragen, viel komplizierter, als du sie dir vorstellst."

"Wenn jemand für einfache Lösungen ist, dann bist du es, Papa!" unterbrach sie Jakob. "Vertraue auf Gott, denke an seine Größe, danke ihm für seine Grande und Barmherzigkeit, bete und arbeite! Ganz einfache Lösungen hast du für jede Lage, Papa! 'Der wird auch Wege finden, da dein Fuß gehen kann!' Von dir hab' ich sie Papa, die einfachen Lösungen!"

Ja, so sprach die Liese, immer selbstsicher, immer die Indianer und Paraguayer verteidigend. Manchmal machte ich solcher Unterhaltung ein Ende, aber nicht still und geduldig wie Jakob es gemacht hätte. "Liese", sagte ich dann, genau so laut und herausfordernd wie sie, "du sprichst über die Sünden, die du um dich siehst. Du möchtest Frieden und Güte um dich haben, aber schau einmal auf dich. Wie ein Wirbelwind treibst du umher und verbreitest Unfrieden und Auflehnung, wo immer du bist!"

"Niemand versteht mich!" entgegnete sie dann unbesänftigt.

Sie hatte recht; wir verstanden sie wirklich nicht, und vieles von dem, was sie im Eifer sagte, machte wirklich wenig Sinn. Wir liebten sie, konnten aber ihre ungestüme Natur nicht bändigen.

Mein Asuncion-Flug war nur ihretwegen. Nachdem Liese die Zentralschule beendigt hatte, wollte sie weder Lehrerin noch Krankenschwester werden, die einzigen zwei Frauenberufe, die es außerhalb der Familie im Chaco gab. Sie wollte in der Hauptstadt arbeiten. Sie fand eine vorläufige Arbeit in einer deutschen Pension als Zimmermädchen und Küchenhilfe.

Das gefiel uns schon nicht, aber als wir erfuhren, dass sie mit einem paraguayischen jungen Mann ausging, machten wir uns große Sorgen. Sie war in Gefahr, darin waren Jakob und ich uns ohne weiteres einig, und etwas musste getan werden. Im Chaco wollte sie nicht bleiben, und in der Großstadt durfte sie nicht allein bleiben; so viel war uns klar. Noch vor Abend ging ein Brief ab an meine unverheirateten Nichten in Kanada, Töchter meines verstorbenen Bruders, Peter, in denen ich ihnen die Lage erklärte und sie bat, unsere Liese aufzunehmen. Wir würden es ihnen später entschädigen.

"Dort wäre sie wenigstens unter unseres Leuten", sagte ich zu Jakob.

Jetzt war ich auf dem Wege zu Liese, um sie zu überreden, nach Kanada auszuwandern.

Ganz unerwartet stieß ich auf gar keinen Widerstand. "Warum nicht?" sagte sie nur. "Da kann ich Neues erfahren, das mir Spaß macht."

"Meinst du wirklich?" fragte ich nun ganz überrascht.

"Natürlich, warum nicht?"

Ich blieb nun bei ihr und half ihr mit ihren Ausreisepapieren zurecht zu kommen und lernte auf diese Weise das Großstadt-Leben etwas kennen. Asuncion ist die älteste Stadt Südamerikas mit vielen Sehenswürdigkeiten, aber für mich war die Großstadt zu laut. Ich konnte nicht gut schlafen. Während der ganzen Nacht klafften die Hunde; auf den Straßen liefen sie Meute weise herum, bellend und heulend. Die eingesperrten Hof- und Haushunde antworteten darauf in vielstimmigem Chor. Schon lange vor Tagesanbruch fing es an, sich auf den Straßen zu regen, wenn die nahe wohnenden Bauern auf knarrenden Wagen mit ihren Produkten zum Marktplatz im Stadtzentrum fuhren.

Mich störte auch der nicht endende ungeordnete Straßenverkehr, die drückende Schwüle, der Unrat auf den Fußgängerpfaden, die alles beherrschende Unordnung und das ständige bergauf und bergab, während ich meine Besorgungen in der Stadt machte. Zudem konnte ich kein Spanisch und musste die Liese immer bei mir haben, wenn ich einen Geschäftsgang machte. Und für alles musste bezahlt werden: mein Zimmer, die Mahlzeiten, jede Fahrt mit dem Taxi; ja sogar für ein Stück Obst musste man gutes Geld ausgeben. Die fremde südländische Kultur, die hellen Farben, der fast betäubende Duft der blühenden Bäume und der exotischen Speisen in den Restaurants war überwältigend. Ja, wenn man jung wäre, aber nun war mir dieses alles zu viel. Ich wollte nach Hause, in die gewohnte Sicherheit des Chaco. Hier in unserer romantischen Hauptstadt merkte ich auf einmal, was mit mir geschehen war: der Chaco war mir zur Heimat geworden, nach der ich mich sehnte.

An einem trockenen, stürmischen Wintertag kam ich nach Hause. Der berüchtigte Sandsturm war in vollem Gange. Wie ein nacktes Skelett stand der im Sommer so schöne Flaschenbaum am Ende unseres Gartens da. Nur einige halbaufgeblähte Schoten hingen vereinsamt an den blätterlosen Ästen. Nur der Algarrobobaum auf dem Hof des Nachbars trug schon in Erwartung des Frühlings ein Kleid von zartem Laub. Und der Lapachobaum, obwohl vom Wind hin und her geweht, zeigte schon seine hellvioletten Blüten.

In der folgenden Woche wurde das Wetter auf einmal ganz ungewohnt kalt. Bis ins Mark hinein drang uns die Kälte; wir saßen am Sonntag in der Kirche so warm gekleidet wie möglich. Nach dem Gottesdienst gingen wir nach Hause zu unserer einfachen Sonntagsmahlzeit und dem heißen Kaffee. Wir hielten uns in der Nähe des Ofens auf, den Jakob immer wieder mit Holzscheiten anheizte. Nur ungerne verließ ich die Wärme unserer Küche. Wir hatten es gelernt, unsere Häuser im Chaco hauptsächlich als Schutz vor der Sonne zu bauen. Wir hatten um das ganze Haus ein Schattendach. Aber bei kaltem Wetter waren diese Häuser fast nicht warm zu heizen.

Nachdem ich Jakob meinen Bericht erstattet hatte, knieten wir beide nieder und Jakob betete für unsere Liese; wie ein Kind bat er Gott um Beistand und Führung für unsere gefährdete Tochter.

Bald kam Liese's erster Brief aus Winnipeg. Sie schrieb, dass sie einen außergewöhnlich warmen Herbst hätten. Sie versuchte die Herbstschönheit und die Farbenpracht der Blätter zu beschreiben. Ihre Verwandten hatten sie auf eine Autofahrt bis zur Ontario Grenze mitgenommen. Sie hätten einige Bilder gemacht, die sie später schicken würde.

"Meine liebe Liese", antwortete ich ihr, "ich kann es mir kaum vorstellen, dass die Jahreszeiten bei Euch immer das Gegenteil von denen bei uns sind. Hier im Chaco hat der Paratodobaum sein gelbes Spitzenkleid angezogen; bei Euch wird es nun bald Winter sein. Ich bin gespannt, was Du zu dem vielen Schnee sagen wirst. Ich habe nun schon neununddreißig Jahre lang keinen Schnee mehr gesehen…"

Im ersten Jahr schrieb ich ihr jede Woche. Sie antwortete mit langen Briefen voller lebendiger Beschreibungen und mit übersprudelndem Humor. Wenn sie Heimweh hatte, ließ sie es uns mit keiner Silbe merken. Nach einem weiteren halben Jahr kam auf einmal ein Bild an, auf dem sie mit einem jungen Mann fotografiert war. Sie pflegte eine Bekanntschaft mit einem gewissen John Friesen, den sie in Manitoba kennengelernt hatte. "Und weißt du", schrieb sie mir, "seine Großeltern gehörten zu der Gruppe Mennoniten, die 1926 aus Manitoba nach dem Chaco auswanderte." Sie hätten den Chaco aber nie gesehen, schrieb sie weiter. Schon in Puerto Casado hätten sie sich enttäuscht auf die Rückreise begeben.

*

Zehn Jahre später besuchten uns Liese und John mit ihren drei Kindern, Robert, Amelia und Miranda. Wir hatten unseren Schwiegersohn John bald sehr gern; er war leutselig und begeistert für alles, was er sah. Er sprach auch genug deutsch (ein Mischmasch von Hoch- und Plattdeutsch), dass wir uns gut verständigen konnten. Die Kinder waren trotz ihrer uns fremden Namen allerliebst. Sie schauten auf mich mit so viel Achtung und Respekt, dass ich sie sogleich lieb haben musste. Leider mussten wir uns mit Zeichen, Umarmungen und Küssen verständigen, da sie nicht ein Wort deutsch sprachen.

Als ich Liese vermahnte, dass sie mit ihren Kindern doch deutsch sprechen sollte, sagte sie nur: "Du hast ja keine Ahnung, wie es drüben ist." Dann fügte sie hinzu: "Ich spreche ein sehr gutes Englisch, sagt man mir immer wieder. Ich hätte fast keine Spur von einem Akzent." Alles hat sich hier verändert, wiederholte sie, verwundert und froh, ein- über das andere Mal. "Große Laster befahren die neue asphaltierte

Transchaco-Straße. Produkte werden im großen Stil ein- und ausgefahren. Überall gibt es neue Gebäude. In dem neuen Ko-operativladen könnt ihr nun alles kaufen, was ihr wollt!"

Alles besichtigten John und Liese in den neuen Koloniegebäuden, auch Ewalds klimakontrolliertes Büro. Eine Woche lang blieben sie bei Ewald und Gretchen in ihrem Haus mit Klimaanlage. Sie besuchten die Schlachterei, die Schweinezüchterei, die Erdnuß Anlage und die Molkerei, in der Jakob arbeitete. Sie fuhren zur Kolonieviehfarm und zu der Versuchsstation.

"Nun gibt es hier endlich Berge", sagte Liese schelmisch, auf den alten Wandspruch zeigend, der noch immer in unserem Schlafzimmer hing. "Kleine Berge, freilich, aber doch Berge: Berge von Baumwolle, Berge von Erdnüssen, kleine Berge aus Erde neben den Wasserlöchern für die Viehherden. Überall Berge!"

"Ja", antwortete ich, "wir haben es nun genauso mit dem Materialismus zu tun, wie wir es immer von den Gemeinden in Nordamerika gehört haben."

Da lachte die Liese, bis ihr die Tränen kamen.

"Ja, was ist da zu lachen?" wollte ich wissen.

"Ach Mama", antwortete sie. "Es tut mir leid. Es fiel mir nur auf, mit welcher Selbstgefälligkeit du das gesagt hast."

Ja, unsere Liese war so direkt und offen wie immer geblieben.

An einem Nachmittag nach der Mittagsruhe kam sie aus dem Schlafzimmer, das sie und John bei uns benutzten. Ein triumphierendes Lächeln spielte um ihren Mund. Sie trat hinaus unter das Schattendach und schaute auf den schiefergrauen Himmel, voller Staub, wie wenn man eine Fensterscheibe nicht gereinigt hat. Es hatte schon einige Wochen lang nicht geregnet. In der verflossenen Woche war es immer heißer geworden bei dem zermürbenden Nordsturm.

"Das kommt mir gerade recht!" rief sie mir zu.

Ich konnte sie nur verwundert anschauen.

"Jetzt wird John verstehen, was ich ihm sagen wollte. Bisher hat er immer nur gemeint, ich übertriebe. Aber nun..." und die unberechenbare Liese brach wieder in schallendes Gelächter aus.

"Nun liegt er da, nackt wie am Tage seiner Geburt, stöhnend sich hin und her wälzend. Ich tröste ihn: 'gerade dieses Wetter verursacht die herrlichen Sonnenuntergänge, für die du schwärmst.' Aber er sagt nur, 'geh mir aus den Augen!'"

Wieder lachte sie über das Ungemach ihres Mannes und freute sich, dass Sonne und Nordwind ihr recht gegeben hatten.

"Ach Mama", sagte sie. "Es ist doch herrlich wieder einmal zu Hause zu sein." Und sie trank den bitteren Teréré kalt, wie ein Mann, und stellte Fragen.

Wie früher, konnte sie die Sache mit den Indianern nicht ruhen lassen. An manchen Tagen wurde bei uns im Hause über nichts als über die Indianerfrage gesprochen, denn David war zeitweilig aus dem Lehrerberuf ausgetreten, um mit der Indianersiedlungsfrage zu arbeiten. Er zeigte John und Liese die neuen Indianersiedlungen.

"Wie gut erinnere ich mich noch ihrer wilden Tänze in den Nächten", unterbrach ich ihre Unterhaltung bei einer Gelegenheit, "ihrer Lagerfeuer und ihrer wilden Schreie. Ich habe dabei am ganzen Leibe gezittert. Sie hörten sich kaum wie Menschen an. Ihr ganzes Benehmen glich mehr wilden Tieren als Menschen, als wir zuerst herkamen."

Jedermann schaute auf mich, ignorierte aber meine Bemerkungen. Ich hatte auf einmal das Gefühl -und vielleicht richtig so- dass ich vermahnt wurde.

Schnell ging das Gespräch wieder in eine andere Bahn -über Projekte und Programme-Liese ungeduldig forschend, David geduldig und selbstsicher antwortend und sich verteidigend.

Wenn ich zuhörte, was David erzählte, musste ich nur staunen, über die Veränderungen, die wir bei unseren eingeborenen Mitbürgern hervorgebracht hatten. Aber einer leisen Furcht konnte ich mich dennoch nicht erwehren. Wie könnten wir wenige so vielen helfen? Und sie strömten förmlich in unsere Kolonien, wo es Brot und Arbeit für sie gab.

John beteiligte sich am liebsten nicht an diesen Gesprächen. Gerne ging er mit Jakob ins Museum oder besuchte die verschiedenen Felder und Farmen. Aber beim offenen Küchenfenster konnte ich alles hören, was David und Liese unter dem Baum sagten.

"Ich glaube, es ist meine Pflicht, als Christ für die Regierung zu beten", hörte ich David sagen. "Ich soll sie insofern unterstützen, als ich es mit meinem Glauben und meinem Gewissen vereinbaren kann. Den Juden in der babylonischen Gefangenschaft wurde gesagt, dass sie 'der Stadt Bestes' suchen sollten, in die Gott sie hatte bringen lassen, denn wenn es ihr wohl ginge, würde es den gefangenen Juden auch wohl gehen. Wir sollen das Gute unterstützen. Ich kann mich weder gegen die Regierung auflehnen, noch gemeinsame Sache mit ihr machen."

"Aber David", antwortete Liese, "da stellst du mich vor ein Rätsel. Gut, ihr betet für eure Regierung. Aber in Wirklichkeit wollt ihr doch so wenig wie möglich mit ihr und mit diesem Lande zu tun haben. Ihr lebt eigentlich unter eurer eigenen Regierung! Alles, was euch angeht, habt ihr unter eigener Kontrolle!"

"Was sprichst du für Unsinn? Wir haben doch nicht unsere eigene Regierung!"

"Natürlich habt ihr sie. Ihr seid doch sozusagen euer eigener Staat mit recht vielen Regierungsfunktionen. Ihr habt wohl keinen Präsidenten, wohl aber einen Oberschulzen, und ihr habt eure eigenen Schulen, Krankenhäuser, Straßen, Kooperative kurz alles!"

"Wir verfügen doch nur über interne Sachen wie ein Kooperativs-Geschäft."

"Nennt es, wie ihr wollt; es ist aber eine Regierung. Ihr könnt kaum behaupten, dass ihr unter einer paraguayischen Regierung lebt. Zum Teil, natürlich, das gebe ich zu. Aber ihr seid ein Staat im Staate. Und die Kirche steckt mittendrin. Bis über die Ohren seid ihr mit Regierungssachen verwickelt! Ja, ihr könnt ganz fromm daherreden, wie ihr für die Regierung betet, weil sie euch eben gewähren lässt. Aber wenn das sich auf einmal ändern sollte, was dann? Wie werdet ihr dann beten?"

Ab und zu brachte ich ihnen etwas zu trinken, Erdnüsse, Süßigkeiten oder auch frischgebackene Brötchen und hoffte, sie damit auf andere Gedanken und anderen Gesprächsstoff zu bringen. Aber sie ließen sich nicht vom Thema abbringen.

Meine teure Liese, dachte ich etwas traurig gestimmt, immer noch mag sie den Sand in unsere Augen werfen.

Weiter sprach sie von dem Druck der Kolonie auf einzelne Bürger, von Erpressung, von dem Monopol der Kooperative (wo in aller Welt hatte sie so viel gehört in dieser kurzen Zeit?), von der Zusammenarbeit der Gemeinden mit der Kolonieverwaltung als einer unheiligen Allianz? Von Rassenvorurteilen?

"Und dir ist Schweigen lieber als Gerechtigkeit?" fragte sie David in anklagendem Ton.

"Du bist noch genauso wie immer, Liese", konnte David nur antworten. "Du weißt doch, dass die Sache viel komplizierter ist, als sie von außen zu sein scheint."

"Ja, aber es gilt doch, wenigstens den Versuch zur Gerechtigkeit zu machen", antwortete sie schärfer als bisher. "Versucht doch, den verworrenen Faden etwas zu glätten. Gebt euer Volkstum dran, wenn es sein muss, aber strebt doch nach Gerechtigkeit!"

Jetzt war David etwas entrüstet. "Dir ist gut reden!" sagte er. "Du wohnst nicht mehr im Chaco! Ihr Ausländer habt für alles die Antwort und die Lösung! Bleibt einmal hier und versucht es selber, mit diesen Fragen fertig zu werden. Wenn ihr's nicht wollt, haltet euer Urteil zurück."

Langsam lehnte sich Liese im Sessel zurück. "Bleib nur ruhig", sagte sie etwas herablassend. "Ich habe doch keine verfängliche Frage über dich und Irene gestellt!"

Diese Antwort gefiel mir auch nicht. Ordentlich erschrocken war David: "So sprecht ihr in Kanada?" fragte er entrüstet. Ohne Abschied stand er auf und fuhr auf seinem Motorrad davon.

Liese kam nun in die Küche. "Ist der Junge aber leicht gekränkt!" sagte sie.

"Er und Irene kommen zum Abendbrot", sagte ich. "Bis dann wird er wieder guter Laune sein, d.h. wenn du nicht wieder einen Streit anfängst."

Einen Augenblick schwieg sie. "Mama", sagte sie dann, "ich will wirklich nicht nur argumentieren. Ich mache mir wirklich Sorgen um diese Sachen..." Sie schlug die Augen nieder.

"Liese", fing ich etwas zögernd an, "wie sieht es bei dir innerlich aus? Mit deinem Glauben, meine ich."

"Ich denke oft daran", antwortete sie. Dann traten Tränen in ihre Augen. "Das, wovon ich zu David sprach - über all das denke ich immer wieder nach - das gehört zu meinem suchen." Sie ging ins Schlafzimmer.

Kinder, meine Kinder, seufzte ich innerlich. Was konnte ich tun, als das Abendbrot bereiten und beten? Ich erwartete die ganze Familie - ein volles Haus - und dann galt es, die Unterhaltung an gefährlichen Fragen vorbeizuleiten, sie zu ordnen, wie man einen Blumenstrauß ordnet. Während des ganzen Besuches galt es, vor allen Dingen den Frieden zu wahren.

32

Am letzten Tag im November, als Jakob (bis auf den Tag sechsundsiebzig Jahre und vier Monate alt) seinen fadenscheinigen Strohhut vom Haken neben der Draht-Tür in der Küche nahm, ihn fest auf sein weißes Haar presste und zum drittenmal an diesem Morgen die Tür öffnete, konnte ich meine Ungeduld nicht länger meistern.

"Nun, Jakob", sagte ich, "wohin willst du denn jetzt wieder?"

Ich war gerade beim Nudelschneiden und schob die geschnittenen Nudeln auf ein schwarzes Blech zum Trocknen. Meine Hände waren trotz meines Alters immer noch flink und sicher. Wie viele Tausendemale hatte ich in meinem Leben schon Nudeln geschnitten. Nach mehr als vierzig Jahren sollte ich es schon verstehen. Sie fielen mir vom Messer, immer gleich dünn und eben; der Teig war glatt, fest und fast schneeweiß.

Zu meiner Rechten stand ein Topf mit der siedenden Hühnersuppe auf der blauen Gasflamme. Die Petersilie, Zwiebelhälften, Pfefferkörner und ein Anissternchen brodelten im Wasser gegen das fette Hühnchen und verbreiteten einen wunderbaren Geruch im Zimmer.

Ich wusste, was Jakob wollte, obwohl ich ihn nicht sehen konnte. Schon zum dritten Mal an diesem Morgen wollte er hinausgehen.

"Es ist zu heiß draußen, Jakob", rief ich ihm zu. "Du musst deine Ruhe haben. Der Arzt..."

"Ich trage ja meinen Hut", entgegnete er, seine Hand noch immer an der Türklinke. "Vom Stillsitzen wird man auch nicht gesund."

"Aber Jakob, du weißt doch, was der Arzt gesagt hat." Ich hielt mit meiner Arbeit ein. "Du musst deine Ruhe haben."

Nach einer kurzen Pause fragte ich ihn: "Hast du schon die Post durchgesehen? David hat doch einen Brief gebracht, nicht wahr?"

Jakob ließ die Türklinke los, antwortete aber nicht. Ich wandte mich um und sah ihn, wie er den Abreißkalender anstarrte, der über meinem Arbeitstisch hing.

"Ist heute der 1. Dezember?" fragte er.

"Nein, es ist der 30. November."

"Aber dort steht doch der 1. Dezember."

"Wir haben doch das Blatt für den 30. November heute Morgen gelesen. Dazu trennten wir es ab, und deshalb steht dort der 1. Dezember." Ich nahm etwas Salz aus einer gesprungenen Untertasse und salzte die Brühe.

"O ja."

"Jakob", sagte ich nun im bittenden Ton, "bleib doch lieber drinnen. Brauchst du eine Beschäftigung? Vielleicht..."

Aber Jakob öffnete nur die Tür und weigerte sich, meine Bitte zu hören. Was sollte ich machen? Er war seit einiger Zeit recht eigensinnig geworden. Ich seufzte nur und fuhr mit meinem Nudelschneiden fort.

Ich konnte aber nicht ruhig werden. Ich hätte strengere Saiten aufziehen sollen. So stand ich wieder auf, öffnete die Tür und rief ihn.

"Jakob? Jakob! Du darfst jetzt nicht spazieren gehen! Es ist zu heiß!"

Ich vernahm keine Antwort. So trat ich unter das Schattendach, die Draht-Tür hinter mir schließend. Das helle Licht der Mittagssonne brannte mir in die Augen, und die Hitze schien wie mit Fingern mich zu umzingeln. Ich wehrte mich dagegen, wie ich es nun schon fünfzig Jahre lang getan hatte; indem ich mir sagte, abends oder nach dem heißen Sommer werde es wieder erträglicher sein.

Nein, ich hatte mich eigentlich nie an diese Hitze "gewöhnen" können; fast wurde sie mir beim Älterwerden nur noch lästiger und unerträglicher. Aber die Fähigkeit zu warten auf den Sonnenuntergang, auf eine leise Verschiebung des Windes, auf den angenehmeren Herbst war auch gewachsen. Und jetzt hatten wir doch bessere Häuser, elektrische Fächer, etwas Abwehr gegen die unerbittliche Hitze.

Nirgends konnte ich Jakob sehen oder seine abgetragenen Lederpantoffeln hören. Nur die Zikaden unterbrachen mit ihrem schrillen Zirpen die tiefe Mittagsstille. Ich ging bis zum Ende unserer Veranda und blickte nach den Palmen, die bei unseren Hoftorpfosten standen. Jakob war außer Sehweite.

Warum war er nur so ruhelos? Warum konnte er nicht bei seinem Stuhl und seinen Notizbüchern bleiben?

Meine Augen beschattend blickte ich in den tiefblauen Mittagshimmel. Er erinnerte mich an den Sommerhimmel meiner Kindheit in Russland. Wie lag sie doch so weit zurück! Aber unter diesem blauen Himmel mit den schneeweißen Sommerwolken schien sie wieder ganz nahe zu sein. Ich erinnerte mich an den Garten, an die Gräser am Feldrande, die ich zerpflückte und langsam zerkaute, immerfort die Wolken betrachtend, sie in meiner Phantasie zu Bildern aller Art formend.

Ich fühlte, wie die Schweißtropfen sich auf Kinn und Stirn bildeten. Das Thermometer neben den Fensterladen stand auf vierzig Grad.

Ich musste hineingehen. Da war es kühler. Die Fensterladen hielten die Sonne draußen und der elektrische Fächer schuf einen angenehmen Luftzug. Ich hatte noch viel zu tun. Ich rief Jakob ein letztes Mal. Er hätte nicht ausgehen sollen, aber ich konnte ihm doch nicht auf der Straße nachlaufen. Er würde seinen Weg auch ohne mich nach Hause finden.

So zog ich mich in die Küche zurück und kostete zunächst die brodelnde Hühnersuppe. Sie war ausgezeichnet geraten. Die Nudeln waren trocken, und ich setzte das Wasser auf, um sie zu kochen. Dann deckte ich den Tisch, nachdem ich die rotgeblümte Tischdecke abgewischt hatte, Teller, Tassen und Löffel. Etwas Saft presste ich aus einer reifen Pampelmuse, wusste ich doch, wie gern Jakob ihn hatte. Mit der Mittagssirene des Industriewerks würde er schon seinen Weg nach Hause an den Mittagstisch finden.

Ja, die Sirene kannte er. Mit langsamen Schritten kam er jedes Mal nach Hause, wenn er sie hörte. Immer noch ging er aufrecht, wenn auch langsam, die Straße entlang; er der Pionier, der diese Ansiedlung zusammen mit anderen ins Leben gerufen hatte. Langsam setzte er einen Pantoffel vor den anderen, während die jüngeren Männer auf ihren Autos oder Motorrädern an ihm vorbeisausten, ihn kaum sehen oder beachtend.

Erst in den letzen zwei Jahren war Jakob "alt" geworden. Bis vor zwei Jahren war unser achtjähriger Altersunterschied kaum bemerkbar gewesen. Mit meinen 68 Jahren war ich wohl etwas schwerfälliger geworden, aber doch immer noch energisch und innerlich jung. Aber Jakob war 76 Jahre alt und wurde merklich älter. Nicht nur seine physischen Kräfte waren im Abnehmen, auch seine Geistesgegenwart schien zu schwinden. Obwohl er sich noch mancher Sachen von früher erinnern konnte, wurde er in alltäglichen Sachen immer vergesslicher. Er konnte die Wochentage nicht mehr behalten und war oft in der Tageszeit verwirrt. Eine zusammenhängende Unterhaltung mit ihm wurde immer schwerer.

Da blies die Sirene. Jetzt müsste Jakob jeden Augenblick auf den Hof kommen. Ich band mir eine reine Schürze um und holte ein Brot aus der Kammer, um es zu zerschneiden. Ich hörte die Motorräder auf der Straße, auf denen die Männer von der Arbeit und die größeren Schüler aus der Schule kamen. Jetzt ging es an den Mittagstisch und dann zur notwendigen Siesta, der obligatorischen Mittagsruhe.

Da kam ein Motorrad auf unseren Hof. David steigt ab. Was wollte er nur? Er hatte die Post doch schon vorher abgeliefert.

Er kam zur Tür und sagte nur: "Papa hat einen Herzanfall gehabt. Komm, ich fahre dich zum Krankenhaus."

Ich verstand ihn sofort und spürte nur, wie eine Welle der Furcht mich zu überkommen drohte. Ich zwang mich, ruhig zu bleiben. Ich löschte die Gasflamme unter der brodelnden Hühnersuppe, nahm die Schürze ab und glättete mein Haar. Als ich die Tür schloss, sah ich noch die Teller und das Besteck auf dem Tisch. Der Gedanke durchfuhr mich: Während ich den Tisch deckte, ist der Ruf an ihn gekommen, "Komm wieder Menschenkind."

"Alfred Kroeker hat ihn beim Denkmal gefunden", sagte David.

"Beim Denkmal? So weit ist er gewandert?"

"Alfred sah ihn, wie er sich gegen die Betonsäule lehnte und dann auf einmal zusammensank. Er ist ihm dann schnell zur Hilfe gelaufen. Es war aber schon zu spät."

"Ich sagte ihm doch, er solle nicht ausgehen!"

"Komm, Mama."

Etwas unbeholfen setzte ich mich hinter David auf seine kleine Honda. Langsam fuhr er mich zum Hospital, wo Jakobs Leiche aufgebahrt war.

33

Jakob war tot, und ich eine Witwe: Das war für mich eine beängstigende neue Tatsache. Immer wieder ertappte ich mich dabei, Jakobs Schritt hören zu meinen. Morgens erwachte ich mit der Absicht, ihm eine Mitteilung zu machen, nur um das leere Bett neben dem meinen zu sehen. Einen Augenblick meinte ich dann, er wäre leise aufgestanden, hätte sein Bett gemacht und mache nun einen Morgenspaziergang. Dann fiel es mir mit aller Schwere wieder ins Gedächtnis, dass er nicht mehr da war. Er war am letzten Tag des Novembers gestorben und wir hatten ihn am ersten Dezember begraben.

Nur wenig habe ich von dem Begräbnis behalten. Jede paar Stunden verabreichte meine Tochter mir eine Tablette. Später wollte ich es ihnen übelnehmen, aber sie sagten, der Arzt habe es verordnet; es wäre so am besten für mich. Sie gaben mir dann eine Tonkassette mit dem Leichengottesdienst. Ich hörte sie nur halb an; dann schaltete ich die Maschine ab: Wozu wiederholen, was unwiederbringlich vorbei war?

Nur die Bestattung auf dem Friedhof ist ganz klar in meinem Gedächtnis geblieben. Es war fast um die Mittagszeit, als wir auf den Friedhof kamen; es war heiß wie am Tage zuvor, und wir drängten uns unter die wenigen Schattenbäume oder unter unsere Sonnenschirme. Mein Enkel Ewald stand hinter mir und hielt einen großen schwarzen Schirm über meinem Kopf.

In vereinzelten Stößen blies der heiße Chacowind, kleine Staubwolken aufwirbelnd. Er berührte den Erdhaufen neben dem offenen Grab, spielte mit den Blättern der Bibel, aus der Prediger Klassen las. Der Wind will diese Blätter haben, dachte ich bei mir; er will sie in dem unendlichen grau-grünen Chaco verbreiten. Er berührte die Blumen auf dem Sarge und die große Schleife mit den Worten: "Unser geliebter Gatte und Vater."

Auch Jakob berührte er, als sein hageres und immer noch schönes Gesicht zum letzen Mal unseren Blicken und der unbarmherzigen Chacosonne ausgesetzt war. Blase nur, dachte ich weiter, während ich auf Jakobs lebloses Gesicht starrte; du kannst ihm keinen Odem mehr geben; er ist nicht mehr hier im Chaco. Er ist heimgegangen.

"Mitten auf ihrer Gasse auf beiden Seiten des Stromes", so las der Prediger mit melancholischer Stimme, "stand Holz des Lebens, das trug zwölfmal Früchte und brachte seine Früchte alle Monate... und es wird kein Verbanntes mehr sein. Und der Stuhl Gottes und des Lammes wird darin sein; und seine Knechte werden ihm dienen... Und es wird keine Nacht da sein und sie werden nicht bedürfen einer Leuchte oder des Lichts der Sonne..."

Wer würde die Sonne denn auch vermissen, dachte ich, während ich den Schweiß von meiner Stirn wischte.

"Denn Gott der Herr wird sie erleuchten, und sie werden regieren von Ewigkeit zu Ewigkeit."

Während der ersten Wochen im Dezember ordnete ich Jakobs Kleider und Sachen. Mit großer Erwartung nahm ich seine Notizbücher, zwei vollgeschrieben und das dritte fast. Letzteres lag neben seiner zerlesenen Bibel, die anderen zwei in seiner Schublade. Ich wusste eigentlich schon, was in ihnen stand, wollte sie aber noch einmal lesen, um etwas von ihm selber in diesen enggeschriebenen Zeilen wiederzufinden. Da waren sie vor mir; Seite um vergilbte Seite mit Daten und Schriftstellen; Predigtentwürfe für die gelegentlichen Predigten, die er in den Dörfern gehalten hatte. Daten, Schriftstellen, Entwürfe: Kein Wunder, dass er immer wieder biblische Antworten im Gespräch hatte.

Mein Herz schlug schneller, als ich auf einmal meinen Namen unter den Eintragungen sah: Anna Sawatzky. Neben ihm stand: der 5. Oktober 1932. Ja das war die Zeit, als wir uns kennenlernten. Aber was hatte er dazu geschrieben? "Sonne und Mond stehen still. Josua 10,13."

Ich suchte Josua 10,13 auf und las: "Da stand die Sonne und der Mond still, bis dass sich das Volk an seinen Feinden rächte."

Ich las den Vers noch einmal, und Tränen traten in meine Augen. Was sollte dieser Vers mit mir zu tun haben? Mit Anna, seiner Braut, Anna Sawatzky, seiner lieblichen Braut, noch nicht ganz neunzehn Jahre alt?

Als ich noch Anna Sawatzky war und Jakob um mich warb, war ich voller Liebesgefühle und Zukunftsträume; seine Romantik hatte sich um das Kriegswunder in Gibeon bewegt - um die stillstehende Sonne in Gibeon und den unbeweglichen Mond im Tale Ajalon!

Ich versuchte ihn zu verstehen und konnte es aber nicht. Ja, das Leben mit Jakob war nicht immer leicht gewesen. Geduldig und beharrlich hatte er versucht, mich für seine Standpunkte und Überzeugungen zu gewinnen. Wenn ich nicht mitgehen konnte, sagte er nur immer wieder: "Ja, so sind die Frauen nun einmal!"

Und doch...o Gott, wie vermisste ich ihn, wie hatte ich ihn doch so lieb gehabt, wie gerne wollte ich ihn doch in diesen seinen persönlichen Aufzeichnungen finden!

Ich blätterte weiter. Neben der Eintragung: 16. Juli 1959 fand ich die Überschrift: "Meine Lebensgeschichte." Ich erinnerte mich, dass er einmal gesagt hatte, er wolle seine Lebensgeschichte für unsere Kinder aufschreiben. Etwas weiter nach unten hatte er geschrieben: "Ich wurde am 4. März 1905 in einem Dorf der Tereker Ansiedlung im Kaukasus geboren. Meine Mutter, Elisabeth geb. Neufeld, starb als ich noch ganz jung war, so dass ich sie nie kennenlernte. Mein Vater war ein guter Mann."

Das war alles; die übrige Seite war leer.

Im letzten Notizbuch hatte er noch einen Versuch gemacht. Hier stand die Überschrift: "Unser Leben im paraguayischen Chaco."

"Diejenigen von uns, die über China flüchteten, kamen erst 1931 in den Chaco. Wir siedelten in der Harbiner Ecke an. Ich blieb dort aber nicht sehr lange, da der Vater meiner Braut, Abram Sawatzky, kurz vor unserer Hochzeit starb und ich auf seine Wirtschaft zog, um sie zusammen mit meiner Frau zu übernehmen."

Auch dieses Kapitel blieb unbeendet.

Ich packte Jakobs Kleider ein und schickte sie zur Missionsstation für die Indianer. Die Bibel und die Notizbücher gab ich David.

Dann musste an Weihnachten gedacht werden - Großreinigung im Hause, Backen, Geschenke aussuchen u.s.w. Ich machte alles, wie ich es gewohnt war und beendigte sogar die Ausnäharbeit an den Kissenbezügen für die Enkelinnen. Ich tat aber alles mechanisch und kam mir dabei vor, als beobachtete ich mich selbst wie eine Schauspielerin auf den Brettern. Immer hoffte ich, dass der Vorhang fallen möchte. Die Weihnachten waren lang und heiß.

Dann kam der Januar. Nach den Familienfestlichkeiten der Festtage war ich doppelt allein und einsam. So lange hatte ich meinen Lebensinhalt als Jakobs Gattin gefunden, dass ich auf einmal nicht mehr wusste, wo ich hingehörte. Jakob stand in meiner Erinnerung in allen so bekannten Einzelheiten vor mir, aber über mich selbst war ich ganz konfus. Wer war ich eigentlich, wenn nicht mehr Jakobs Gattin? Ich war müde und fühlte mich elend. War denn je ein Sommer so heiß und so trocken gewesen?

Wenn meine Kinder mich besuchten und mich zu trösten versuchten, klagte ich: "Ich bin so einsam. Ich fürchte mich allein zu sein." Wenn sie dann aber baten, ich möchte auf einige Tage zu ihnen kommen, lehnte ich es ab. Ich weigerte mich, den Hof zu verlassen.

Es störte mich, wenn sie lachten und über alles sprachen, als ob ihr Vater nicht gestorben wäre. Wenn ich einmal von ihm sprach oder sie an etwas von ihm erinnerte, gingen sie nicht darauf ein. Und die Großkinder waren unruhig, laut; knallten mit den Türen, schrien und tobten auf dem Beischlag vor dem Fenster. Ich verstand es nicht, sie zu besänftigen. Das war immer Jakobs Sache gewesen, sich mit den Großkindern abzugeben. Immer hatte er etwas Konfekt in seinen Taschen gehabt.

Wie leid tat es mir jetzt, dass ich manchmal etwas ungeduldig mit Jakob gewesen war, besonders in den letzten Monaten, als seine Körper- und Geisteskräfte so zusehends abgenommen hatten. Besonders hart beschuldigte ich mich, dass ich ihn am letzten Morgen nicht im Hause gehalten hatte. Es war, als ob ich nur noch an seine Tugenden denken konnte. Alles andere war in Vergessenheit geraten.

Ich fand es rechtens und passend, dass er gerade beim Denkmal gestorben war. Es war ein imponierendes Werk - dieses Denkmal zum 50-jährigen Jubiläum unserer Kolonie. Schwer und grau wie die Chacoerde ragte es über die Baumallee, die zu ihm führte: Drei hohe Betonsäulen, die den Glauben, die Arbeit und die Einigkeit versinnbildlichen sollten. Sie ragten gen Himmel wie Anbeter, die Ehre dem gebend, der alles geschaffen hat -auch den Chaco. "Sein Auge ist über uns", hatte Jakob immer gesagt. "Der Kamp ist reich und fruchtbar. Er wird unsere Arbeit belohnen!" Was mir freilich nicht gefiel, war, dass man am Fuß des Denkmals Kaktusse gepflanzt hatte.

"Mama", schalt Tina einmal, als sie mich besuchte: "Du vernachlässigst deine Rosen. Sieh nur, sie brauchen..."

"Wie kann ich an Rosen denken?" antwortete ich bitter.

Die Rosenzucht war immer meine Lieblingsbeschäftigung gewesen. Besonders in den letzten zehn Jahren hatte ich Zeit gehabt, sie zu pflanzen, wässern, bespritzen, beschneiden, bis sie mich mit den allerschönsten Blüten belohnten. Allmählich hatte ich bis zu fünfzig Rosenbüsche mit Blüten aller Farben und Schattierungen gehabt. Oft lieferte ich Rosen zu Hochzeiten oder anderen Festlichkeiten. Wenn die Krankenschwestern mir von einem Patienten berichteten, dem niemand Blumen brachte, dann schnitt ich einen Blumenstrauß und brachte ihn zum Krankenhaus. Das alles gab mir viel Freude.

Nun kamen meine Töchter und pflegten die Rosenbüsche. Aber Tina blieb dabei: "Mama, wir werden's nicht mehr tun. Wir haben keine Zeit dazu. Du musst das selber machen."

"Lass sie vertrocknen!" sagte ich gereizt.

Immer wartete ich auf den Besuch meiner Kinder; aber nachdem sie dann wieder weg waren, hatte ich lange mit der Bitterkeit zu kämpfen. Sie waren mir zu beschäftigt, zu teilnahmslos, wenn sie mich zu trösten versuchten.

Eines Abends kam David nach der Gebetsstunde zu mir. Ich war schon im Bett, aber wach, und beobachtete, wie der Wind mit den Vorhängen spielte.

"Schläfst du gut, Mama?" fragte er, nachdem er in mein Schlafzimmer getreten war.

"Doch", antwortete ich, "ganz gut."

Eine lange Pause folgte. So weit war es also gekommen. Ich lag im Bett und mein Sohn stand neben mir, besorgt um mein Wohlergehen. Ach könnte ich doch wieder eine junge Mutter sein und ihn zu Bett bringen, neben ihm stehen und ihn bitten hören: "Kannst du nicht noch ein bisschen länger bleiben, Mama?" Jetzt wünschte ich, er würde bleiben, bis ich eingeschlafen wäre.

"Du musst viel ruhen", sagte er sanft. "Papas Tod hat dich sehr angegriffen. Die Trauer hat dich ganz mitgenommen."

Ja, er hatte recht. Vielleicht verstand er mich besser als ich gedacht hatte. Möge Gott ihn segnen! Sanft berührte er meine Hand mit der seinen. Wie tröstend war diese Berührung. Die Wärme blieb bis zum Morgen bei mir.

Ein anderes Mal aber ermahnte er mich. "Wozu bin ich noch von Nutzen?" hatte ich gesagt. "Wer braucht mich noch? Ich habe nur noch für Papa gelebt; jetzt ist er nicht mehr da, warum sollte ich dann noch hier sein?"

"Es gibt noch vieles für dich zu tun, Mama", antwortete David. "Du kannst einen großen Gebetsdienst leisten. Bete für uns Kinder. Bete für mich. Bete für die Gemeinde, für die Mission. Mache dir eine Gebetsliste."

Aber wie konnte ich beten mit der inneren Leere, meiner Einsamkeit und meinem aus dem Gleichgewicht gefallenen Leben. Was konnte David, der junge unerfahrene Prediger, davon wissen?

Meine Nächte waren nicht mehr süß und traumlos. Des Öfteren wurde ich von Albträumen heimgesucht, aus denen ich schweißtriefend erwachte. Nicht immer waren es schwere Träume. Manchmal sah ich Jakob im Traum. Dann lief ich auf ihn zu, bis ich wieder enttäuscht und einsam erwachte.

Im Februar fiel mir auf einmal das Bild ein, das immer bei uns im Kinderzimmer gewesen war, das Bild mit dem Schutzengel und den zwei Kindern auf der schmalen Brücke. "Wo ist das Bild geblieben?" wollte ich wissen. "Ich möchte es wieder zurück haben."

Am nächsten Tag kam der Peter, Gretchens Junge, und brachte mir das Bild, neu eingerahmt.

"Wo soll ich es hinhängen, Oma?" fragte er.

Jetzt musste ich mich doch schämen. "Nimm es nur wieder zurück, Peter, mein Junge. Nimm es zurück; ich hab's doch euch Kindern geschenkt."

"Mama sagte, ich sollte es hier aufhängen", sagte er. "Ich darf es nicht wieder zurückbringen."

Ich zeigte ihm nun den Nagel neben dem Kalender in der Küche. Vielleicht würde das Bild mir helfen, mein Gleichgewicht und mein Gottvertrauen wieder zu gewinnen.

"Ich geb's dir schon wieder zurück", sagte ich kopfnickend zu Peter. Er lief davon.

Als Peter weg war, kniete ich an meinem Bett nieder. "Herr Jesus", betete ich, "erbarme dich meiner. Ich war einmal stark; mache mich wieder stark."

Ich stand auf und wiederstand der Versuchung, mich ins Bett zu legen. Auch nahm ich mir vor, nicht mehr den selbstsüchtigen Wunsch zu hegen, Jakob wieder um mich zu haben. Der Herr hatte ihn zu sich genommen. Ich war noch hier zu einem Zweck. Gott hatte mir Jakob gegeben; er hatte ihn genommen; der Name des Herrn sei gelobt.

Statt ins Bett zu gehen, zog ich ein reines Kleid an und ging ins Pflegeheim, meine bettlägerige Schwester Maria zu besuchen. Sie freute sich, mich zu sehen.

"Sieh 'mal Anna", sagte sie, "was der Nikolaus gebracht hat." Sie zeigte auf ein Glas, in dem eine Handvoll Weizenhalme steckten.

"Ja, ich weiß", antwortete ich. "Sie versuchen wieder Weizen im Chaco zu ziehen. Bis jetzt habe ich noch keinen gesehen. Aber vielleicht hat man endlich eine Art gefunden, die hier gedeiht."

"Nikolaus hat eine gute Ernte."

"Wie viele Hektar?"

"Ich weiß nicht. Noch versucht er immer nur. Seine Edith ist eigentlich ganz dagegen. Sie will bei den Erdnüssen und der Baumwolle bleiben. Sie hat Angst vor Neuerungen. Immer sorgt sie sich nur."

"Sie vergisst, dass in der Landwirtschaft das Gute zusammen mit dem Bösen kommt."

"Aber der Weizen ist doch nicht so, wie er in Russland war."

"Aber es ist Weizen," entgegnete ich. "Wenn Papa das doch nur hätte erleben können."

"Ja, Papa starb, ehe uns irgendetwas im Chaco gelingen konnte."

Als ich nach Hause kam, fiel mir auf einmal ein, dass Maria zwar Weizenhalme aber keine Blumen in ihrem Zimmer hatte. Da zog ich meine Gartenhandschuhe an, nahm die Blumenschere und ging in den Garten, ihr einen Rosenstrauß zu schneiden.

Nachwort

Vor zwei Tagen fiel ich auf der Planke, die ich bis zu der niedrigen Stelle zwischen unserem Hof und der Straße geschleppt hatte. Mein Fußgelenk war ganz schlimm verstaucht. Jetzt bin ich einige Tage lang im Krankenhaus, so dass ich dem verletzten Fuß die nötige Ruhe geben kann.

Heute Nachmittag brachte Gretchen mir ein halbes Dutzend Korallenrosenknospen aus meinem Garten, hatte aber keine Zeit etwas dazubleiben und zu plaudern.

Sobald sie weg war, kam Johann Walde in mein Zimmer.

Ohne Zögern kam er herein, selbstbewusst wie eh und je, als ob seine Gegenwart das Natürlichste auf der Welt wäre. Er schaute mich mit seinem breiten Grinsen an und sagte: "Hallo, Anna! Wie geht es dir?"

"Johann Walde!"

Ich hatte natürlich schon gehört, dass er hier war, um seine älteste Tochter Agnes, zu besuchen. (Sie ist die einzige ihrer Familie, die noch hier ist. Nach Käthes Tod zog Johann mit seiner Familie nach Kanada. Seine Frau, Leni, ist vor einigen Jahren da gestorben.) Aber nie hätte ich erwartet, dass er mich aufsuchen würde.

"Ja, ich bin es!" sagte er nun. Und er war's wirklich -etwas schmäler als früher, vielleicht, sein Haar schon etwas ergraut. Sein Gesicht war rot- zu schnell in die Sonne gegangen, ein Fehler, den viele Chacobesucher aus dem Norden machen; aber unter den weißen Brauen waren seine Augen hellblau wie immer, noch immer unermüdlich und ungeduldig, alles zu sehen. Er hatte einen neuen strohfarbenen Hut in der Hand.

"Es tut mir leid um deinen Fuß", sagte er nun. "Nur gut, dass du ohne einen Knochenbruch davongekommen bist. Bald wirst du wieder herumgehen können."

"Ich hoffe es."

Er legte seinen Hut auf mein Bett Ende und kam näher. Ich hatte mich schon von dem anfänglichen Schreck erholt, konnte ihm aber nicht so recht trauen. Was wollte er nur von mir?

"Nun, Anna, heute ist's etwas kühler als gestern", sagte er, "aber es ist immer noch warm genug, nicht wahr? Ich war eben bei dem neuen Radiosender, da ist's bequem mit Klimaanlage! Ich habe dort die Wetterberichte mit denen von früheren Jahren verglichen. Aber hier im Krankenhaus ist's ja auch ganz gemütlich, nicht wahr?" Er schaute sich im Zimmer um. "Man kann doch viel mit passenden Gardinen und breiten Schattendächern machen, und so weiter. Wenn du nur etwas mit deinem Unfall gewartet hättest, dann könntest du schon im neuen Hospital gewesen sein! Das wird ein herrlicher Bau. Ich ging heute Morgen durch die Anlage. Nach meinem

Dafürhalten kann er sich mit irgendeinem Krankenhaus in Kanada messen, was Reinlichkeit und Gemütlichkeit anbetrifft. Freilich wird er nicht die Ausrüstung haben, die man in größeren Städten hat, aber doch... Es sind hier in den Jahren seit wir weg sind, so viele Veränderungen geschehen, dass ich mich kaum noch zurrechtfinde. Ihr habt es ja jetzt gut hier."

Er blieb in einem Sprechen, mich die ganze Zeit anschauend. "Vielleicht merkt ihr die Veränderungen nicht so sehr; aber wenn man eine Weile weg gewesen ist, dann fällt es sehr auf. Ich kann es einsehen, dass es sich auch hier leben lässt."

"An uns sind die Veränderungen auch nicht unbemerkt vorübergegangen", sagte ich.

"Nun, ich bin gekommen, meine Tochter Agnes wieder zu sehen; und meine Enkelkinder. Der Winter in Ontario ist nicht immer besonders angenehm, und ich habe genug Geld zum Reisen... Weißt du, in Kanada sagt man scherzhaft: 'Wir verausgaben das Erbgut unserer Kinder'." Er lachte, aber ich sagte nichts.

Als ob er meinte, ich verstünde ihn nicht, erklärte er: "Siehst du, anstatt zu Hause zu bleiben und das Geld auf der Bank für die Kinder liegen lassen, reisen die Eltern und verausgaben es. Nun, ich habe genug Geld. Ich kann reisen und noch einen netten Batzen unter meinen Kindern verteilen, wenn es erst soweit ist. Hoffentlich noch lange nicht!"

Johann lachte wieder, aber dieses Mal schon etwas nervös.

"Ich habe Lust, wieder in den Chaco zu ziehen", sagte er.

"Das würdest du tun?"

"Warum denn nicht? Es ist hier jetzt recht schön; ich könnte ein Haus mit Klimaanlage bauen."

Mir lag es auf der Zunge zu sagen: "Bist du nicht bald fürs Altenheim fertig, wie auch ich?" Aber stattdessen sagte ich nur: "So machen es jetzt viele ehemaligen Chacobewohner. Den *Chaquenos* ist diese Gegend doch in Fleisch und Blut übergegangen."

"Aber wie geht es dir denn, Anna?" wollte er wieder wissen, indem er etwas näher an mich herantrat.

"Sehr gut."

"Ich habe von Jakobs Tod gelesen", sagte er. "War es sehr schwer?"

"Natürlich."

Walde zeigte auf einen Stuhl. "Darf ich mich setzen?" Ich nickte nur, und er trug den Stuhl zwischen die beiden Betten (das andere war leer) und setzte sich.

"Und wie geht es dir, Anna?"

Wie oft wollte er diese Frage noch stellen? "Ich muss im Bett bleiben", sagte ich, "und es geht mir nicht gut."

Und dann machte er mir einen Heiratsantrag!

Das sei der eigentliche Zweck seiner Reise gewesen, sagte er. Nach Lenis Tod sei er einsam gewesen, und seitdem er von Jakobs Tod durch unsere kleine Zeitschrift erfahren hatte, die er noch immer bestellte, hatte er immer wieder an mich denken müssen. Er hätte sich meiner so lebhaft erinnert, wie ich immer so solide, so präzise und so reinlich gewesen wäre. Immer hätte ich ein reines Kleid, eine reine Schürze gehabt; immer sei mein Haar in Ordnung gewesen. Ich sei immer attraktiv und energisch gewesen; mehr als einmal hätte er sich sagen müssen, was für ein schönes Frauenzimmer ich sei.

Du sagst mehr, als du sagen solltest, Walde, dachte ich bei mir selber.

Etwas verächtlich sagte ich nur: "Du hättest auf die Leni schauen sollen, nicht auf mich."

"Aber Anna," entgegnete er schmeichelnd, "das habe ich natürlich getan; aber man sieht auch andere und man macht so seine allgemeinen Beobachtungen."

Allgemeine Beobachtungen! Immer noch konnte er mich wie ein blödes Kind behandeln.

"Wir sind alle alt geworden Johann", sagte ich nur.

Dann fing Johann an zu sprechen, mir keine Gelegenheit zu einer Antwort gebend. Wenn man verwitwet sei, sagte er, müsse man von neuem anfangen. Auch alte Leute könnten noch lieben; wir seien beide noch gesund. Er hätte mich vorige Woche im Laden gesehen, und da sei es ihm klar geworden, dass er mit seinem Vornehmen Ernst machen müsse. Er würde mir einen Antrag machen, denn er liebe mich. Ich müsste auch wissen, dass er ein schönes Haus in Ontario habe, obwohl wir auf meinen Wunsch auch einen Teil des Jahres hier im Chaco wohnen könnten.

Wie ein Wollknäuel wickelte er seine Worte ab. Ich konnte ihm kaum noch folgen. Er sprach über seine zwanzig Jahre in Kanada, über sein Partnergeschäft mit seinem Sohn Theo, über sein Haus, über Lenis Tod, über Ontario, kanadische Demokratie und die Mennoniten Gemeinden in St. Catharines. Er sprach über das Klima in Südontario und lobte die Obstgärten in dem Landstrich. Ich beobachtete ihn scharf, hörte aber kaum was er sagte. Ich konnte es nicht fassen, dass er zu mir über Liebe gesprochen hatte.

Endlich hörte er auf. Ich schaute auf meine Hände auf der gelben Hospitaldecke und sagte nur: "Nein, nein. Es ist mir noch gar nicht eingefallen, wieder zu heiraten."

"Ich habe dir ja auch gar keine Zeit zur Vorbereitung gegeben", sagte er freundlich und zuversichtlich. "Ich hätte schreiben sollen oder jemand bitten, dir etwas zu sagen. Aber ich wollte persönlich zu dir sprechen. Ich habe länger darüber nachgedacht als du, und deshalb ist mir der Gedanke schon ganz vertraut. Ich gebe dir gerne etwas Zeit, darüber nachzudenken."

"Nein", sagte ich.

"Macht dir mein Alter Bedenken? Wenn Jakob lebte, wäre er genauso alt wie ich."

Diesen Vergleich hätte er nicht machen sollen. Wollte er mich an Jakobs letzte Jahre erinnern? Nein, ich stellte keine Vergleiche an. Meine Treue zu Jakob reichte über das Grab hinweg.

Ich blieb ganz ruhig, obwohl ich mir nicht getraute, Walde anzuschauen. "Ich verspüre gar keine Neigung dazu", sagte ich fest. Ich sah seine Hand sich nach dem Hut ausstrecken. Er setzte ihn auf seinen Schoß.

"Ich werde dich jetzt allein lassen, um darüber nachzudenken", sagte er. "Du brauchst Zeit. Ich komme morgen wieder."

"Nein", wiederholte ich.

Walde stand auf. "Anna..."

Ich schaute ihn an. Suchend und bittend ließ er seine Augen über mich gleiten. "Bitte, denke darüber nach. Bete darüber", sagte er sanft. "Ich komme morgen wieder."

Er stellte den Stuhl zurück, winkte mit der Hand und ging. Er schien völlig unbekümmert um meine Antwort zu sein; morgen würde ich ihm das Jawort geben. Er hatte wieder seine Überlegenheit bewiesen.

Ich saß auf dem hohen weißen Bett fast wie gelähmt und ließ diese bizarre Szene noch einmal an mir vorüberziehen. Ja, ich dachte schon über seine Worte nach.

Was hatte er gesagt? Ich liebe dich? Das waren Worte die nicht leicht über unsere Lippen kamen, nicht über die unserer Generation. Nicht einmal Eheleute sagten, mindestens nicht oft, dass sie sich liebten. Was könnte er nur damit gemeint haben? Ich erinnerte mich, dass er mich gemocht hatte, früher, als ich noch ein Backfisch und er ein verheirateter Mann gewesen war. Damals hatte ich mir das gefallen lassen.

Aber dann waren die furchtbaren Jahre der offenen Zwist gekommen; die leidenschaftlich gesprochenen Worte, das Gezanke über Hühner, Zäune, die völkische Bewegung, die die Ansiedlung fast zerrissen hatte, und wir auf entgegengesetzten Seiten gewesen waren. Und doch waren wir in dieselbe Kirche gegangen, hatten die Worte der Versöhnung gehört und gesprochen, kaum wissend, was wir damit meinten oder taten.

Er hatte in mir immer die schöne Frau gesehen? Nun, Johann müsste es wissen. Er war doch der Meister auf allen Gebieten.

Ja, ich hatte mich immer mit Würde getragen. Das hatte ich von Mama gelernt: Rein und ganz gibt auch dem schlichten Kleide Glanz. Wenn immer möglich trug ich Schuhe. Wenn ich barfuß sein musste, versuchte ich dennoch meine Füße zu pflegen, damit sie nicht hart, braun und platt würden.

Hatte er die Jahre der Familienfehde so leicht überstanden? Wollte er mich jetzt demütigen? Irgendwie verbilligte sein Auftreten meinen jahrelangen Kampf um Vergebung und Versöhnung.

Aber morgen wollte er eine Antwort haben. Nun, er wollte sie haben. Ich würde ihm sein ganzes bisheriges Verhalten zeigen: sein dominierendes Wesen, seinen Jähzorn, sein Verhalten zu Leni, das bestimmt zuweilen an Grausamkeit gegrenzt hatte, seinen Geiz, seine Ausbeutung nicht nur seiner Indianerarbeiter sondern auch seiner Dorfsgenossen.

Dann würde ich ganz leise von Jakob erzählen, von unserem guten Eheleben, unseren gemeinsamen Gebeten, unserer gemeinsamen Arbeit, seinen Notizbüchern mit Bibelanmerkungen. Die unausgesprochene Frage sollte nicht an Johann vorbeigehen: Kannst du dich mit Jakob vergleichen?

Und dann würde ich ihm sagen, dass ich auch nicht gerade arm wäre. Ich kann für den Rest meines Lebens ganz unabhängig sein. Als Jakob starb, hat David mir gezeigt, wie viel im Wert mein Teil unseres Eigentums sei. Wenn ich nach Kanada kommen wollte, könnte ich das aus eigenen Mitteln gut erschwingen. Liese würde mich gerne empfangen und aufnehmen. Ich brauchte keinen Johann Walde um mich.

Mittlerweile rief ich die Schwester und bat sie, mein Bett auszugleichen. Dabei merkte ich, dass ich von alle dem, was jetzt durch meinen Kopf gegangen war, nicht ein Wort zu Johann sagen würde. Ich wollte weder seine Fehler an den Pranger stellen, noch irgendwelche Vergleiche zwischen ihm und Jakob anstellen.

Ich wusste nicht, was ich sagen würde, aber es war mir völlig klar, dass ich Johann nie heiraten könnte.

Ich hatte keine Absicht, meine Geschichte frisch zu schreiben.

Als die Schwester kam, kicherte ich ganz leise.

"Alles in Ordnung, Frau Rempel?" fragte die Schwester besorgt.

"O doch, mir fiel nur etwas Lustiges ein."

Die Schwester half mir, mich zurechtzulegen, schaute mich aber immer noch fragend an, als ich weiter kichern musste.

Was würde sie wohl sagen, wenn ich ihr erzählen würde, dass ich eben einen Heiratsantrag erhalten hätte und dass ich ohne weiteres "Nein" gesagt hatte. Auf einmal empfand ich dieses "Nein" wie einen Sieg. So hatte Jakob mich gesehen und erkannt: Anna, die heiße Wildnis überwindend, siegend unter ewiger Sonne über unseren Häuptern.

Wieder sah ich mich als Backfisch das Flussboot bei Puerto Casado verlassen; erinnerte mich, wie ich mit Papa und Johann am frühen Morgen draußen gesessen hatte. Schon damals hatte ich ihn gefürchtet, obwohl er mich fasziniert hatte. Niemand wagte, ihm zu widersprechen. Alles hatte er immer besser gewusst. Er weigerte sich, Gottes Führung in unserem Chacoerlebnis zu sehen. Immer wusste er, wo wir es besser haben könnten. Damals hatte er mich unglücklich gemacht.

"Aber Anna", sagte ich mir selber, "du musst Johann nicht mehr beschuldigen. Du musst nicht vergessen, was du gelernt hast, wie nicht Johann, sondern Jakob Recht behalten hat."

Ja, der Chaco hatte auch eine unwiderstehliche Anziehungskraft. Heute war ich nicht mehr der romantische Backfisch von damals, aber wie damals in Unwissenheit nannte ich heute den Chaco nach reifer Lebenserfahrung meine Heimat, die ich liebte. Ich hatte den Chaco wieder entdeckt. Heute trug er goldenen Weizen und die wunderbarsten Rosen. Ich war wohl alt und verwitwet, aber immer noch dieselbe Anna. Meine Schwester Maria, ans Bett gefesselt, war auch noch da. Wir zwei hatten uns wieder gefunden, waren wieder intime Schwestern.

Ja, das Leben bewegt sich in Kreisen, aber wie eine Windung, immer höher steigend.

Der Chaco ist nun unsere Heimat; das ist ein tröstender Gedanke. Er birgt viele Erinnerungen für mich und meine Kinder. Er ist schön. Meine Großkinder hier können sich keine andere Heimat denken. Sie können es nicht verstehen, wie jemand in einem so herrlichen Land je unglücklich sein könnte. Natürlich haben sie recht, wie ich als junger Backfisch recht hatte und wie ich es jetzt im Alter wieder neu gelernt habe.

Ich will nirgends sonst leben und habe gerade jetzt auch keine Lust zum Reisen. Hier will ich bleiben, bis ich in den Himmel komme.

Ende

Portrait der Autorin Dora Dück:

Dora Dueck's erster Roman *Under The Still Standing Sun*, entstand aus einer Recherche während eines zweijährigen Aufenthalts im Chaco von Paraguay, wo Sie mit ihrem Mann, der dort aufgewachsen ist, einen Entwicklungshilfe-Auftrag hatte. Heute lebt und schreibt die preisgekrönte Autorin in Winnipeg, Kanada. Sie hat noch zwei weitere Bücher in Englisch geschrieben:

- **This Hidden Thing** Winnipeg, MB: CMU Press (2010)
- **What You Get at Home** Winnipeg, MB: Turnstone Press (2012)

Wins:

- 2014 Winner, The Malahat Review - Novella Prize - Mask
- 2013 Winner, High Plains Book Award - Short Stories - What You Get at Home
- 2011 Winner, McNally Robinson Book of the Year Award - This Hidden Thing